MON ÉTOILE SOLAIRE

Ouvrage originellement publié par Delacorte Press,
une division de Random House Children's Books /
Penguin Random House LLC, New York,
sous le titre : *The Sun Is Also A Star*

Illustration de couverture : Dominique Falla

ISBN : 979-1-0363-0974-8
Dépôt légal : mai 2019

Loi n° 49-956 du 16 juillet 1949 sur les publications destinées à la jeunesse.

Nicola Yoon

MON ÉTOILE SOLAIRE

Traduit de l'anglais (États-Unis)
par Karine Suhard-Guié

bayard

Pour mon père et ma mère,
qui m'ont appris à rêver et à attraper mes rêves

Avoir quelques connaissances sur le coucher du soleil
n'enlève rien à sa poésie.

Pale Blue Dot, Carl Sagan

Oserai-je
Déranger l'univers ?
Une minute donne le temps
De décisions et de repentirs qu'une autre minute renverse.

Chanson d'amour de J. Alfred Prufrock[1], T. S. Eliot

1. *T. S. Eliot, Poèmes 1910-1930,* traduit par Pierre Leyris, Éditions du Seuil, 1947. (N.d.T.)

PROLOGUE

Carl Sagan[1] affirmait que pour faire une tarte aux pommes à partir de rien, il faut d'abord inventer l'univers. Il employait l'expression « à partir de rien » au sens littéral. C'est-à-dire à partir d'une époque antérieure à l'existence même du monde. Si vous voulez confectionner une tarte aux pommes à partir de rien du tout, vous devez commencer par le big bang et l'univers en expansion, les neutrons, les ions, les atomes, les trous noirs, les soleils, les lunes, les marées océaniques, la Voie lactée, la Terre, l'évolution, les dinosaures, les extinctions massives, les ornithorynques, l'*Homo erectus*, l'homme de Cro-Magnon, etc. Vous devez commencer au tout début. Vous devez inventer le feu. Il vous faut de l'eau, un sol fertile et des graines. Il vous faut des vaches et des gens pour les traire, et d'autres gens pour transformer le lait en beurre. Il vous faut du blé, de la canne à sucre et

1. Carl Sagan (1934-1996) : astrophysicien américain. (N.d.T.)

des pommiers. Vous avez besoin de la chimie et de la biologie. Pour réaliser une très bonne tarte aux pommes, vous avez besoin des arts. Pour une tarte aux pommes qui puisse durer des générations, vous avez besoin d'une presse typographique, de la révolution industrielle et peut-être même d'un poème.

Pour confectionner une chose aussi simple qu'une tarte aux pommes, vous devez créer le monde entier.

DANIEL

Un ado du coin accepte son destin en consentant à devenir médecin – le gros cliché.

C'est la faute de Charlie si mon été (et maintenant, mon automne) n'est qu'une succession de gros titres imaginaires absurdes. Charles Jae Won Bae, alias Charlie, mon grand frère, fils aîné d'un fils aîné, a surpris mes parents (et tous leurs amis, ainsi que l'ensemble de la communauté coréenne de commères de Flushing, à New York) en se faisant virer de l'université d'Harvard, « Meilleure École », l'avait qualifiée ma mère quand la lettre d'admission de Charlie était arrivée. Résultat : depuis son exclusion de « Meilleure École » en juin, ma mère fronce les sourcils ; elle n'arrive pas trop à y croire, ni à comprendre.

– Pourquoi tes notes si mauvaises ? Ils t'excluent ? Pourquoi ils t'excluent ? Pourquoi pas te laisser rester pour étudier plus ?

– Pas l'excluent, nuance mon père. Le prient de se retirer. Pas pareil.

– C'est temporaire, seulement pour deux semestres, ronchonne Charlie.

Face à ce déferlement de sentiments de confusion, de honte et de déception de la part de mes parents, même moi j'ai presque pitié de Charlie. Presque.

NATASHA

Ma mère dit qu'il est temps que j'abandonne maintenant : ce que je fais est inutile. Comme elle est contrariée, son accent est plus prononcé que d'habitude, et chacune de ses phrases est une question.

– Tu crois pas qu'il est temps que t'abandonnes, maintenant, Tasha ? Tu crois pas que c'que tu fais est inutile ?

Elle appuie un peu trop sur la première syllabe de ce dernier mot. Mon père ne dit rien. Il est muet de colère, ou d'impuissance (je n'arrive jamais à savoir). De toute façon, il est tellement renfrogné qu'il est difficile d'imaginer son visage avec une autre expression. Il y a encore quelques mois, j'aurais été triste de le voir comme ça, mais aujourd'hui, je m'en fiche. C'est à cause de lui si nous sommes tous dans ce pétrin.

Peter, mon frère, qui a neuf ans, est le seul de la famille à être content de la tournure des évènements. En ce moment, il fait sa valise en écoutant « No woman, no cry », de Bob

Marley. « Le vieux tube spécial déménagement », comme il l'appelle.

Bien qu'il soit né ici, en Amérique, Peter affirme vouloir vivre en Jamaïque. Il a toujours été assez timide et a du mal à se faire des amis. Il imagine sans doute que la Jamaïque, ce sera le paradis et que, d'une manière ou d'une autre, tout ira mieux pour lui là-bas.

Nous sommes tous les quatre dans le salon de notre appartement deux pièces. Il nous sert également de chambre, à Peter et à moi. Il est meublé avec deux petits canapés-lits que nous déplions le soir, tandis qu'un rideau bleu vif sépare la pièce en deux afin de nous laisser un peu d'intimité. Là, le rideau est ouvert, de sorte qu'on voit nos deux espaces en même temps.

Il est facile de deviner qui a envie de partir et qui a envie de rester. Mon côté a l'air encore habité. Mes livres n'ont pas bougé de ma petite étagère IKEA. Ma photo préférée de ma meilleure amie, Bev, et moi, est toujours posée sur mon bureau. Nous portons des lunettes de protection et faisons une moue sexy en regardant l'appareil photo, dans le laboratoire de physique du lycée. Les lunettes, c'était mon idée. La moue sexy, la sienne. Je n'ai pas enlevé le moindre vêtement de ma commode. Je n'ai même pas retiré mon poster d'astronomie de la NASA. Il est immense. En fait, il se compose de huit affiches que j'ai collées ensemble. On y voit toutes les principales étoiles, constellations et parties de la Voie lactée visibles dans l'hémisphère Nord. Il donne même des indications pour trouver l'étoile Polaire et s'orienter grâce aux étoiles au cas où l'on se perdrait. Les tubes que j'ai achetés pour l'emballer sont appuyés contre le mur, encore fermés par leurs bouchons.

Du côté de Peter, à l'inverse, pratiquement chaque centimètre carré est vide, la plupart de ses affaires ayant déjà été mises dans des cartons et des valises.

Ma mère a raison, bien sûr : ce que je fais est inutile. J'attrape malgré tout mon casque audio, mon livre de physique et quelques bandes dessinées. Comme ça, si je dois patienter, je pourrai finir mes devoirs et lire.

Peter me regarde en secouant la tête.

– Pourquoi tu prends ça ? me demande-t-il en montrant mon livre. On part, Tasha ! Tu n'es plus obligée de rendre des *devoirs*.

Mon frère vient de découvrir le pouvoir du sarcasme. Et il en use à la moindre occasion.

Je ne me donne pas la peine de lui répondre ; je me contente d'enfiler mon casque et je me dirige vers la porte.

– À tout à l'heure, dis-je à ma mère.

Elle *tchipe* et se détourne. Mais je garde à l'esprit qu'elle n'est pas fâchée contre moi.

« Tasha, chuis pas fâchée contre toi, tu sais ? » répète-t-elle très souvent ces jours-ci.

Je me rends au Service de la citoyenneté et de l'immigration des États-Unis, en plein cœur de Manhattan, pour voir si quelqu'un, là-bas, peut m'aider. Ma famille et moi sommes des immigrés sans papiers, et ce soir, nous serons expulsés.

Aujourd'hui, c'est ma dernière chance de convaincre quelqu'un – ou le destin – de m'aider à trouver un moyen de rester en Amérique.

Que les choses soient claires : je ne crois pas au destin. Mais je suis désespérée.

DANIEL

Raisons pour lesquelles je pense que Charles Jae Won Bae, alias Charlie, est un connard (dans le désordre) :

1) Avant son échec retentissant (et absolument savoureux) à Harvard, il a toujours été bon en tout. En maths, anglais, biologie, chimie, histoire et sport. Personne n'est censé l'être. C'est indécent d'être bon en tout. Dans trois ou quatre matières au maximum, d'accord. Mais même alors, on dépasse les limites du bon goût.

2) C'est un mâle, un vrai, ce qui signifie que c'est un connard, très souvent. La plupart du temps. Tout le temps.

3) Il est grand et il a des pommettes ciselées, sculptées et tout ce qu'on peut trouver comme adjectifs dans la littérature à l'eau de rose pour décrire cette partie du visage. Les filles (*toutes* les filles, pas uniquement celles qui étudient la Bible en coréen) prétendent qu'il a des lèvres qu'on a envie d'embrasser.

4) Tout ceci – des atouts à ne plus savoir qu'en faire, un peu trop de trésors attribués à un seul être humain, c'est certain – ne poserait pas de problème s'il était sympa. Mais ce n'est pas le cas. Charles Jae Won Bae n'est pas gentil. Il est méprisant, et pire que tout, c'est une brute. Un connard. De première classe.

5) Il ne m'aime pas, et ce, depuis des années.

NATASHA

Je dépose mon téléphone, mon casque audio et mon sac à dos dans le panier gris avant de franchir le portique de détection d'objets métalliques. L'employée de la sécurité – Irene, lit-on sur son badge – arrête ma corbeille sur le tapis roulant, comme elle le fait chaque jour.

Je lève les yeux vers elle et je ne souris pas.

Elle baisse les siens vers le panier, retourne mon portable d'un geste vif, et regarde fixement sa coque, comme elle le fait chaque jour. Il s'agit de la pochette d'un album de Nirvana intitulé *Nevermind.* Chaque jour, les doigts de l'employée s'attardent sur la photo du bébé figurant sur la coque, et chaque jour, ça me déplaît. Le chanteur de Nirvana était Kurt Cobain. Sa voix, loin d'être parfaite, abîmée, rauque, avec sa façon de vous faire ressentir tout ce qu'il a ressenti, et sa manière de forcer au point de vous faire croire, à tort, qu'elle va se casser, c'est la seule chose qui m'a permis de ne pas devenir folle depuis que ce cauchemar a commencé.

La détresse de cet homme est tellement plus extrême que la mienne !

Irene est très lente, or je ne peux pas me permettre de manquer ce rendez-vous. Je lui ferais bien une remarque, mais je ne veux pas la mettre en colère. Elle a sans doute horreur de son travail. Je ne veux pas lui donner une raison de me retarder davantage. Elle lève les yeux vers moi mais ne semble pas me reconnaître, alors que je viens ici tous les jours depuis une semaine. Pour elle, je suis juste un visage anonyme, un autre *demandeur*, une autre personne qui veut obtenir quelque chose de l'Amérique.

IRENE

UNE HISTOIRE

Natasha se trompe complètement au sujet d'Irene. Irene adore son travail. Cela va plus loin : il lui est vital. Il lui procure pratiquement ses uniques contacts humains. Il est la seule chose qui maintient sa solitude totale et désespérée à distance.

Chaque interaction avec ces demandeurs lui sauve un tout petit peu la vie. Au début, c'est à peine s'ils la voient. Ils placent leurs affaires dans le panier et les regardent attentivement passer à travers la machine. La plupart se méfient d'Irene, craignant qu'elle ne mette dans sa poche leur petite monnaie, leur stylo, leurs clés, ou quoi que ce soit d'autre. En temps normal, le demandeur ne fait pas attention à elle ; alors elle s'arrange pour qu'il la remarque. C'est son unique lien avec le monde.

Ainsi, elle stoppe chaque panier de sa main gantée. L'attente qu'elle cause est suffisamment longue pour que le visiteur soit obligé de lever les yeux et de croiser son regard. Afin de véritablement voir la personne qui se trouve devant lui. En général, ces gens marmonnent un « Bonjour » peu enthousiaste, et ce mot la comble un peu. Parfois, ils lui demandent comment elle va, alors son cœur se dilate encore un peu plus.

Irene ne répond jamais. Elle ne saurait pas quoi dire. Elle se contente de reporter son attention sur le panier et inspecte chaque objet à la recherche d'indices, d'une petite information à noter et à examiner plus tard.

Plus que tout, elle souhaiterait pouvoir ôter ses gants, toucher les clés, les portefeuilles et les pièces. Elle aimerait faire glisser les bouts de ses doigts sur leur surface, mémoriser leur texture et laisser s'infiltrer en elle ces objets issus des vies d'autres gens. Mais elle ne peut pas retarder la file d'attente trop longtemps. Elle finit par éloigner d'elle le panier, et le visiteur.

La veille, Irene a passé une soirée particulièrement mauvaise. L'insupportable gueule affamée de sa solitude voulait l'engloutir d'un seul coup. Ce matin, elle a besoin de contacts pour sauver sa vie. Elle arrache son regard d'un panier qui s'en va et le reporte sur le demandeur suivant.

C'est la fille qui vient chaque jour depuis le début de la semaine. Elle ne peut pas avoir plus de dix-sept ans. À l'instar de tous les visiteurs, elle ne lève pas la tête du panier. Elle a les yeux rivés dessus, comme si elle ne supportait pas d'être séparée de son casque audio rose fluo et de son téléphone portable. Irene place sa main gantée sur le côté du panier afin de l'empêcher de glisser sur le tapis roulant et de sortir de sa vie.

La fille lève les yeux et le cœur d'Irene grossit. Elle semble aussi désespérée qu'elle. Irene lui sourit presque. Dans sa tête, elle lui sourit franchement.

Bonjour. Je suis heureuse de vous revoir, dit Irene, mais seulement dans sa tête.

En réalité, elle ne la regarde déjà plus car elle observe la coque de son téléphone. On y voit la photo d'un bébé blanc potelé, totalement immergé dans une eau bleue limpide. Les bras et les jambes écartés, le bébé donne davantage l'impression de voler que de nager. Sa bouche et ses yeux sont grands ouverts. Devant lui, un billet d'un dollar pend au bout d'un hameçon. L'image est indécente, et chaque fois qu'Irene la regarde, elle s'aperçoit qu'elle prend une inspiration supplémentaire, comme si c'était elle qui se noyait.

Elle voudrait trouver une raison de confisquer le portable, mais il n'y en a aucune.

DANIEL

Je sais précisément quand Charlie a cessé de m'aimer. C'était pendant l'été où j'ai eu six ans et lui, huit ans. Il faisait des tours sur son nouveau vélo flamboyant (rouge, à dix vitesses, génial) avec ses nouveaux amis flamboyants (blancs, dix ans, géniaux). Malgré ses nombreuses allusions tout au long de l'été, je n'avais pas vraiment compris que j'avais été rétrogradé au rang de Petit Frère Casse-pieds.

Ce jour-là, ses amis et lui sont partis à vélo sans moi. Je l'ai poursuivi sur des blocs et des blocs de rues en criant « Charlie ! », persuadé qu'il avait juste oublié de m'inviter à me joindre à eux. Je pédalais si vite que j'ai fini par me fatiguer (les enfants de six ans ne se fatiguent jamais sur un vélo, alors c'est dire).

Pourquoi n'ai-je pas simplement laissé tomber ? *Bien sûr* qu'il m'entendait l'appeler.

Il a fini par s'arrêter et est descendu de son vélo. Il l'a jeté par terre – au diable la béquille – et est resté là, à attendre que je le rattrape. Je voyais qu'il était en colère. D'ailleurs, il envoyait de la terre à coups de pied sur son vélo pour que tout le monde le sache.

– *Hyeong*, ai-je commencé, employant le terme coréen par lequel les petits frères s'adressent à leurs grands frères.

J'ai su immédiatement que c'était une grosse erreur. Tout son visage est devenu rouge : ses joues, son nez, les extrémités de ses oreilles, tout. Il était pour ainsi dire incandescent. Il a lancé un coup d'œil en biais vers ses nouveaux amis, qui nous observaient comme si nous étions dans une émission de télé.

– Comment il t'a appelé ? a demandé le plus petit.

– C'est une sorte de code secret coréen ? a renchéri le plus grand.

Charlie les a ignorés et s'est avancé à quelques centimètres de mon visage.

– Qu'est-ce que tu fiches ici ?

Il était tellement furieux que sa voix s'est un peu cassée.

Je n'avais pas de réponse à lui donner, mais il n'en attendait pas vraiment une. Ce qu'il voulait, c'était me frapper. Je l'ai deviné à sa façon de serrer et de desserrer les poings. Je l'ai vu essayer d'évaluer les problèmes qu'il allait s'attirer s'il me frappait là, dans le parc, devant des garçons qu'il connaissait à peine.

– Pourquoi tu ne te fais pas tes propres amis, et tu n'arrêtes pas de me suivre partout comme un bébé ? m'a-t-il lancé à la place.

J'aurais préféré qu'il me frappe.

Ensuite, il a ramassé son vélo et, toujours enragé, il a tellement gonflé sa poitrine d'air que j'ai cru qu'il allait éclater, et que j'allais devoir annoncer à ma mère que son fils aîné, le plus parfait, avait explosé.

– Je m'appelle Charles, a-t-il dit aux garçons, les défiant de faire d'autres commentaires. Alors, vous venez ou quoi ?

Il ne les a pas attendus, ne s'est même pas retourné pour voir s'ils le suivaient. Ils l'ont suivi dans le parc, jusqu'à la fin de l'été, et au lycée, exactement comme de nombreuses personnes le suivraient plus tard. D'une certaine manière, j'avais fait de mon frère un roi.

Après ce jour-là, je ne l'ai plus jamais appelé *hyeong*.

CHARLES JAE WON BAE

UNE HISTOIRE FUTURE

Daniel a raison au sujet de Charles. C'est un connard fini. Certaines personnes se débarrassent de leurs défauts en grandissant, mais ce ne sera pas le cas de Charles. Il s'installera dedans, dans ce qui devait inéluctablement devenir sa seconde peau.

Mais avant cela, avant qu'il devienne un politicien et fasse un bon mariage, avant qu'il transforme son nom en « Charles Bay », qu'il trahisse son épouse loyale et les électeurs de sa circonscription à tout bout de champ, avant de gagner beaucoup trop d'argent, de connaître le succès et d'obtenir bien trop souvent tout ce qu'il désire, il fera une chose gentille et désintéressée pour son frère. Ce sera la dernière chose gentille et désintéressée qu'il fera jamais.

FAMILLE

UNE HISTOIRE DE PRÉNOMS

Lorsque Min Soo tomba amoureuse de Dae Hyun, elle ne s'attendait pas à ce que cet amour les emmène de la Corée du Sud en Amérique. Mais Dae Hyun était pauvre depuis tout petit. Un de ses cousins avait réussi à New York, et leur avait promis de les aider.

Lorsque l'on est un immigrant, s'exiler dans un pays étranger est la plupart du temps un acte de foi. Même si on a entendu des histoires sur le salut, les perspectives d'avenir et la prospérité, cela représente malgré tout un grand saut qui nous arrache à notre langue, notre peuple et notre pays. À notre propre histoire. Et si ces récits n'étaient pas vrais ? Si l'on ne pouvait pas s'adapter ? Si notre présence dans ce nouveau pays n'était pas désirée ?

En fin de compte, seules certaines histoires étaient vraies. Comme tous les immigrants, Min Soo et Dae Hyun s'acclimatèrent autant qu'ils le purent. Ils évitèrent les gens et les endroits qui ne voulaient pas d'eux. Le cousin de Dae Hyun les aida effectivement, et ils prospérèrent. Leur foi fut ainsi récompensée.

Quelques années plus tard, lorsque Min Soo apprit qu'elle était enceinte, sa première pensée porta sur le prénom qu'elle allait donner à son enfant. Elle avait le sentiment qu'en Amérique, les noms ne signifiaient rien, contrairement aux usages en Corée. Là-bas, le nom de famille venait en premier, et il racontait toute l'histoire de vos ancêtres. En Amérique, le nom de famille est appelé le « dernier nom ». Selon Dae Hyun, cela prouvait bien que les Américains accordaient plus d'importance à l'individu qu'à la famille.

Min Soo hésita longuement sur le choix du nom personnel, que les Américains appellent prénom. Fallait-il que son fils ait un prénom américain, facile à prononcer pour ses professeurs et ses camarades de classe ? Ou son mari et elle devaient-ils plutôt rester fidèles à la tradition et choisir deux caractères de l'alphabet coréen afin de former un nom personnel de deux syllabes ?

Les prénoms sont des choses puissantes. Ils servent de marqueur d'identité et de coordonnée, qui vous situent dans le temps et la géographie. En outre, ils peuvent servir de boussole. Finalement, Min Soo aboutit à un compromis. Elle donna à son fils un prénom américain suivi d'un nom personnel coréen, suivi de leur nom de famille. Elle l'appela Charles Jae Won Bae. Et elle nomma son second fils Daniel Jae Ho Bae.

Au bout du compte, elle choisit les deux : coréen et américain. Américain et coréen.

Afin que ses enfants sachent d'où ils venaient.

Afin que ses enfants sachent où ils allaient.

NATASHA

Je suis en retard. J'entre dans la salle d'attente et je me dirige vers la réceptionniste. Lorsqu'elle m'aperçoit, elle secoue la tête, comme si elle avait déjà vu cette scène. Tout le monde, ici, a déjà tout vu, et se fiche de savoir que c'est complètement nouveau pour vous.

– Vous devrez appeler le standard pour prendre un autre rendez-vous.

– Je n'ai pas le temps de faire ça, dis-je à la réceptionniste.

Je lui parle de l'agent de sécurité, Irene, et de son comportement bizarre. Je m'exprime doucement et sur un ton posé. Elle hausse les épaules et baisse la tête. Je suis congédiée. Si on était n'importe quel autre jour, je n'insisterais pas.

– S'il vous plaît, appelez Karen Whitney. C'est elle qui m'a dit de revenir.

– Vous aviez rendez-vous à huit heures. Il est huit heures cinq. En ce moment, elle est avec un autre demandeur.

– Je vous en prie. Ce n'est pas ma faute si je suis en retard. Elle m'a…

Le visage de la réceptionniste se durcit. Peu importe ce que je dirai, elle ne se laissera pas émouvoir.

– Mme Whitney est déjà occupée avec un autre demandeur, répète-t-elle.

Elle s'adresse à moi comme si l'anglais n'était pas ma langue maternelle.

J'exige, d'une voix forte, hystérique :

– Appelez-la !

Tous les autres demandeurs, même ceux qui ne parlent pas anglais, me dévisagent. Le désespoir se passe de traduction.

La réceptionniste fait un signe de tête à un vigile qui se tient près de l'entrée. Avant qu'il ait le temps de venir vers moi, la porte menant aux bureaux s'ouvre. Un homme très grand et mince, à la peau mate, me fait un signe et s'adresse à la réceptionniste :

– C'est bon, Mary. Je vais la recevoir.

Je franchis la porte en vitesse avant qu'il change d'avis. Il ne me regarde pas ; il se contente de se détourner et s'engage dans une série de couloirs. Je le suis en silence jusqu'à ce qu'il s'arrête devant le bureau de Karen Whitney.

– Attendez-moi ici, me dit-il.

Il s'absente quelques secondes, et quand il revient, il tient dans la main une chemise rouge : mon dossier.

Nous empruntons un autre couloir et arrivons enfin à son bureau.

– Je m'appelle Lester Barnes, m'informe-t-il. Asseyez-vous.

– J'ai été…

Il lève une main pour me faire taire.

– Tout ce que j'ai besoin de savoir se trouve dans ce dossier.

Il attrape la chemise par un coin et l'agite dans ma direction.

– Rendez-vous service en restant silencieuse pendant que je le lis, ajoute-t-il.

Son bureau est si bien rangé qu'on devine qu'il en est fier. Il a tout un jeu d'accessoires argentés assortis : un porte-crayon, des corbeilles pour le courrier à l'arrivée et au départ, et même un porte-cartes sur lequel est gravé LRB. Qui donc utilise encore des cartes professionnelles ? Je tends la main pour en prendre une, que je glisse dans ma poche.

Derrière lui, le grand meuble de rangement est un patchwork de piles de chemises avec des codes couleur.

Chaque chemise contient la vie de quelqu'un. Leurs couleurs sont-elles aussi éloquentes que je le pense ? Ma chemise est rouge rejet.

Au bout de quelques minutes, il lève les yeux sur moi et me demande :

– Pourquoi êtes-vous ici ?

– C'est Karen – Mme Whitney – qui m'a conseillé de revenir. Elle a été gentille avec moi. Elle m'a dit qu'il y aurait peut-être une solution.

– Karen est nouvelle, me répond-il comme pour expliquer quelque chose, mais je ne sais pas quoi.

– Le dernier pourvoi en appel de votre famille a été rejeté. L'arrêté d'expulsion est toujours valable, mademoiselle Kingsley. Vous et votre famille devrez partir ce soir à vingt-deux heures.

Il referme la chemise et pousse une boîte de mouchoirs en papier dans ma direction, en prévision de mes pleurs. Mais je ne suis pas quelqu'un qui pleure.

Je n'ai pas pleuré lorsque mon père nous a appris que nous étions sous le coup d'une mesure d'expulsion, ni chaque fois que nos appels ont été rejetés.

Je n'ai pas pleuré l'hiver dernier quand j'ai découvert que mon ex-petit ami me trompait.

Je n'ai même pas pleuré hier lorsque Bev et moi nous sommes dit officiellement au revoir. Nous savions toutes les deux depuis des mois que ça allait arriver. Je n'ai pas pleuré, pourtant, ce n'était pas facile. Elle m'aurait accompagnée aujourd'hui, mais elle est en Californie avec sa famille, où elle visite Berkeley et deux ou trois autres universités.

– Tu seras peut-être encore là quand je reviendrai, a-t-elle déclaré après notre dix-septième embrassade. Peut-être que tout va s'arranger.

Bev est depuis toujours une incorrigible optimiste, y compris quand les chances de succès sont infimes. C'est le genre de fille qui achète des billets de loterie. Moi, je suis le genre de fille qui se moque des gens qui achètent des billets de loterie.

Donc, je ne vais certainement pas me mettre à pleurer maintenant. Je me lève, je rassemble mes affaires et me dirige vers la porte. J'ai besoin de toute mon énergie pour continuer à ne pas être quelqu'un qui pleure. Dans ma tête, j'entends la voix de ma mère :

Laisse pas ta fierté te dominer, Tasha.

Je me retourne :

– Vous ne pouvez donc vraiment rien faire pour m'aider ? Je vais réellement être obligée de partir ?

Je parle si bas que je perçois à peine ma voix. Néanmoins, M. Barnes n'a aucun mal à m'entendre. Écouter des petites voix malheureuses figure dans sa fiche de poste.

Il tapote mon dossier de ses doigts et répond :

– L'arrestation de votre père pour conduite en état d'ivresse…

– ... est son problème. Pourquoi est-ce que je dois payer pour son erreur ?

Mon père. Son unique soir de gloire a abouti à son arrestation pour conduite en état d'ivresse, et a provoqué un effet domino : nous avons été découverts par les autorités, puis j'ai perdu le seul endroit que j'appelle mon pays.

– Il n'en demeure pas moins que vous êtes en situation irrégulière, insiste M. Barnes, d'une voix cependant moins dure qu'au début.

Je hoche la tête, mais je ne réponds rien, parce que sinon, je vais bel et bien pleurer, maintenant. J'enfile mon casque audio et me dirige vers la porte.

– Je suis allé dans votre pays, la Jamaïque, m'annonce-t-il, en souriant au souvenir de son voyage. J'ai passé un bon moment. Tout est *irie*, là-bas, man. Tout ira bien pour vous.

Les psychiatres conseillent de ne pas refouler ses sentiments parce qu'ils finiront par éclater. Ils n'ont pas tort. Cela fait des mois que je suis en colère. Depuis le commencement du monde, on dirait. Je suis en colère contre mon père. En colère contre Rob, qui, pas plus tard que la semaine dernière, m'a dit que nous devrions être capables de rester amis malgré « tout », c'est-à-dire malgré le fait qu'il m'a trompée.

Même Bev n'a pas échappé à ma colère. Depuis le début de l'automne, elle se demande où elle va s'inscrire après le bac, en fonction de l'endroit où son petit ami – Derrick – ira faire ses études. Elle consulte régulièrement le décalage horaire entre les régions où seront leurs possibles établissements respectifs.

– Est-ce que ça marche, les relations à distance ? m'interroge-t-elle tous les deux ou trois jours.

La dernière fois qu'elle m'a posé la question, je lui ai répondu qu'elle ne devrait peut-être pas baser tout son *futur* sur son *actuel* petit copain de lycée. Elle l'a mal pris. Elle pense que leur relation durera éternellement. Selon moi, ils vont rester ensemble jusqu'à la cérémonie de remise des diplômes. Éventuellement jusqu'à la fin de l'été. J'ai été obligée de faire ses devoirs de physique pendant des semaines pour me faire pardonner.

Et aujourd'hui, un homme qui n'a sans doute pas passé plus d'une semaine dans sa vie en Jamaïque vient de m'assurer que tout sera *irie*.

Je retire mon casque audio et lui demande :

– Où êtes-vous allé ?

– À Negril. Très beau coin.

– Vous avez quitté l'enceinte de l'hôtel ?

– Je voulais le faire, mais ma femme…

– Mais votre femme ne le voulait pas parce qu'elle avait peur, n'est-ce pas ? Il était écrit dans votre guide qu'il valait mieux rester à l'hôtel.

Je me rassois.

Il pose son menton sur le dos de ses mains jointes. Pour la première fois depuis le début de cette conversation, ce n'est pas lui qui la dirige.

– Elle s'inquiétait pour sa sécurité ?

Je mets des guillemets imaginaires autour du mot *sécurité*, comme si ce n'était pas vraiment une chose pour laquelle on devait s'inquiéter.

– Ou peut-être qu'elle n'avait pas envie de gâcher ses vacances en voyant à quel point tout le monde est pauvre, en réalité.

La colère que j'ai réprimée jusqu'à présent monte de mon ventre à ma gorge.

– Vous avez écouté Bob Marley, un barman vous a donné de l'herbe, quelqu'un vous a expliqué le sens du mot *irie*, donc vous croyez connaître quelque chose. Vous avez vu un tiki bar, une plage et votre chambre d'hôtel. Ce n'est pas un pays, ça. C'est une station balnéaire.

Il lève les mains comme pour se défendre, et pour tenter de repousser les mots vers moi.

Oui, je suis odieuse.

Oui, je m'en fiche.

– Ne me dites pas que tout ira bien pour moi. Je ne connais pas ce pays. Je vis ici depuis que j'ai huit ans. Je ne connais personne en Jamaïque. Je n'ai pas d'accent. Je ne connais pas ma famille là-bas, ou pas comme on est censé connaître sa famille. Je suis dans ma dernière année de lycée. Et le bal de fin d'année, la cérémonie de remise des diplômes, et mes amis ?

Je veux me préoccuper des mêmes choses stupides dont mes amis se préoccupent. Je viens même de commencer à constituer mon dossier d'inscription au Brooklyn College. Ma mère a mis de l'argent de côté pendant deux ans pour pouvoir partir en Floride m'acheter une « bonne » carte de sécurité sociale. Une « bonne » carte de sécurité sociale est une carte sur laquelle est imprimé un numéro réel volé au lieu d'un faux. L'homme qui la lui a vendue lui a expliqué que les moins chères, qui avaient de faux numéros, ne passaient pas les vérifications de casier judiciaire ni les candidatures aux établissements d'enseignement supérieur. Avec cette carte, au contraire, je pourrai postuler à une aide financière. Si, en plus, j'obtiens une bourse, j'aurai peut-être même les moyens d'aller à l'université d'État de New York à Binghamton, ou dans d'autres établissements de la région.

Pleurant à présent, j'ajoute :

– Et la fac ?

Mes larmes sont intarissables. Ça faisait longtemps qu'elles attendaient de couler.

M. Barnes rapproche la boîte de mouchoirs en papier vers moi. J'en prends six ou sept, je me mouche, et j'en reprends autant. Je rassemble de nouveau mes affaires.

– Vous avez une idée de ce que c'est, de n'être intégré nulle part ?

Une fois de plus, je parle trop bas, mais une fois de plus, il m'entend.

J'ai atteint la porte, j'ai la main sur la poignée lorsqu'il me dit :

– Mademoiselle Kingsley. Attendez.

IRIE

UNE HISTOIRE ÉTYMOLOGIQUE

Il se peut que vous ayez déjà entendu le mot *irie.* Vous avez peut-être fait un voyage en Jamaïque et vous savez qu'il vient du créole jamaïcain, ou qu'il possède d'autres racines dans la religion rastafari. Le célèbre chanteur de reggae Bob Marley était lui-même un Rastafari, et il a contribué à répandre ce mot au-delà des côtes jamaïcaines. Voilà pourquoi, lorsque vous l'entendez, vous avez peut-être une idée de l'histoire de cette religion.

Peut-être savez-vous que le rastafarisme est une petite émanation des trois principales religions abrahamiques : le christianisme, l'islam et le judaïsme. Vous n'ignorez pas que les religions abrahamiques sont monothéistes et qu'elles sont basées sur des incarnations d'Abraham divergentes. Il se peut que ce mot vous renvoie des échos de la Jamaïque des années 1930, lorsque le rastafarisme s'est développé. Ou bien il vous évoque le chef spirituel de ce mouvement, Hailé Sélassié Ier, empereur d'Éthiopie de 1930 à 1974.

Par conséquent, vous entendez dans ce mot sa signification spirituelle première. Tout *va bien* entre vous et votre dieu, et donc entre vous et le monde. Être *irie*, c'est se trouver dans un état spirituel de contentement et d'extase. Ce mot contient l'idée fondamentale de cette religion.

Ou peut-être ignorez-vous toute cette histoire.

Vous ne connaissez rien à Dieu, à l'esprit ou au langage. Vous connaissez simplement la définition familière contemporaine du dictionnaire. Être *irie*, c'est simplement *aller bien*.

Parfois, quand on cherche un mot dans le dictionnaire, on tombe sur des définitions qualifiées d'obsolètes. Natasha s'étonne souvent de cela, de l'instabilité du langage. Un mot peut commencer par signifier une chose et finir par en signifier une autre. Cela découle-t-il d'un emploi ou d'une simplification excessifs, à l'image du mot *irie* que l'on apprend aux touristes dans les stations balnéaires de la Jamaïque ? Cela vient-il d'un usage impropre, comme chez le père de Natasha dernièrement ?

Avant de recevoir l'arrêté d'expulsion, celui-ci refusait de parler avec un accent jamaïcain ou d'employer des expressions d'argot jamaïcain. Maintenant qu'ils sont obligés de retourner en Jamaïque, il utilise un nouveau vocabulaire, tel un touriste qui s'entraîne à prononcer des expressions étrangères en vue d'un voyage dans un pays inconnu.

À l'habituel et commercial « Comment allez-vous ? » des caissières dans les épiceries, il répond : « Tout *irie*, man ! » Pareil avec le facteur. Il affiche un sourire trop grand.

Il enfonce ses mains dans ses poches, bombe le torse et se conduit comme si l'univers l'avait comblé de plus de cadeaux qu'il ne pouvait raisonnablement accepter. Il est si évident qu'il joue un rôle que Natasha ne voit pas comment les gens peuvent être dupes, mais elle se trompe. Grâce à lui, les gens se sentent bien pendant un instant, comme si sa bonne fortune manifeste allait déteindre sur eux.

Les mots devraient se comporter davantage comme des unités de mesure, pense Natasha. Un mètre est un mètre, point. Les mots ne devraient pas avoir le droit de changer de sens. Qui décide que leur signification a changé, et quand ? Y a-t-il un temps intermédiaire où le mot possède les deux significations à la fois ? Ou un intervalle pendant lequel il ne veut rien dire du tout ?

Natasha sait que si elle est obligée de quitter l'Amérique, toutes ses amitiés, y compris celle avec Bev, déclineront. Bien sûr, ses amis et elle essaieront de rester en contact au début, mais ce ne sera pas comme se voir tous les jours. Ils ne se rendront pas à deux couples au bal de promo. Ils ne fêteront pas ensemble leurs lettres d'admission à l'université, ni ne pleureront sur leurs courriers de refus. Ils ne prendront pas de photos ridicules à la cérémonie de remise des diplômes. Au lieu de ça, le temps passera et la distance paraîtra chaque jour plus grande. Bev sera en Amérique et fera des choses américaines. Natasha sera en Jamaïque, avec l'impression d'être une étrangère dans son pays natal.

Combien de temps s'écoulera-t-il avant que ses amis l'oublient ? Avant qu'elle prenne l'accent jamaïcain ? Avant qu'il ne lui reste plus le moindre souvenir de sa vie en Amérique ?

Un jour, le sens du mot *irie* évoluera, et il deviendra simplement un mot supplémentaire doté d'une longue liste de définitions archaïques ou obsolètes. « Tout est *irie* ? » vous demandera quelqu'un dans un accent américain parfait. « Tout est *irie* », répondrez-vous, alors que vous penserez : « Ça peut aller », et que vous aurez envie de vite passer à autre chose. Ni vous ni cette personne ne connaîtra Abraham, la religion rastafari ou le créole jamaïcain. Ce mot aura perdu toute son histoire.

DANIEL

Pris au piège dans le tourbillon des attentes et des déceptions de ses parents, un ado du coin ne s'attend pas à être sauvé.

L'avantage d'avoir un connard exceptionnellement doué comme grand frère, c'est que ça nous enlève la pression. Charlie a toujours été suffisamment bon pour deux fils. Maintenant qu'il n'est plus si parfait, en fin de compte, la pression retombe sur moi.

Voici une conversation que j'ai eue un milliard trois cents millions de fois (grosso modo) depuis qu'il est revenu à la maison :

Maman : Tes notes toujours bien ?

Moi : Ouais.

Maman : En biologie ?

Moi : Ouais.

Maman : Et en maths ? T'aimes pas les maths.

Moi : Je sais que je n'aime pas les maths.

Maman : Mais tes notes toujours bien ?

Moi : Toujours un B.

Maman : Pourquoi pas déjà un A ? Il est temps que tu deviennes sérieux. T'es plus un petit garçon.

Aujourd'hui, j'ai un entretien pour une admission à l'université de Yale avec un ancien étudiant. Selon ma mère, Yale est « École de Deuxième Choix », mais pour une fois, je me suis imposé et j'ai refusé de postuler à « Meilleure École » (Harvard). Continuer à être le petit frère de Charlie dans un nouvel établissement, c'est vraiment trop me demander. De plus, qui sait si Harvard m'accepterait maintenant que Charlie en a été exclu temporairement ?

Ma mère et moi sommes dans la cuisine. Parce que j'ai un entretien, elle me cuit à la vapeur des *mandu* (boulettes de pâte) surgelés pour me faire plaisir. En guise d'apéritif, je mange des Cap'n Crunch (les meilleures céréales de l'humanité), tout en écrivant dans mon carnet en moleskine. Je travaille depuis une éternité (grosso modo) sur un poème qui parle d'un cœur brisé. Le problème, c'est qu'on ne m'a jamais brisé le cœur, alors j'ai du mal.

Écrire à la table de la cuisine est un luxe, en quelque sorte. Je ne pourrais pas le faire si mon père était là. Il ne désapprouve pas tout haut mon penchant pour l'écriture de poèmes, mais il le désapprouve quand même.

Ma mère interrompt mon petit-déjeuner et mon écriture par une variation sur notre conversation habituelle. Je la suis tranquillement, plaçant des « ouais » à travers mes bouchées de céréales, lorsque soudain, elle change le script. À la place du « T'es plus un petit garçon », elle me dit :

– Sois pas comme ton frère.

Elle s'exprime en coréen. Pour donner plus de poids à ces paroles. Et, à cause de Dieu, du Destin ou d'une Simple Poisse, Charlie entre dans la cuisine juste à ce moment-là. Je m'arrête de mastiquer.

Quiconque nous verrait de l'extérieur trouverait la séquence formidable. Une mère préparant le petit-déjeuner pour ses deux fils. L'un assis à table, qui mange des céréales (sans lait). L'autre qui entre en scène côté cour. Il s'apprête à prendre son petit-déjeuner, lui aussi.

Cependant, ce n'est pas ce qui se passe en réalité. Ma mère a si honte que Charlie l'ait entendue qu'elle rougit. C'est léger, mais c'est là. Elle lui propose des *mandu,* bien qu'il déteste la nourriture coréenne et refuse d'en manger depuis le collège.

Et Charlie ? Il se contente de faire semblant. Il fait semblant de ne pas comprendre le coréen. De ne pas avoir entendu notre mère lui proposer des boulettes de pâte. De ne pas m'avoir vu.

Je tombe presque dans le panneau, jusqu'à ce que je regarde ses mains. Il serre les poings, ce qui trahit la vérité : il a entendu, et il a compris. Il aurait mieux valu qu'elle le traite de crétin, ou même de bite animatronique avec sac à couilles, plutôt que de me demander de ne pas être comme lui. Depuis que je suis né, j'ai toujours entendu le contraire : « Essaie donc d'être plus comme ton frère ! » Ce Revers de Fortune n'est bon ni pour lui ni pour moi.

Charlie sort un verre du placard et le remplit d'eau du robinet. Il boit cette eau uniquement pour embêter notre mère. Elle ouvre la bouche pour prononcer sa phrase habituelle : « Non. Bois l'eau filtrée », mais elle la referme. Charlie vide son verre en trois gorgées rapides et le remet dans le placard sans l'avoir lavé. Il laisse la porte du placard ouverte, puis quitte la pièce.

– *Omma*, laisse-le tranquille, dis-je ensuite à ma mère.

Je suis énervé *contre* lui et *pour* lui. Mes parents le critiquent en permanence. J'imagine très bien combien ça doit être pénible pour lui de travailler à la boutique toute la journée avec mon père. Je parie que celui-ci ne se gêne pas pour l'enguirlander entre un sourire aux clients et une réponse sur les extensions capillaires, l'huile essentielle d'arbre à thé et les traitements pour cheveux abîmés chimiquement. (Mes parents tiennent une boutique de produits cosmétiques et de soins pour cheveux afro. Elle s'appelle tout simplement Black Hair Care.)

Ma mère ouvre le panier cuit-vapeur pour vérifier la cuisson des *mandu*. La vapeur embue ses lunettes. Quand j'étais petit, ça me faisait rire, et elle en rajoutait une couche en les laissant s'embuer le plus possible, puis elle faisait semblant de ne plus me voir. Aujourd'hui, elle se contente de les enlever et de les essuyer avec un torchon.

– C'est quoi, qu'est arrivé à ton frère ? Pourquoi lui échouer ? Il échoue jamais.

Sans ses lunettes, elle paraît plus jeune, plus jolie. Est-il anormal de trouver sa mère jolie ? Sans doute. Je suis sûr que cette pensée ne traverse jamais l'esprit de Charlie. Toutes ses petites amies (les six) étaient très mignonnes, des filles blanches légèrement potelées, aux cheveux blonds et aux yeux bleus.

Non, je mens. Agatha, sa dernière copine du lycée, avant la fac, avait les yeux verts.

Ma mère rechausse ses lunettes et attend, comme si j'allais lui donner une réponse. Elle déteste ne pas savoir ce qui va se passer. L'incertitude est son ennemie. Je crois que c'est parce qu'elle a eu une enfance pauvre, en Corée du Sud.

– Il échoue jamais. Quelque chose est arrivé.

Bon, là, je suis encore plus énervé. Peut-être qu'il n'est rien *arrivé* à Charles. Il a peut-être échoué simplement parce que ses cours ne lui plaisaient pas. Ou bien, il ne veut pas devenir médecin. Ou il ne sait pas ce qu'il veut. Ou il a changé.

Mais, dans ma famille, nous n'avons pas le droit de changer. Nous sommes sur une voie pour devenir des médecins, et il est hors de question de s'en écarter.

– Les garçons, vous vous la coulez douce ici. L'Amérique vous ramollit.

Si j'avais gagné un neurone chaque fois que j'ai entendu cette phrase, je serais un sacré génie.

– On est nés ici, maman. On a toujours été mous.

Elle fait *pff* !

– Et ton entretien ? T'es prêt ?

Après m'avoir examiné de la tête aux pieds, elle ne me trouve pas présentable.

– Tu te coupes les cheveux avant l'entretien.

Ça fait des mois qu'elle me tanne pour que je me débarrasse de ma petite queue-de-cheval. J'émets un bruit qui pourrait exprimer soit l'approbation soit la désapprobation. Elle pose une assiette de *mandu* devant moi, et je mange en silence.

À cause du gros entretien, mes parents m'autorisent à manquer les cours aujourd'hui. Il n'est encore que huit heures du matin, mais je ne vais certainement pas rester à la maison pour avoir d'autres conversations de ce type. Avant que je m'échappe, elle me tend une pochette contenant des bordereaux de dépôt à remettre à mon père au magasin.

– *Appa* a oublié. Tu lui apportes.

Je suis sûr qu'elle voulait la donner à Charlie avant qu'il parte à la boutique mais que ça lui est sorti de l'esprit à cause du petit incident de tout à l'heure.

Je prends la pochette, j'attrape mon carnet et je monte à l'étage en traînant les pieds pour m'habiller. Ma chambre se trouve au bout d'un long couloir. Je passe devant celle de Charlie (la porte est fermée, comme d'habitude) et celle de mes parents. Là, contre le chambranle sont appuyées deux toiles vierges, toujours emballées, de ma mère. C'est son jour de congé du magasin, alors je parie qu'elle a hâte de le passer seule, à peindre. Depuis quelque temps, ses sujets, ce sont les cafards, les mouches et les scarabées. Je la taquine en appelant ça sa Période Insectes Dégoûtants ; n'empêche que j'aime encore plus celle-ci que sa Période Orchidées Abstraites d'il y a plusieurs mois.

Je fais un rapide détour par la chambre vide qu'elle utilise comme atelier pour voir si elle a peint une nouvelle toile. En effet, je découvre un énorme scarabée. Le tableau n'est pas particulièrement grand, mais l'insecte occupe tout l'espace.

Ma mère a toujours réalisé de belles peintures aux couleurs vives, mais quand elle applique toutes ces couleurs à ses dessins d'insectes complexes, quasi anatomiques, ses tableaux sont encore plus beaux, je ne sais pas pourquoi. Cette bestiole-là est peinte dans des verts, des bleus et des noirs irisés sombres. Sa carapace miroite comme de l'huile sur de l'eau.

Il y a trois ans, pour son anniversaire, mon père lui a fait la surprise d'embaucher un employé à temps partiel à la boutique pour qu'elle n'ait plus besoin d'y aller tous les jours. Il lui a également offert une boîte de peinture à l'huile pour débutants et des toiles. Je n'avais jamais vu ma mère pleurer à cause d'un cadeau, avant. Elle n'a pas arrêté de peindre depuis ce jour.

Une fois dans ma chambre, je me demande pour la dix millième fois (grosso modo) à quoi sa vie ressemblerait si elle n'avait jamais quitté la Corée. Et si elle n'avait pas rencontré mon père ? Si elle ne nous avait pas eus, Charlie et moi ? Serait-elle une artiste aujourd'hui ?

Je mets mon costume gris tout neuf taillé sur mesure et ma cravate rouge. « Trop vive » l'a qualifiée ma mère quand nous sommes allés l'acheter.

Apparemment, seuls les tableaux ont le droit d'être de couleurs vives. J'ai réussi à la convaincre en affirmant que le rouge me donnerait un air assuré. À présent, tandis que j'observe mon allure dans le miroir, je dois admettre que ma tenue me donne effectivement un air assuré et raffiné (oui, raffiné). Dommage que je la porte pour cet entretien et pas pour une occasion qui a une réelle importance pour moi. Après avoir consulté les prévisions météorologiques sur mon téléphone portable, je décide que je n'ai pas besoin d'un manteau. Il va faire jusqu'à 19,5 °C : une journée d'automne parfaite.

Même si je suis encore énervé à cause de la façon dont elle a traité Charlie, j'embrasse ma mère et je lui promets d'aller me faire couper les cheveux, puis je sors de la maison. Cet après-midi, ma vie va sauter dans un train à destination de la gare *docteur* Daniel Jae Ho Bae, mais avant ça, la journée m'appartient. Je vais faire ce que le monde me dit de faire. Je vais me comporter comme si j'étais dans une fichue chanson de Bob Dylan et aller là où le vent me pousse. Je vais faire comme si mon avenir était complètement indéterminé, et comme si tout pouvait arriver.

NATASHA

Rien n'arrive par hasard. C'est une phrase que les gens disent. Ma mère la sort souvent :

– Rien n'arrive par hasard, Tasha.

En général, les gens l'emploient quand quelque chose va mal, mais pas *trop* mal. Par rapport à un accident de voiture non mortel. Quand on s'est foulé, et non cassé, la cheville.

Il est révélateur que ma mère ne l'a pas prononcée au sujet de notre expulsion. Quelle raison pourrait-il y avoir à l'arrivée de cet évènement horrible ? Mon père, qui est le responsable de tout ça, affirme :

– On ne peut pas toujours voir le plan de Dieu.

J'ai envie de lui rétorquer qu'il ne devrait peut-être pas laisser Dieu décider de chaque chose et qu'espérer en dépit de tout n'est pas une stratégie de vie. Mais pour ça, il faudrait que je lui parle, or je n'ai pas envie de lui parler.

Les gens disent ce genre de choses pour donner du sens au monde. Dans notre for intérieur, nous croyons presque tous que la vie a un sens, qu'elle a un côté intentionnel. L'équité. La morale élémentaire. Les bonnes choses arrivent aux personnes bonnes. Les mauvaises choses arrivent seulement aux personnes mauvaises.

Personne ne veut croire que la vie est aléatoire. Mon père dit qu'il ne sait pas d'où vient mon cynisme, mais je ne suis pas une cynique. Je suis une réaliste. Il est préférable de voir la vie telle qu'elle est, et non telle qu'on souhaiterait qu'elle soit. Les choses n'arrivent pas pour une raison en particulier. Elles arrivent, point. Et par hasard.

Néanmoins, voici quelques Faits Observables : si je n'avais pas été en retard à mon rendez-vous, je n'aurais pas rencontré Lester Barnes. Et s'il n'avait pas prononcé le mot *irie*, je n'aurais pas craqué. Et si je n'avais pas craqué, en ce moment je ne serrerais pas dans ma main un papier sur lequel est écrit le nom d'un avocat surnommé « le combinard ».

En sortant du bâtiment, je passe devant le portique de sécurité. Je ressens alors une forte envie irrationnelle, et qui ne me ressemble pas du tout, de remercier l'employée de la sécurité – Irene –, mais elle se trouve un peu loin de moi et est occupée à caresser les affaires de quelqu'un d'autre.

Je vérifie si j'ai reçu des messages sur mon téléphone. Bien qu'il soit seulement cinq heures trente du matin en Californie, Bev m'a envoyé un SMS composé de plusieurs points d'interrogation. J'envisage de lui raconter ce dernier développement, avant de décider que ce n'en est pas réellement un.

Rien pour le moment, je lui réponds. Égoïstement, je regrette une fois de plus qu'elle ne soit pas là avec moi. En fait, ce que je voudrais vraiment, c'est être là-bas avec elle, à visiter des universités, à vivre une expérience de dernière année de lycée normale.

Je regarde de nouveau le bout de papier. Jeremy Fitzgerald. M. Barnes n'a pas voulu que j'appelle de son téléphone pour prendre rendez-vous.

– Les chances sont très minces, m'a-t-il prévenue, avant de pratiquement me mettre à la porte.

Fait Observable : on ne devrait jamais tenter sa chance si elle est mince. Mieux vaut étudier les chances et tenter celle qui est forte. Cependant, si la mince est la seule chance que vous ayez, alors vous devez la tenter.

IRENE

UNE HISTOIRE HÉSITANTE

Pendant sa pause-déjeuner, Irene télécharge l'album de Nirvana. Elle l'écoute trois fois d'affilée. Dans la voix de Kurt Cobain, elle entend la même chose que Natasha: une détresse belle et parfaite, une voix rauque si forcée par la solitude et le manque qu'elle devrait se casser. Selon Irene, il serait préférable qu'elle se casse, ce serait mieux que de vivre avec le manque et en n'ayant rien, mieux que de *vivre* tout court.

Elle suit la voix de Kurt Cobain et descend très, très bas, dans un lieu où il fait noir en permanence. Après avoir fait des recherches sur Internet, elle apprend que l'histoire de Cobain ne se finit pas bien.

Irene élabore un plan. Aujourd'hui, ce sera le dernier jour de sa vie.

La vérité, c'est que cela fait des années qu'elle pense par intermittence à se tuer. Dans les paroles de Cobain, elle trouve enfin les mots. Elle écrit une lettre de suicide destinée à personne : « *Oh well. Whatever. Nevermind*[1]. »

1. Paroles d'un couplet de la chanson de Nirvana intitulée « Smells like teen spirit », que l'on peut traduire par : « Oh bon. Je m'en fous. C'est pas grave. » (N.d.T.)

NATASHA

Je descends deux marches de l'escalier qui mène dans la rue puis je compose le numéro :

– J'aimerais avoir un rendez-vous aujourd'hui, dès que possible, s'il vous plaît.

La dame qui décroche semble être au beau milieu d'un chantier. En bruit de fond, j'entends une perceuse et un vacarme incroyable. Je suis obligée de répéter mon nom deux fois.

– C'est à quel sujet ? me demande-t-elle.

J'hésite. Le truc, quand on est un immigré sans papiers, c'est qu'on devient très fort pour garder des secrets. Avant que toute cette histoire d'expulsion commence, j'avais confié le mien à une seule personne, Bev, bien qu'elle ne soit en général pas très douée pour garder des secrets.

« Ils sortent tout seuls ! » se justifie-t-elle, comme si elle n'avait absolument aucun contrôle sur les mots qui franchissent ses lèvres.

Pourtant, même Bev savait combien il était important de ne pas révéler celui-là.

– Allô, mademoiselle ? Pouvez-vous me dire quel est votre problème ? insiste ma correspondante.

Je presse mon portable contre mon oreille et je m'immobilise au milieu de l'escalier. Autour de moi, le monde s'accélère comme dans un film en avance rapide. Les gens montent et descendent les marches à une triple vitesse en faisant des mouvements saccadés. Dans le ciel, les nuages défilent en trombe. Le soleil change de position.

– Je suis sans papiers, dis-je.

Mon cœur bat la chamade comme si j'avais couru une très longue distance pendant très longtemps.

– J'ai besoin d'en savoir plus, réplique mon interlocutrice.

Alors je lui raconte. Je suis jamaïcaine. Mes parents sont entrés dans le pays illégalement quand j'avais huit ans. Nous vivons ici depuis ce jour. Mon père a été arrêté pour conduite en état d'ivresse. Nous allons être expulsés. Lester Barnes a pensé que maître Fitzgerald pourrait nous aider.

Elle me donne un rendez-vous à onze heures.

– Y a-t-il autre chose que je puisse faire pour vous ? ajoute-t-elle.

– Non. C'est tout.

Le cabinet de l'avocat se situe au nord, près de Times Square. Je consulte mon portable : huit heures trente-cinq. Une petite brise se met à souffler, soulevant le bord de ma jupe et jouant avec mes cheveux. Il fait étonnamment doux pour la mi-novembre. Je n'avais peut-être pas besoin de ma veste en cuir, en fin de compte. Je fais un vœu rapide pour que l'hiver ne soit pas trop glacial, avant de me rappeler que je ne serai sans doute pas là pour le voir. Si la neige tombe sur une ville et que personne n'est là pour la sentir, fait-il quand même froid ?

Oui. La réponse est oui.

Je ramène ma veste contre moi. J'ai encore du mal à croire que mon avenir sera différent de celui que j'ai prévu.

Deux heures et demie à patienter. Mon lycée n'est qu'à quinze minutes de marche d'ici. J'envisage brièvement d'aller dans cette direction pour contempler une dernière fois le bâtiment. Il s'agit d'un établissement spécialisé extrêmement sélectif, avec un pôle d'excellence en sciences, et j'ai dû travailler très dur pour y entrer. Je n'arrive pas à croire que c'est peut-être le dernier jour où je vais le voir. En fait, je préfère ne pas y aller ; j'y croiserais trop de gens, qui me poseraient trop de questions du genre : « Pourquoi tu n'es pas en cours aujourd'hui ? », questions auxquelles je n'ai pas envie de répondre.

À la place, je décide de tuer le temps en parcourant à pied les cinq kilomètres qui me séparent du cabinet de l'avocat. Mon magasin de disques vinyles préféré se trouve sur le chemin. Je mets mon casque audio et j'écoute l'album *Temple of the Dog*. Cette journée ressemble à du rock grunge des années 1990, plein d'angoisse existentielle et de guitare bruyante. La voix de Chris Cornell s'envole et je la laisse emporter quelques-uns de mes soucis.

SAMUEL KINGSLEY

UNE HISTOIRE DE REGRET, PREMIÈRE PARTIE

Le père de Natasha, Samuel, arriva en Amérique deux bonnes années avant que le reste de la famille ne le rejoigne. L'idée, c'était qu'il parte le premier et s'établisse comme comédien à Broadway. Il lui serait plus facile de le faire sans avoir à s'occuper d'une épouse et d'une petite fille. Sans elles, il serait disponible pour se rendre à des auditions au pied levé. Pour nouer des contacts avec la communauté des comédiens de New York. Au départ, cette installation était censée ne durer qu'un an, mais elle se prolongea sur une deuxième année. Et une troisième année se serait écoulée, si la mère de Natasha n'avait pu, ni voulu patienter plus longtemps.

Bien qu'elle n'ait eu que six ans à l'époque, Natasha se souvient des appels téléphoniques vers l'Amérique. Elle les devinait toujours aux nombreux chiffres supplémentaires que sa mère devait composer. Au début, ces conversations se passaient bien. Au téléphone, son père avait bien la voix de son papa. Il semblait heureux.

Au bout d'un an environ, sa voix changea. Il avait un nouvel accent bizarre, plus rythmé et nasillard que le créole. Il paraissait moins heureux. Elle se rappelle avoir écouté les discussions entre ses parents. Elle n'entendait pas ce que son père disait, mais ce n'était pas nécessaire.

« Combien de temps encore tu comptes qu'on t'attende ? »

« Mais, Samuel ? Avec toi là-bas et nous ici, on n'est plus une famille ! »

« Parle donc à ta fille, man ! »

Puis un jour, enfin, elles quittèrent la Jamaïque pour de bon. Natasha dit au revoir à ses amis et à sa famille, certaine de les retrouver, peut-être à Noël. À l'époque, elle ignorait ce que cela signifiait d'être un immigré sans papiers. Elle ignorait que cela vous empêchait à tout jamais de retourner chez vous. Que votre pays ne vous semblerait plus jamais votre pays, mais juste un pays étranger parmi d'autres, sur lequel vous ne connaîtriez plus grand-chose. Le jour de leur départ, elle se souvient de s'être demandé, dans l'avion, comment ils allaient pouvoir traverser les nuages, avant de s'apercevoir que les nuages n'étaient pas du tout des boules de coton. Elle se demandait si son père la reconnaîtrait et s'il l'aimerait toujours. Cela faisait si longtemps.

Mais il la reconnut et il l'aimait encore. À l'aéroport, il les serra fort contre lui.

– Seigneur ! Vous aussi vous m'avez manqué, vous savez, leur dit-il, en les étreignant encore plus fort.

Il n'avait pas changé. Sa voix, et son créole, non plus, à ce moment-là. En revanche, son odeur était différente ; on aurait dit qu'il sentait le savon américain, les vêtements américains et la nourriture américaine. Cela ne dérangea pas Natasha. Elle était si heureuse de le voir. Elle pourrait s'habituer à tout.

Pendant les deux années où il avait vécu seul en Amérique, Samuel habitait chez un vieil ami de la famille de sa mère. Il n'avait pas besoin d'un travail, et il puisait dans ses économies pour couvrir le peu qu'il dépensait.

Après l'arrivée de son épouse et de sa fille, cela dut changer. Il travailla comme agent de sécurité la nuit dans un immeuble de Wall Street. Il leur trouva un deux-pièces à louer dans le quartier de Flatbush, à Brooklyn.

– Ch'peux faire ce travail, assura-t-il à sa femme Patricia.

Il choisit l'horaire de nuit afin de pouvoir passer des auditions pendant la journée.

Mais il était fatigué pendant la journée.

Et il n'y avait pas de rôle pour lui ; en outre, son accent ne disparaissait pas en dépit de tous ses efforts. Cela ne l'aidait pas que Patricia et les enfants lui parlent avec leurs gros accents jamaïcains, bien qu'il tentât de leur apprendre la « bonne » prononciation américaine.

Et les refus ne furent pas faciles à accepter. Pour être comédien, il faut avoir la peau dure, mais la peau de Samuel n'était jamais assez dure. Les refus ressemblaient à du papier de verre. Sa peau s'amincissait sous leurs attaques constantes. Au bout d'un moment, Samuel ne sut plus ce qui durerait le plus longtemps : lui-même ou ses rêves.

DANIEL

Un jeune résigné du coin prend la ligne 7 en direction de l'ouest, terminus : fin de l'enfance.

Oui, c'est sûr, je suis parfois un peu excessif, n'empêche que c'est l'impression que j'ai. Ce train est un Putain de Train Magique qui me conduit à toute vitesse de l'enfance (la joie, la spontanéité, l'amusement) à l'âge adulte (la tristesse, la prévisibilité, l'absence totale d'amusement pour quiconque). Lorsque j'en descendrai, j'aurai un projet et des cheveux bien coiffés (sous-entendu courts). Je n'écrirai (ni ne lirai) plus de poèmes ; je rédigerai uniquement des biographies de VIP. J'aurai un Avis sur des sujets sérieux comme l'Immigration, le rôle de l'Église catholique dans une société de plus en plus laïque, la nullité relative des équipes de football américain professionnelles.

La rame de métro s'arrête, et la moitié des passagers en descend. Je me dirige vers mon endroit préféré : la banquette dans le coin, près de la cabine du conducteur. Je m'étale sur les deux sièges.

Oui, mon attitude est odieuse. Mais j'ai une bonne raison : une nuit, à une heure du matin (bien après l'heure à laquelle mes parents m'avaient donné la permission de rentrer), dans un métro complètement vide, un homme avec un énorme serpent enroulé autour du cou a choisi de s'asseoir à côté de moi alors qu'il y avait un millier (grosso modo) de sièges libres.

Je sors mon carnet de la poche intérieure de ma veste de costume. Il faut environ une heure pour atteindre la Trente-Quatrième Rue, à Manhattan, là où se trouve mon coiffeur favori, et mon poème ne va pas s'écrire tout seul. Cinquante minutes (et trois vers très médiocres) plus tard, nous ne sommes plus qu'à deux arrêts du mien. Les portes du Putain de Train Magique se referment. Nous avançons de six mètres à peu près dans le tunnel, puis le train s'immobilise dans un grincement de freins. Les lumières tremblotent et s'éteignent, comme à chaque fois en pareil cas. Cinq minutes passent avant que le conducteur juge bon de s'adresser à nous. Je m'attends à ce qu'il annonce le départ imminent du train, etc., or voici ce qu'il dit :

– MESdames et MESsieurs. Jusqu'à hier, j'étais exactement comme vous. J'étais dans un train allant Nulle Part, exactement comme vous.

Merde, alors. D'habitude, les gens bizarres sont *dans* le train, pas *aux commandes* du train. Mes compagnons de voyage se redressent. Des bulles de pensées disant : « C'est quoi, ce cirque ?! » flottent au-dessus de toutes les têtes.

– Mais quelque chose m'est ARrivé. J'ai vécu une EXPérience religieuse.

Je ne sais pas trop d'où il vient (Cinglés-City, population : 1 habitant). Il accentue le début des mots et donne l'impression de sourire pendant tout son prêche.

– Dieu LUI-même est descendu du PAradis et il m'a sauvé.

Les gens se tapent le front et lèvent les yeux au ciel, éberlués.

– IL vous sauvera vous aussi, mais vous devez l'ACcepter dans votre cœur. ACceptez-le maintenant avant d'atteindre votre DEStination finale.

À présent, moi aussi je grogne, parce qu'il n'y a rien de pire que les jeux de mots. Un type en costume crie au conducteur de fermer sa gueule et de redémarrer le train. Une mère couvre les oreilles de sa petite fille et lance à l'homme que ce vocabulaire n'est pas nécessaire. Si ça continue, ça va être *Sa Majesté des mouches*, sur la ligne numéro 7.

Notre conducteur-évangélisateur se tait, et nous restons encore immobiles dans le noir pendant une minute, avant de repartir. Nous entrons dans la station Times Square, cependant, les portes ne s'ouvrent pas tout de suite. Les haut-parleurs grésillent de nouveau.

– MESdames et MESsieurs. Ce train est à présent hors SERvice. FAcilitez-vous la tâche. Sortez d'ici. Vous trouverez Dieu si vous le cherchez.

Nous descendons tous du train, mi-soulagés, mi-furieux. Chacun doit aller quelque part. Trouver Dieu ne figure pas sur nos emplois du temps.

NATASHA

Les êtres humains ne sont pas des créatures raisonnables. Au lieu d'être gouvernés par la logique, nous sommes gouvernés par les émotions. Si c'était le contraire, les gens sur cette Terre seraient plus heureux. Par exemple, à cause d'un simple coup de téléphone, j'ai commencé à espérer un miracle.

Je ne crois même pas en Dieu.

LE CONDUCTEUR

UNE HISTOIRE ÉVANGÉLIQUE

Son divorce a été une épreuve difficile pour le conducteur. Un jour, sa femme lui annonça qu'elle avait simplement cessé de l'aimer. Elle ne pouvait pas l'expliquer. Elle n'avait pas de liaison. Il n'y avait pas quelqu'un d'autre avec qui elle souhaitait vivre. Mais l'amour qu'elle avait éprouvé autrefois s'était envolé.

Depuis la fin de la procédure de divorce, il y a quatre ans, il est juste de dire que le conducteur est devenu quelque peu incroyant. Il se souvient de leurs vœux prononcés devant Dieu et tous leurs invités. Si la personne qui est censée vous aimer éternellement peut soudain cesser de vous aimer, alors en quoi est-il encore possible de croire ?

À la dérive, fragile, il a erré d'une ville à une autre, d'un appartement à un autre, d'un travail à un autre, ancré dans le monde par presque rien. Il a des difficultés à s'endormir. La seule chose qui l'aide, c'est de regarder la télé tard le soir, le son coupé. L'interminable défilé d'images engourdit son esprit et le fait dormir.

Un soir, pendant ce rituel quotidien, une émission qu'il n'a jamais vue attire son attention. Un homme se tient devant un pupitre, face à un auditoire nombreux. Derrière lui, un écran gigantesque projette son visage. Il est en larmes. La caméra fait un panoramique sur des spectateurs captivés. Certains pleurent, mais le conducteur de métro devine que ce n'est pas de tristesse.

Cette nuit-là, il ne dort pas. Il remet le son et regarde l'émission jusqu'au petit matin.

Le lendemain, il fait des recherches qui le conduisent au christianisme évangélique, et cela l'emmène dans un voyage dont il ignorait avoir besoin. Il découvre qu'il y a quatre étapes avant de devenir un chrétien évangélique. D'abord, on doit renaître. Le conducteur adore l'idée selon laquelle on peut redevenir neuf, vierge de tout péché, et par conséquent digne d'amour et de salut. Ensuite, on doit croire totalement dans la Bible et dans le fait que le Christ est mort pour que nous soyons tous pardonnés de nos péchés. Enfin, on doit devenir une sorte d'activiste, qui partage et répand l'Évangile.

Voilà pourquoi le conducteur fait son annonce dans les haut-parleurs. Comment pourrait-il ne pas partager avec son prochain sa joie récemment trouvée ? Car, en effet, il s'agit de joie. Il y a une sorte de joie pure dans la certitude de la croyance. La certitude que notre vie a un sens, et un but. Que, malgré les problèmes que l'on peut rencontrer sur Terre, il existe un endroit meilleur dans notre avenir, et que Dieu a un projet pour nous y mener.

La certitude que rien dans sa vie, pas même les mauvaises choses, n'est arrivé par hasard.

DANIEL

Puisque je laisse l'univers décider de ma vie en ce Dernier Jour de mon Enfance, je ne me donne pas la peine d'attendre un autre métro qui me conduira à la Trente-Quatrième Rue. Le conducteur nous a dit d'aller trouver Dieu. Peut-être est-il (ou est-elle, mais qui pourrait croire ça ? Dieu est un mec, c'est sûr. Sinon comment expliquer la guerre, les épidémies et la gaule du matin ?) ici même, à Times Square, à attendre qu'on le trouve. Pourtant, dès que je suis dans la rue, je me souviens que Times Square est une sorte d'enfer (un abîme enflammé de néons clignotants faisant de la pub pour les sept péchés capitaux). Dieu ne traînerait jamais dans le coin.

Je descends la Septième Avenue en direction de mon salon de coiffure, guettant quelque Signe. Sur la Trente-Septième Rue, je repère une église. Je monte les marches qui y mènent et j'essaie d'ouvrir la porte, mais elle est fermée. Dieu doit être en train de faire la grasse matinée. Je regarde à gauche, puis à droite. Toujours aucun signe.

Je cherche quelque chose de subtil, par exemple, un homme aux cheveux longs transformant de l'eau en vin et tenant une pancarte sur laquelle il s'autoproclame Jésus Christ, Notre Seigneur et Sauveur.

Je m'assois sur les marches ; au diable mon costume. De l'autre côté de la rue, les passants contournent une fille qui se balance légèrement. Elle est noire, avec une énorme coupe de cheveux afro et un casque audio rose presque aussi énorme. C'est le modèle doté de coussinets géants bloquant le bruit (et le reste du monde). Elle a les yeux fermés et une main posée sur son cœur. Elle est en pleine extase.

Ça dure environ cinq secondes, puis elle ouvre les yeux. Elle regarde autour d'elle, se voûte comme si elle était gênée et s'en va en vitesse. Ce qu'elle écoute doit être génial pour qu'elle s'oublie au beau milieu d'un trottoir de New York. En ce qui me concerne, il n'y a que lorsque j'écris des poèmes que je peux être dans cet état.

Je donnerais n'importe quoi pour réellement vouloir l'avenir que mes parents veulent pour moi. Les choses seraient plus faciles si j'avais le désir ardent d'être médecin. Sauver des vies, etc., ça semble être l'un de ces métiers qui sont censés éveiller un désir ardent. Hélas, moi, le seul truc que ça m'inspire, c'est « bof ».

Je la regarde partir. Elle passe son sac à dos sur une épaule, et là, je vois DEUS EX MACHINA imprimé en grosses lettres blanches au dos de sa veste en cuir. *Un dieu descendu au moyen d'une machine.* J'entends la voix du conducteur dans ma tête et je me demande s'il s'agit d'un signe.

Je n'ai pas pour habitude de suivre les femmes dans la rue ; d'ailleurs, je ne la suis pas, pas exactement. Je maintiens une distance non suspecte de quelques dizaines de mètres entre nous.

Elle entre dans un magasin qui s'appelle *Second Coming Records*[1]. Je ne plaisante pas. Maintenant, j'en suis persuadé : c'est bien un Signe, et je suis déterminé à aller là où le vent me pousse aujourd'hui. J'ai envie de savoir où ça va me conduire.

1. *Second coming* peut signifier la seconde venue, l'avènement du Christ. (N.d.T.)

NATASHA

Je me réfugie chez le disquaire, pour fuir les regards de quiconque m'a vue me comporter comme une déséquilibrée sur le trottoir. J'étais en pleine communion avec ma musique. Chaque fois que j'entends Chris Cornell chanter *Hunger Strike*, je suis bouleversée. Quand il fait les chœurs, il donne l'impression d'avoir toujours eu faim[1].

À l'intérieur de *Second Coming*, l'éclairage est faible et ça sent la poussière et le désodorisant au citron, comme d'habitude. Depuis ma dernière visite, la disposition a un peu changé. Avant, les disques étaient classés par décennies, mais maintenant, ils le sont par genres musicaux. Chaque section est signalée par un poster représentatif : *Nevermind* de Nirvana pour le grunge, *Blue Lines* de Massive Attack pour le trip hop. *Fear of a Black Planet* de Public Enemy pour le rap.

1. *Hunger Strike* signifie « grève de la faim ». (N.d.T.)

Je pourrais passer toute la journée ici. Si aujourd'hui n'était pas Aujourd'hui, je *passerais* toute la journée ici. Mais je n'ai ni le temps ni l'argent pour ça.

Je me dirige vers le coin trip hop lorsque je remarque un couple qui s'embrasse à pleine bouche au fond du magasin, dans la partie « diva pop », près d'un poster *Like a Virgin* de Madonna. Bien que je ne puisse pas voir leurs visages entièrement, je reconnais aussitôt le profil du garçon. C'est Rob, mon ex-petit ami. Il est en train de rouler des pelles à Kelly, la fille avec qui il m'a trompée.

Parmi tous les gens sur qui j'étais susceptible de tomber aujourd'hui, il fallait que ce soit lui, et Aujourd'hui, en plus ! Pourquoi n'est-il pas au lycée ? Il sait bien que je traîne souvent chez ce disquaire. Il n'aime même pas la musique. La voix de ma mère résonne dans ma tête : « Rien n'arrive par hasard, Tasha. » Même si je ne partage pas son opinion, il y a forcément une explication logique au caractère horrible de cette journée. Je regrette que Bev ne soit pas avec moi. Si elle était là, je ne serais même pas entrée ici. « Trop vieux et ennuyeux », aurait-elle dit. À la place, nous serions sans doute à Times Square en train d'observer les touristes en tentant de deviner d'où ils viennent en fonction de leurs tenues vestimentaires. Les Allemands ont tendance à porter des shorts quel que soit le temps.

Comme si le spectacle de Rob et Kelly prêts à se dévorer n'était pas assez répugnant, celle-ci sort discrètement sa main qui se tortille jusqu'au bac, attrape un disque et le glisse entre leurs corps avant de le fourrer dans sa très grosse veste, parfaite pour le vol.

Non, mais j'hallucine.

Je préférerais me brûler les rétines plutôt que de continuer à les observer, pourtant c'est plus fort que moi. Je n'arrive vraiment pas à croire ce que je vois. Ils continuent à se manger le visage pendant encore quelques secondes, puis Kelly sort de nouveau sa main.

– Aargh ! Ils sont vulgaires. Pourquoi est-ce qu'ils sont si vulgaires ?

Les mots sortent de ma bouche avant que je puisse les arrêter. Comme ma mère, j'ai tendance à exprimer mes pensées tout haut.

– Elle va carrément voler des disques, comme ça ? s'étonne près de moi une voix tout aussi incrédule.

Je jette un rapide coup d'œil pour voir à qui je parle. C'est un garçon asiatique vêtu d'un costume gris et d'une cravate d'un rouge vif ridicule.

Je fais de nouveau face au spectacle grossier qui se déroule devant moi.

– Il n'y a pas de vendeurs, ici ? Ils ne voient pas ce qui se passe ? dis-je, plus à moi-même qu'à mon voisin.

– On ne devrait pas dire quelque chose ?

– À eux ? je demande, en désignant les voleurs.

– Aux employés, peut-être ?

Je secoue la tête sans le regarder, avant de lui confier :

– Je les connais.

– La cleptomane, c'est ta copine ? me demande-t-il d'un ton légèrement accusateur.

– C'est la petite copine de mon petit copain.

Cravate Rouge détourne son attention du crime en cours pour la poser sur moi.

– Euh… Et comment ça marche, exactement ? s'étonne-t-il.

– Je veux dire mon *ex*-petit copain. Il m'a trompée avec elle.

Je suis plus troublée de voir Rob que je l'imagine. C'est la seule explication possible au fait que je fournis spontanément cette information intime à un inconnu.

Cravate Rouge reporte son attention sur le larcin en train d'être commis et lance :

– Super couple : un infidèle et une voleuse.

Je ris à moitié.

– On devrait prévenir quelqu'un, insiste-t-il.

– Hors de question que je me mêle de ça, dis-je en secouant la tête. Fais-le si tu veux, toi.

– L'union fait la force, me réplique-t-il.

– Si moi je dis quelque chose, je donnerai l'impression d'être jalouse et de vouloir leur créer des ennuis.

– C'est le cas ?

Je le regarde de nouveau. Il a un visage sympathique.

– C'est un peu une question personnelle, non, Cravate Rouge ?

Il hausse les épaules et déclare :

– Il se passait quelque chose entre nous, là.

– Nan, dis-je, avant de regarder de nouveau devant moi.

Sentant mes yeux sur lui, Rob croise mon regard avant que j'aie le temps de tourner la tête.

Je m'exclame en chuchotant :

– Jésus Christ saignant sur un bâtonnet de glace à l'eau[1] !

Rob me gratifie de son demi-sourire stupide typique et me fait un geste de la main. Je me retiens de lui répondre par un doigt d'honneur. Comment ai-je pu sortir avec lui pendant huit mois et quatre jours ? Comment ai-je pu laisser le complice de ce délit me tenir la main et m'embrasser ?

Je me tourne face à Cravate Rouge :

– Il vient vers nous ?

– Ouais.

– On devrait peut-être s'embrasser ou faire un truc comme les espions dans les films.

Cravate Rouge pique un fard.

– Je rigole, lui dis-je en souriant.

Il ne répond rien, mais rougit un peu plus. J'observe la couleur réchauffer son visage.

Rob est là avant que Cravate Rouge ait le temps de se ressaisir pour me répondre.

– Salut ! me lance-t-il.

Il a une voix de baryton profonde et rassurante. C'est l'une des choses que j'aimais chez lui. En plus du fait qu'il ressemble à un Bob Marley jeune, sauf qu'il est blanc et n'a pas de dreadlocks.

– Pourquoi vous volez, toi et ta copine ? le questionne Cravate Rouge avant que je puisse dire quoi que ce soit à Rob.

Ce dernier lève les mains et recule d'un pas en s'écriant :

---

1. Exclamation de très grande contrariété, en référence à l'invention provocante d'un artiste new-yorkais : des bâtonnets de glace en forme de croix, sur lesquels est peinte en rouge une image du Christ crucifié, prétendument avec le sang du Christ. (N.d.T.)

– Waouh ! Baisse la voix.

Il plaque de nouveau son demi-sourire stupide sur son visage stupide.

Cravate Rouge hausse la voix :

– Ceci est un magasin de disques indépendant. Ça signifie que c'est une entreprise familiale. Ce sont de vrais gens que vous volez. Est-ce que tu sais combien c'est dur pour les petits commerces de survivre quand des gens comme vous leur chipent de la marchandise ?

Cravate Rouge est en train de faire la morale à Rob, qui a l'air un peu penaud, à présent.

– Ne te retourne pas maintenant ; je crois que ta copine s'est fait choper, dis-je.

Deux employés de la boutique parlent à Kelly à voix basse mais d'un ton furieux, en tâtant le devant de sa veste.

Le visage stupide de Rob perd enfin son sourire stupide. Au lieu d'aller à la rescousse de Kelly, il enfonce les mains dans ses poches et se dirige vers la porte, moitié en marchant, moitié en courant. Kelly crie son nom au moment où il file mais il ne s'arrête pas. L'un des vendeurs menace d'appeler la police. Elle le supplie de ne pas le faire et sort deux disques de sous sa veste : Massive Attack et Portishead. Elle a bon goût.

L'employé les lui arrache des mains et la prévient :

– Si jamais tu remets les pieds ici, tu auras affaire aux flics.

Elle se sauve du magasin, en appelant Rob.

– Eh bien, c'était rigolo, commente Cravate Rouge.

Il affiche un large sourire et me considère avec des yeux remplis de bonheur. Soudain, j'éprouve une impression de déjà-vu. J'ai déjà vécu cette scène. J'ai remarqué ces yeux brillants et ce sourire. J'ai même eu cette conversation.

Cependant, l'instant passe.

Il me tend la main et se présente :

– Daniel.

Sa main est grande, chaude et douce, et elle tient la mienne un peu trop longtemps.

– Enchantée, dis-je, avant de retirer ma main.

Il a un sourire gentil, très gentil, mais je n'ai pas le temps pour des garçons en costume au sourire gentil. Je remets mon casque audio. Il attend toujours que je lui dise mon prénom.

– Je te souhaite une belle vie, Daniel, lui dis-je.

Puis je sors de la boutique.

DANIEL

Un aspirant Casanova serre la main d'une Jolie Fille, lui offre un prêt immobilier avec un taux d'intérêt raisonnable.

Je lui ai serré la main. Je suis en costume-cravate et je lui ai serré la main.

Qu'est-ce que je suis ? Un banquier ?

Qui serre la main à une jolie fille qu'il vient de rencontrer ?

Charlie lui aurait dit quelque chose de charmant. Ils seraient maintenant en train de boire un café dans un endroit sombre et romantique, blottis l'un contre l'autre. Elle rêverait déjà de bébés à moitié coréens, à moitié afro-américains.

NATASHA

Dehors, les rues sont plus bondées que tout à l'heure. La foule est un mélange de touristes qui se sont trop éloignés de Times Square et de vrais New-Yorkais qui travaillent et regrettent que ces touristes ne soient pas restés à Times Square. Un peu plus loin, j'aperçois Rob et Kelly. Je reste plantée à les observer pendant un petit moment. Elle pleure, et lui tente certainement de lui expliquer qu'il n'est pas un gros con indigne de confiance. J'ai l'impression qu'il va réussir. Il est très persuasif, et elle a envie d'être persuadée.

Lui et moi étions voisins de table dans le cours de physique avancée, l'année dernière. Si je l'ai remarqué, c'est uniquement parce qu'il m'a demandé de l'aider sur le module des isotopes et des demi-vies. Je suis plutôt une crack dans cette matière. La semaine suivante, après avoir réussi le devoir surveillé, il m'a invitée à aller au cinéma avec lui.

Le couple était une chose nouvelle pour moi, mais j'aimais ça. J'aimais bien le retrouver devant son casier entre les cours et avoir toujours des plans pour le week-end. J'aimais bien qu'on nous considère comme un couple, et qu'on sorte avec Bev et Derrick. Même si je déteste l'admettre aujourd'hui, je l'aimais bien, *lui.* Puis il m'a trompée. Je me souviens encore de m'être sentie blessée, trahie et, bizarrement, honteuse. Comme si c'était ma faute s'il m'avait trompée. Mais le truc que je n'ai jamais compris, c'est pourquoi il a fait semblant. Pourquoi n'a-t-il pas simplement rompu avec moi avant de sortir avec Kelly ?

Toujours est-il que je n'ai pas mis longtemps à l'oublier. Et c'est pour cette raison que je suis sur mes gardes. Où sont passés tous ces sentiments ? Les gens passent leur vie entière à chercher l'amour. Des poèmes, des chansons et des romans entiers traitent de cette question. Or, comment peut-on se fier à une chose susceptible de se terminer aussi soudainement qu'elle a commencé ?

DEMI-VIE

UNE HISTOIRE DE LA DÉSINTÉGRATION

La demi-vie d'une substance est le temps que cette dernière met à perdre la moitié de son activité.

En physique nucléaire, c'est le temps au bout duquel les atomes instables perdent de l'énergie en émettant des radiations. En biologie, cela fait généralement référence au temps nécessaire pour éliminer du corps la moitié d'une substance (eau, alcool, médicaments). En chimie, cela correspond au temps requis pour transformer la moitié d'un réactif (l'hydrogène ou l'oxygène, par exemple) en produit (eau).

En amour, c'est le temps au bout duquel les amoureux éprouvent la moitié des sentiments qu'ils éprouvaient autrefois.

Lorsque Natasha réfléchit à l'amour, voici ce qu'elle pense : rien ne dure éternellement. À l'instar de l'hydrogène 7, du lithium 5 ou du bore 7, l'amour a une durée de vie courte et se désintègre au point de disparaître complètement. Et quand il a disparu, c'est comme si il n'avait jamais existé.

DANIEL

La fille qui n'a pas de nom est arrêtée à un passage piéton, un peu plus loin devant moi. Je jure que je ne suis pas en train de la suivre. C'est juste qu'elle va dans la même direction que moi. Elle a remis son casque audio super rose sur ses oreilles, et elle se balance de nouveau en écoutant sa musique. Je ne vois pas son visage, mais je devine qu'elle a les yeux fermés. Elle rate le passage du feu au vert, si bien que je me retrouve juste derrière elle. Si elle se retournait, elle croirait certainement que je la suis. Le feu pour les voitures redevient rouge et elle descend du trottoir.

Comme elle n'est pas assez attentive, elle ne voit pas qu'un type au volant d'une BMW blanche s'apprête à griller le feu. Par chance, je suis suffisamment près d'elle.

Je la tire d'un coup sec vers l'arrière en lui attrapant le bras. Nos pieds s'emmêlent. Nous trébuchons l'un sur l'autre et nous affalons sur le trottoir. Elle atterrit à moitié sur moi. Son téléphone n'a pas autant de chance ; il s'écrase sur la chaussée.

Deux ou trois personnes nous demandent si nous allons bien, mais la plupart se contentent de nous contourner sans même ralentir, comme si nous n'étions qu'un objet supplémentaire sur le parcours d'obstacles que constitue New York.

La Fille Sans Nom se décolle de moi pour s'asseoir par terre et regarde son téléphone portable. Dont l'écran est à présent zébré de fêlures en forme de toile d'araignée.

– C'est quoi, ce bordel ? lance-t-elle.

C'est plus une protestation qu'une question.

– Est-ce que ça va ?

– Ce type a failli me tuer.

Je lève les yeux et constate que la voiture s'est arrêtée sur le côté, quelques mètres plus loin. J'ai envie d'aller crier sur le conducteur, mais je ne veux pas la laisser toute seule.

Je répète ma question :

– Ça va ?

– Est-ce que tu sais depuis combien de temps j'ai ça ?

Au début, je crois qu'elle parle de son portable, mais en fait c'est de son casque audio, qu'elle tient délicatement entre ses mains. Il s'est abîmé quand nous sommes tombés. L'un des coussinets pendille à des fils, et l'armature est cassée.

On dirait qu'elle va pleurer.

– Je t'en achèterai un autre, lui dis-je.

Je veux à tout prix empêcher ses larmes de couler, mais pas parce que je suis noble ou quoi que ce soit. Je suis en quelque sorte quelqu'un qui pleure par contagion. Vous savez, quand une personne commence à bâiller et que tout le monde l'imite ? Ou quand quelqu'un vomit et que l'odeur vous donne envie de gerber ? Je suis comme ça, mais avec les larmes, et je n'ai aucune intention de pleurer devant la jolie fille dont je viens de casser le casque audio.

Une partie d'elle a envie d'accepter mon offre, pourtant je sais qu'elle n'en fera rien. Elle pince les lèvres et secoue la tête.

J'insiste :

– C'est le moins que je puisse faire.

Elle finit par me regarder et dit :

– Tu m'as déjà sauvé la vie.

– Tu ne serais pas morte. Tu aurais juste eu un bras ou une jambe arraché, peut-être.

J'essaie de la faire rire. Raté. Ses yeux se remplissent de larmes.

– C'est la pire journée de ma vie, déclare-t-elle.

Je détourne la tête pour qu'elle ne voie pas mes propres larmes me monter aux yeux.

DONALD CHRISTIANSEN

UNE HISTOIRE D'ARGENT

Donald Christiansen connaît le prix des choses qui n'ont pas de prix. Il a des tableaux d'espérance de vie dans la tête. Il connaît le prix d'une vie humaine perdue dans un accident d'avion, de voiture, dans une catastrophe minière. Il connaît ces choses parce qu'il a autrefois travaillé dans les assurances. Son travail consistait à évaluer le prix de l'indésirable et de l'imprévu.

Le prix d'une jeune fille de dix-sept ans, de toute évidence imprudente, écrasée par accident est considérablement plus bas que le prix de sa propre fille, tuée par un conducteur envoyant des SMS. En fait, la première chose à laquelle il a pensé en apprenant ce qui était arrivé à sa fille fut le prix que paierait la compagnie d'assurances du chauffard.

Il se range sur le côté de la rue, allume ses feux de détresse et pose sa tête sur le volant. Il tâte la flasque dans la poche intérieure de son manteau. Les gens se remettent-ils de telles choses ? Il pense que non.

Cela fait deux ans, mais le chagrin ne l'a pas quitté, et, de toute évidence, il ne le quittera qu'après lui avoir tout pris. Il lui a coûté son mariage, son sourire, sa capacité à manger suffisamment, à dormir suffisamment, et à ressentir les choses suffisamment.

Il lui a coûté sa capacité à être sobre.

Voilà pourquoi, il y a quelques secondes, il a failli écraser Natasha.

Donald ne sait pas trop ce que l'univers a voulu lui dire en lui enlevant sa fille unique ; en revanche, il a appris ceci : personne ne peut estimer le prix de la perte d'un enfant, et de ce qui reste ensuite. Autre chose : toutes nos histoires futures peuvent être détruites en un instant.

NATASHA

Cravate Rouge détourne les yeux. Je crois qu'il va pleurer, ce qui n'a absolument aucun sens. Il m'a proposé de m'acheter un nouveau casque audio. Même si j'acceptais, un casque neuf ne pourrait pas remplacer celui-là.

Je l'ai depuis nos premiers jours en Amérique. Quand mon père me l'a offert, il était encore plein d'espoir par rapport à tout ce qu'il accomplirait ici. Il continuait à vouloir convaincre ma mère que notre départ de notre pays natal, loin de tous nos amis et de notre famille, finirait par en valoir la peine. Il allait casser la baraque. Vivre le Rêve américain, dont même les Américains rêvaient.

Il s'est servi de mon frère et moi pour l'aider à persuader ma mère. Il nous a acheté des cadeaux à crédit, des choses qui n'étaient pas à la portée de notre bourse, même en payant en plusieurs fois. Si Peter et moi étions heureux ici, alors peut-être que notre déménagement était la bonne chose à faire, après tout.

Moi, je me fichais de connaître la vraie raison de ces cadeaux. Ce casque audio beaucoup trop cher était mon préféré entre tous. Seuls comptaient sa couleur rose – ma couleur favorite – et sa garantie d'offrir un son satisfaisant aux amateurs d'électroacoustique de haute-fidélité. C'est mon premier amour. Il connaît tous mes secrets. Il sait combien je vénérais mon père, avant. Il sait aussi combien je me déteste en quelque sorte de ne plus le vénérer du tout aujourd'hui.

C'était il y a bien longtemps, me semble-t-il, que je l'idolâtrais. Il était une planète exotique et moi, j'étais son satellite préféré. Mais il n'est pas une planète, il est seulement l'ultime lumière, déclinante, d'une étoile déjà morte.

Et je ne suis pas un satellite. Je suis un débris spatial, qui m'éloigne à toute vitesse aussi loin que possible de lui.

DANIEL

Je crois n'avoir jamais observé personne comme je l'observe elle. Le soleil filtre à travers ses cheveux, qui ressemblent à une espèce d'auréole autour de sa tête. Mille émotions passent sur son visage. Elle a de grands yeux noirs bordés de longs cils. Je m'imagine très bien y plonger les miens pendant un long moment. Là, ils sont ternes, mais je n'ai aucun mal à me les représenter brillants et rieurs. Je me demande si je pourrais la faire rire. Sa peau est d'un marron chaud et luisant. Ses lèvres sont roses et charnues, et je les fixe sans doute depuis beaucoup trop longtemps. Heureusement, elle est trop triste pour remarquer quel goujat superficiel (et excité) je suis.

Elle lève les yeux de son casque audio. Quand nos regards se croisent, j'ai une espèce d'impression de déjà-vu, mais plutôt que la sensation de revivre quelque chose du passé, j'ai celle de vivre une scène qui se produira dans mon avenir. Je nous vois vieux. Je ne distingue pas nos visages, je ne sais ni où ni en quelle année nous sommes. Cependant, j'éprouve un sentiment d'étrangeté et de bonheur que je ne peux pas vraiment décrire. C'est comme connaître toutes les paroles d'une chanson et continuer malgré tout à les trouver belles et étonnantes.

NATASHA

Je me remets debout et j'enlève la poussière de mes vêtements. Cette journée ne peut pas devenir plus désastreuse à présent.

Je demande à Cravate Rouge :

– Tu me suivais ?

Je suis plus sèche et hargneuse que je le devrais avec quelqu'un qui vient de me sauver la vie.

– Oh là là, je savais que tu penserais ça.

– C'était un hasard si tu étais pile derrière moi ?

Je tripote mon casque audio, j'essaie de refixer les coussinets, mais il n'y a rien à faire.

– Il était peut-être écrit que je te sauverais la vie aujourd'hui, me répond-il.

Je choisis de ne pas commenter son explication.

– OK, merci pour ton aide, lui dis-je, me préparant à partir.

– Dis-moi au moins comment tu t'appelles, lâche-t-il.

– Cravate Rouge…

– Daniel.

– OK, Daniel. Merci de m'avoir sauvé la vie.

– C'est un sacré long prénom.

Il ne me quitte pas des yeux. Il n'abandonnera pas tant que je ne lui aurai pas dit comment je m'appelle.

– Natasha.

Je crois qu'il va de nouveau me serrer la main, mais au lieu de ça, il enfonce ses mains dans ses poches.

– Joli prénom.

– Ravie qu'il te plaise, dis-je, de mon ton le plus sarcastique.

Il ne répond rien, se contente de me considérer en fronçant légèrement les sourcils, comme s'il tentait de comprendre quelque chose.

Au bout d'un moment, n'en pouvant plus, je lui demande :

– Pourquoi tu me fixes ?

Il pique un fard une fois de plus, et maintenant, c'est moi qui le dévisage. Je devine combien il serait amusant de le taquiner juste pour le faire rougir. Je laisse mon regard parcourir les traits anguleux de son visage. Il est d'une beauté classique, raffinée, même. À le voir debout en costume devant moi, je l'imagine dans une comédie romantique en noir et blanc d'Hollywood, échangeant des propos badins et pleins d'esprit avec l'héroïne. Ses yeux marron clair sont légèrement enfoncés. Je devine qu'il sourit beaucoup. Ses épais cheveux noirs sont attachés en queue de cheval.

Fait Observable : cette coiffure l'élève du statut de beau à assez sexy.

– Maintenant, c'est toi qui me fixes, constate-t-il.

C'est mon tour de devenir cramoisie. Je m'éclaircis la voix, puis je lui demande :

– Pourquoi tu portes un costume ?

– J'ai un entretien aujourd'hui. Ça te dirait d'aller manger un truc ?

– Pourquoi ?

– Yale. Entretien d'admission avec un ancien élève. J'ai fait une demande d'inscription anticipée[1].

Je secoue la tête :

– Non, je veux dire : pourquoi tu veux aller manger un truc ?

– Euh… parce que j'ai faim ? dit-il, comme s'il n'était pas sûr.

– Mmm. Pas moi.

– Un café, alors ? Ou un thé, un soda ou de l'eau filtrée ?

Comprenant qu'il ne va pas laisser tomber, j'insiste :

– Pourquoi ?

Il hausse les épaules, sans toutefois me quitter des yeux, et réplique :

– Pourquoi pas ? En plus, je suis presque certain que tu me dois ta vie puisque je viens de te la sauver.

– Crois-moi, lui dis-je, tu ne voudrais pas de ma vie.

---

1. Cela signifie que le lycéen fait une demande d'inscription dans une université avant d'obtenir son bac. S'il est accepté, cela l'oblige, une fois son diplôme en poche, à aller étudier dans cette université. (N.d.T.)

DANIEL

Nous longeons deux gros blocs vers l'ouest et la Neuvième Avenue et passons devant pas moins de trois cafés. Deux d'entre eux appartiennent à la même chaîne nationale (avez-vous réellement déjà vu quelqu'un tremper son beignet dans son café[1] ?). Je choisis l'autre, l'indépendant, parce que nous, les petits commerçants, nous devons nous serrer les coudes.

À l'intérieur, les meubles sont en acajou ou en bois sombre et ça sent exactement comme on peut l'imaginer. La décoration est juste un peu extravagante. Et par « un peu », je fais référence aux quelques peintures à l'huile accrochées aux murs, représentant des grains de café solitaires. Qui aurait cru que le portrait des grains de café était un genre pictural ? Et qui aurait pensé qu'ils auraient l'air si tristes et délaissés ?

---

1. Allusion à la chaîne de restauration Dunkin' Donuts, littéralement « des beignets à tremper ». (N.d.T.)

Nous sommes pratiquement les seuls clients, et les trois employés derrière le comptoir semblent pas mal s'ennuyer. J'essaie de pimenter leurs vies en commandant une boisson exagérément élaborée, qui nécessite des demi-doses, plusieurs sortes de lait aux teneurs en matières grasses différentes, ainsi que du caramel et du sirop de vanille.

Ils ont toujours l'air de s'ennuyer.

Natasha commande un café noir sans sucre. Il est difficile de ne pas lire sa personnalité dans ce choix. Je suis sur le point de faire un commentaire quand je me rends compte qu'elle pourrait l'interpréter comme une blague sur les « races », ce qui serait une façon très nulle (sur une échelle de Nul à Extrêmement Nul, les degrés étant Nul, Assez Nul, Moyennement Nul, Très Nul et Extrêmement Nul) de démarrer cette relation.

Elle insiste pour payer, affirmant que c'est la moindre des choses. Ma boisson coûte six dollars et trente-huit cents, et je l'informe que le prix d'une vie sauvée vaut au moins deux boissons au café sophistiquées. Elle ne sourit même pas.

Je choisis une table dans le fond, aussi loin que possible de la non-action. Dès que nous sommes assis, elle sort son téléphone pour regarder l'heure. Il fonctionne encore, malgré les fêlures sur l'écran. Elle passe son pouce dessus et soupire.

– Tu dois aller quelque part ?

– Oui, confirme-t-elle, avant d'éteindre son portable.

J'attends qu'elle développe, mais il est clair qu'elle n'en a nullement l'intention. L'expression de son visage me défie de lui poser d'autres questions, et j'ai déjà atteint mon quota de choses audacieuses (1 = suivre la jolie fille, 2 = crier sur l'ex-petit copain de la jolie fille, 3 = sauver la vie de la jolie fille, 4 = inviter la jolie fille) pour la journée.

Il y a un silence pesant pendant trente-trois secondes. Je tombe dans l'état de conscience exacerbée qu'on a de sa propre image quand on se trouve en présence d'une personne que l'on connaît à peine, et à qui l'on souhaite vraiment plaire.

Je vois tous mes gestes à travers ses yeux. Est-ce que ce mouvement de ma main me donne l'air d'un abruti ? Mes sourcils sont-ils en broussaille, au point de dépasser de mon visage ? Mon demi-sourire est-il sexy ou donne-t-il l'impression que je suis victime d'un accident vasculaire cérébral ?

Je suis nerveux, donc j'exagère tous mes mouvements. Je SOUFFLE sur mon café, je le bois à PETITES GORGÉES, je le REMUE, en jouant le rôle d'un adolescent réel buvant une boisson réelle appelée café.

Comme je souffle trop fort sur mon café, je fais voler un peu de mousse de lait. Je ne pourrais pas être plus cool. Si je me rencontrais, c'est sûr, je sortirais avec moi (nan, je blague). C'est dur à dire, mais il se peut qu'elle ait esquissé un sourire devant le vol de mousse.

– Tu es toujours heureux de m'avoir sauvé la vie ? me demande-t-elle.

Je bois une trop grande gorgée et me brûle non seulement la langue mais aussi le fond de la gorge. Purée. C'est peut-être le signe que je devrais laisser tomber. De toute évidence, je ne suis pas fait pour impressionner cette fille.

– Je devrais le regretter ?

– Eh bien, je ne suis pas vraiment sympa avec toi, admet-elle.

Comme elle est assez directe, je décide de l'être aussi.

– C'est vrai, mais je n'ai pas de machine à remonter le temps pour annuler ce que j'ai fait, dis-je avec un grand sérieux.

– Si tu en avais une, c'est ce que tu ferais ? m'interroge-t-elle, en plissant légèrement les yeux.

– Bien sûr que non.

Elle me prend pour un rustre, ou quoi ?

Elle s'excuse pour aller aux toilettes. Afin de ne pas avoir l'air inintéressant à son retour, je sors mon carnet et me mets à travailler à mon poème. Je suis toujours en train d'écrire quand elle revient.

– Oh, non ! grogne-t-elle en reprenant sa place.

– Quoi ?

Elle désigne mon carnet de la main et me lance :

– Tu n'es pas un poète, si ?

Ses yeux sourient, mais je referme quand même vite mon carnet et le remets dans ma veste.

Ce n'était peut-être pas une si bonne idée que ça. Qu'est-ce que je croyais, avec mes impressions idiotes de déjà-vu inversé ? Je repousse simplement l'avenir. Comme mes parents le souhaitent, j'épouserai une ravissante Américano-Coréenne. Contrairement à Charles, je n'ai rien contre les filles coréennes. Il dit qu'elles ne sont pas son type, mais je ne comprends pas vraiment l'idée d'avoir un type. Mon type, ce sont les filles. Toutes. Pourquoi limiterais-je mon vivier de petites amies potentielles ?

Je serai un grand médecin doté d'un excellent contact avec les patients.

Je serai parfaitement heureux.

Mais il y a quelque chose chez Natasha qui me laisse penser que ma vie pourrait être extraordinaire.

Il est préférable pour elle d'être méchante et pour nous deux de suivre des chemins différents. Je ne vois absolument pas comment mes parents (surtout mon père) pourraient approuver le fait que je sorte avec une fille noire.

Néanmoins, je fais une dernière tentative :

– Et toi, tu ferais quoi avec une machine à remonter le temps ?

Pour la première fois depuis que nous nous sommes installés dans ce café, elle ne semble pas agacée ou s'ennuyer. Elle plisse le front et se penche en avant.

– Elle peut voyager dans le passé ? s'enquiert-elle.

– Évidemment. C'est une machine à remonter le temps.

Elle me décoche un regard signifiant que j'ignore énormément de choses.

– Le voyage dans le passé est une affaire compliquée, affirme-t-elle.

– Disons que nous avons dépassé les complications. Alors, que ferais-tu ?

Elle pose sa tasse de café, croise les bras sur sa poitrine. Ses yeux s'éclairent.

– On ne tient pas compte non plus du paradoxe du grand-père ? demande-t-elle.

– Du tout, dis-je, feignant de savoir de quoi elle parle.

Elle n'est pas dupe.

– Tu ne sais pas ce que c'est, le paradoxe du grand-père ? me lance-t-elle d'une voix incrédule.

J'ai l'impression d'avoir loupé une information élémentaire à propos du monde (genre, comment on fait les bébés). C'est une fana de science-fiction ?

– Nan, je ne sais pas.

– OK. Imaginons que tu as un grand-père méchant.

– Mes deux grands-pères sont morts. Je ne les ai rencontrés qu'une fois en Corée. Ils avaient l'air gentils.

– Tu es coréen ?

– Américano-coréen. Je suis né ici.

– Moi, je suis jamaïcaine, déclare-t-elle. Je suis née là-bas.

– Mais tu n'as pas d'accent.

– Ça fait un moment que je suis ici.

Elle reprend sa tasse, la serre entre ses mains et je sens que son humeur commence à changer.

Pour la distraire, je lui demande :

– Parle-moi de ce paradoxe.

Objectif atteint : elle s'égaye de nouveau.

– D'accord. Oui. Imaginons que l'un de tes grands-pères soit encore vivant, et qu'il soit méchant.

Je répète en hochant la tête :

– Vivant et méchant.

– Comme il est vraiment méchant, tu inventes une machine à remonter le temps et tu retournes dans le passé pour le tuer. Disons que tu le tues avant qu'il rencontre ta grand-mère. Ça signifierait que l'un de tes parents ne naîtrait jamais et donc, toi non plus ; par conséquent tu ne peux pas voyager dans le passé pour le tuer. Mais ! Si tu le tues *après* qu'il a rencontré ta grand-mère, alors tu naîtras bel et bien ; ensuite, tu inventeras une machine pour remonter le temps et le tuer. C'est une boucle temporelle infinie.

– Mmh. Alors, non, on ne tient surtout pas compte du paradoxe du grand-père.

– Et du principe de cohérence de Novikov non plus, je suppose ?

Avant, je la trouvais jolie, mais elle l'est encore plus maintenant. Son visage est animé, ses cheveux s'agitent et ses yeux pétillent. Elle fait des gestes avec ses mains tandis qu'elle parle de chercheurs du MIT et d'inflexions de probabilités pour empêcher les paradoxes.

– Donc, en théorie, tu ne pourrais absolument pas tuer ton grand-père, parce que le coup de pistolet raterait juste au bon moment, ou tu aurais une crise cardiaque...

– Ou une jolie Jamaïcaine entrerait dans la pièce et m'éblouirait.

– Oui. Quelque chose d'étrange et d'improbable surviendrait, si bien que l'impossible ne pourrait pas se produire.

– Mmh, fais-je une fois de plus.

– Ça vaut plus qu'un « Mmh », commente-t-elle en souriant.

Elle a raison, mais je ne vois pas ce que je pourrais dire d'intelligent ou d'amusant. J'ai du mal à réfléchir et à la regarder en même temps.

Il y a une expression japonaise que j'aime bien : *koi no yokan*. Cela ne signifie pas « l'amour au premier regard », mais plutôt « l'amour au deuxième regard ». C'est l'impression, lorsqu'on rencontre une personne, qu'on va tomber amoureux d'elle. Peut-être qu'on ne l'aime pas aussitôt, mais c'est inévitable qu'on l'aimera.

Je suis presque certain d'éprouver ça en ce moment. Le seul léger problème (possiblement insurmontable), c'est que je suis presque certain que ce n'est pas le cas de Natasha.

NATASHA

Je ne dis pas à Cravate Rouge toute la vérité sur ce que je ferais si j'avais une machine à explorer le temps. Je voyagerais dans le passé et m'arrangerais pour que le plus beau jour de la vie de mon père n'arrive jamais. C'est complètement égoïste, mais c'est ce que je ferais afin que *mon* avenir n'ait pas à être anéanti.

Au lieu de ça, je lui donne un cours de science. À la fin, il me regarde comme s'il était amoureux de moi. Il s'avère qu'il n'a jamais entendu parler du paradoxe du grand-père ni du principe de cohérence de Novikov, ce qui me surprend un peu. Je supposais sans doute que c'était un crack en sciences vu qu'il est asiatique, ce qui, venant de moi, est nul parce que je déteste que les gens déduisent des choses de la couleur de ma peau, comme par exemple que j'aime le rap ou que je suis bonne en sport. Pour information, seule une de ces suppositions est vraie.

En plus du fait que je serai expulsée aujourd'hui, je ne suis vraiment pas une fille dont il faut tomber amoureux. D'une part, je n'aime pas les trucs temporaires et indémontrables, et l'amour romantique est à la fois temporaire et indémontrable.

D'autre part, voici un secret que je ne dis à personne : je ne suis pas certaine d'être capable d'aimer. Même temporairement. Quand je sortais avec Rob, je n'ai jamais ressenti ce que les chansons prétendent qu'on est censé ressentir. Je ne me sentais pas emportée ou consumée par les émotions. Je n'avais pas besoin de lui comme j'ai besoin d'air. Il me plaisait vraiment. J'aimais le regarder. J'aimais l'embrasser. Mais j'ai toujours su que je pourrais vivre sans lui.

– Cravate Rouge.

– Daniel, corrige-t-il.

– Ne tombe pas amoureux de moi, Daniel.

Il recrache son café, avant de répliquer :

– Qui a dit que ça allait arriver ?

– Ce petit carnet noir dans lequel je t'ai vu griffonner, et ton visage. Ton grand visage radieux et tes yeux écarquillés qui-ne-trompent-personne disent que c'est ce qui va se passer.

Il rougit encore, parce que rougir est sa seconde nature.

– Et pourquoi je ne devrais pas ? me questionne-t-il.

– Parce que moi, je ne vais pas tomber amoureuse de toi.

– Comment tu le sais ?

– Je ne crois pas à l'amour.

– Ce n'est pas une religion, me rétorque-t-il. Ça existe, qu'on y croie ou pas.

– Oh, vraiment ? Tu peux le prouver ?

– Les chansons d'amour. Les poèmes. L'institution du mariage.

– Je t'en prie. Des mots sur du papier ! Tu peux utiliser la méthode scientifique pour le prouver ? Peux-tu l'observer, le mesurer, faire des expériences dessus et répéter ces expériences ? Tu ne peux pas. Peux-tu le couper en tranches, le teinter et l'étudier à l'aide d'un microscope ? Tu ne peux pas. Peux-tu le faire pousser dans une boîte de Petri ou séquencer son génome ?

– Tu ne peux pas, répète-t-il, en imitant ma voix et en riant.

Je ne peux m'empêcher de rire moi aussi. Parfois, je me prends un peu trop au sérieux.

Il enlève une couche de mousse de son café avec sa cuillère et la met dans sa bouche.

– Selon toi, ce ne sont que des mots sur du papier, mais tu dois admettre que tous ces gens qui sont amoureux éprouvent bien *quelque chose*.

Je hoche la tête puis j'argumente :

– Quelque chose de temporaire et d'absolument pas mesurable. Les gens ont juste envie de croire. Sinon, ils devraient admettre que la vie n'est qu'une simple suite aléatoire de bonnes et de mauvaises choses qui arrivent jusqu'à ce qu'un jour, on meure.

– Et ça ne te pose pas de problème de penser que la vie n'a pas de sens ?

– Est-ce que j'ai le choix ? C'est ça, la vie.

De nouveau, il prend une cuillerée de mousse et rit.

– Donc, pour toi, le destin, la fatalité, les « il-était-écrit-que », ça n'existe pas ? insiste-t-il.

– Je ne suis pas une cruche, dis-je, m'amusant vraiment plus que je ne devrais.

Il desserre sa cravate et se balance en arrière sur sa chaise. Une mèche de cheveux s'échappe de sa queue de cheval ; il la coince derrière son oreille. Au lieu de le repousser, mon nihilisme ne fait que le mettre plus à l'aise. Il paraît presque joyeux.

– Je crois n'avoir jamais rencontré une personne victime de ses illusions aussi charmante, commente-t-il, comme si j'étais une curiosité.

– Et tu trouves ça attirant ?

– Je trouve ça intéressant, nuance-t-il.

Je balaye le café des yeux. Bizarrement, il s'est rempli sans que je m'en aperçoive. Au comptoir, des clients attendent. Les enceintes diffusent « Yellow Ledbetter » de Pearl Jam, autre groupe de grunge des années 1990, parmi mes préférés. C'est plus fort que moi : il faut que je ferme les yeux quand Eddie Vedder chante le refrain.

Lorsque je les rouvre, Daniel me regarde fixement. Il se penche en avant de façon que sa chaise repose de nouveau sur ses quatre pieds et me lance :

– Et si je te disais que je pouvais te faire tomber amoureuse de moi de manière scientifique ?

– Je serais morte de rire.

MULTIVERS

UNE HISTOIRE QUANTIQUE

Une solution possible au paradoxe du grand-père est la théorie des mondes multiples élaborée par Hugh Everett. Selon cette théorie, de nombreuses versions de nos histoires passées et futures existent, mais dans un univers parallèle.

Au niveau quantique, pour chaque évènement, l'univers actuel se divise en univers multiples. Cela signifie que pour chaque choix que l'on fait, un nombre infini d'univers existe, dans lesquels l'on a fait un choix différent.

Cette théorie résout parfaitement le paradoxe du grand-père en postulant la notion d'univers séparés dans lesquels tous les résultats possibles existent.

De cette façon, nous avons la possibilité de vivre des vies multiples.

Il existe par exemple un univers où Samuel Kingsley ne fait pas dérailler la vie de sa fille. Un univers où il la fait bel et bien dérailler mais où Natasha est capable d'arranger les choses. Un univers où il la fait dérailler et où elle ne peut pas arranger les choses. Natasha ne sait pas trop dans quel univers elle vit en ce moment.

DANIEL

Le garçon du coin tente d'utiliser la science pour séduire la fille.

Je ne plaisantais pas avec cette histoire de tomber-amoureux-de-manière-scientifique. Il y avait même un article dans le *New York Times* sur ce sujet.

Un chercheur a mis deux personnes dans un laboratoire et leur a demandé de se poser réciproquement une série de questions plus ou moins intimes. En outre, ces personnes devaient se regarder dans les yeux pendant quatre minutes sans parler. Je suis pratiquement sûr de ne pas pouvoir la persuader de se livrer à cette expérience oculaire avec moi, là, tout de suite. Pour être honnête, je n'ai pas vraiment cru l'article quand je l'ai lu. On ne peut pas *faire* tomber amoureux les gens, n'est-ce pas? L'amour, c'est beaucoup plus compliqué que ça. Il ne suffit pas de choisir deux personnes et de leur demander de se questionner mutuellement pour qu'ensuite l'amour fleurisse. La lune et les étoiles jouent un rôle. J'en suis convaincu.

Il n'empêche.

Selon cet article, le résultat de cette expérience est que les deux cobayes sont en effet tombés amoureux et se sont mariés. J'ignore s'ils sont restés mariés. (Je n'ai pas très envie de le savoir, parce que si c'est le cas, alors l'amour est moins mystérieux que je le pense et on *peut* le faire pousser dans une boîte de Petri. S'ils ne sont pas restés mariés, alors l'amour est aussi éphémère que Natasha le prétend.)

Je sors mon téléphone portable et je cherche ladite étude sur Internet. Trente-six questions. La plupart sont assez bêtes, mais certaines sont acceptables. J'aime le moment où il faut regarder l'autre dans les yeux.

Je ne dédaigne pas la science.

NATASHA

Il me parle d'une étude impliquant un laboratoire, des questions et l'amour. Je ne lui cache pas mon scepticisme. Je suis également un peu intriguée mais ça, je le garde pour moi.

– Quels sont les cinq ingrédients essentiels pour tomber amoureux ? m'interroge-t-il.

– Je ne crois pas à l'amour, tu te rappelles ?

Je prends ma cuillère et remue mon café, bien qu'il n'y ait rien à remuer.

– Alors de quoi parlent les chansons d'amour ? réplique-t-il.

– Facile. Du désir sexuel.

– Et le mariage, c'est quoi, d'après toi ?

– Eh bien, le désir sexuel diminue, ensuite, il y a les enfants à élever et les factures à payer. À un moment, ça devient juste de l'amitié couplée au souci mutuel de ses intérêts personnels, ce qui profite néanmoins à la société et à la génération suivante.

La chanson s'achève juste au moment où je finis de parler. Pendant quelques instants, nous n'entendons que le tintement des verres et la machine à faire mousser le lait.

– Mmh, dit-il, en réfléchissant.

– Tu dis souvent ça, lui fais-je remarquer.

– Je ne pourrais pas être plus en désaccord avec toi.

Il refait sa queue de cheval sans laisser ses cheveux tomber sur son visage.

Fait Observable : j'ai envie de voir ses cheveux tomber sur son visage.

Plus je lui parle, plus il devient mignon. J'aime même son sérieux, bien qu'en général, je déteste ce trait de caractère. Sa queue de cheval sexy m'embrouille peut-être le cerveau. Ce ne sont que des cheveux, me dis-je. Leur fonction est de tenir chaud à la tête et de la protéger contre les rayons ultraviolets. Ils n'ont rien d'intrinsèquement sexy.

– De quoi on parle, déjà ? me demande-t-il.

Je réponds : « de science » en même temps qu'il dit : « d'amour », et nous éclatons de rire.

– Quels sont tes ingrédients ? répète-t-il.

– Un souci mutuel de ses intérêts personnels et une compatibilité socioéconomique.

– As-tu une âme, seulement ?

– Ça n'existe pas, l'âme.

Croyant que je plaisante, il pouffe, avant de comprendre que je suis sérieuse.

– Eh bien..., enchaîne-t-il. Mes ingrédients à moi sont l'amitié, l'intimité, la compatibilité morale, l'attirance physique et le facteur X.

– C'est quoi, le facteur X ?

– Ne t'inquiète pas, m'assure-t-il. On l'a déjà.

– Contente de le savoir, dis-je en m'esclaffant. N'empêche que je ne vais pas tomber amoureuse de toi.

– Donne-moi la journée, ajoute-t-il d'un ton soudain grave.

– Ce n'est pas un jeu, Daniel.

Il se contente de me fixer de ses yeux marron brillants, et attend que je lui réponde vraiment.

– Tu as une heure.

Il fronce les sourcils :

– Une heure seulement ? Que se passera-t-il ensuite ? Tu te transformeras en citrouille ?

– J'ai un rendez-vous, et après il faut que je rentre chez moi.

– C'est un rendez-vous pour quoi ? s'enquiert-il.

J'observe le café. Un serveur crie une kyrielle de commandes. Quelqu'un rit. Quelqu'un d'autre trébuche.

Une fois de plus, je remue mon café inutilement, avant de lui répondre :

– Je ne te le dirai pas.

– OK, fait-il, imperturbable.

Il a décidé de ce qu'il veut, et ce qu'il veut, c'est moi. J'ai le sentiment qu'il peut être déterminé et patient. Je l'admire presque pour ça. Sauf qu'il ne sait pas ce que je sais. Je serai résidente d'un autre pays demain. Demain, je serai partie d'ici pour toujours.

DANIEL

Je lui montre mon téléphone, et nous nous disputons sur le choix des questions. Nous n'avons certainement pas le temps de répondre aux trente-six. Elle veut mettre son veto aux quatre minutes pendant lesquelles il faut se regarder dans les yeux de façon sentimentale, mais je ne céderai pas. Le truc des yeux, c'est l'atout que je garde en réserve. Toutes mes ex-petites amies (OK, l'une de mes ex-petites amies – OK, j'ai eu une seule petite amie, à présent ex-petite amie) aimaient beaucoup mes yeux. Grace (l'extrêmement seule et unique ex-petite amie susmentionnée) affirmait qu'ils ressemblaient à des gemmes, plus particulièrement à du quartz fumé (son hobby, c'était la fabrication de bijoux). La première fois qu'elle l'a dit, nous nous roulions des pelles dans sa chambre ; elle s'est arrêtée en pleine action pour me montrer un échantillon de ces pierres.

Bref, mes yeux sont comme du quartz (le genre fumé) et ils plaisent aux filles (à une, au moins).

Les questions se divisent en trois séries, chacune plus personnelle que la précédente. Natasha veut que nous nous en tenions aux questions les moins personnelles de la première catégorie, alors là, c'est moi qui mets mon veto.

Dans la série numéro 1 (la moins intime), nous retenons :

1) Si vous pouviez choisir quelqu'un dans le monde entier, qui inviteriez-vous à dîner ?

2) Aimeriez-vous être célèbre ? De quelle manière ?

7) Avez-vous un pressentiment sur la façon dont vous mourrez ?

Dans la série numéro 2 (la moyennement intime), nous choisissons :

17) Quel est votre souvenir le plus cher ?

24) Que pensez-vous de votre relation avec votre mère ?

Dans la série numéro 3 (la plus intime) :

25) Faites trois déclarations chacun en disant « nous ». Par exemple : « Nous sommes tous les deux dans cette pièce et nous nous sentons… »

29) Partagez avec votre partenaire un moment embarrassant de votre vie.

34) Votre maison, qui contient tout ce que vous possédez, prend feu. Après avoir mis à l'abri votre famille et vos animaux domestiques, vous avez le temps d'y retourner une dernière fois afin de sauver une chose supplémentaire. Que choisissez-vous ? Pourquoi ?

35) La mort de quel membre de votre famille vous bouleverserait-elle le plus ? Pourquoi ?

Finalement, nous avons dix questions, parce que pour la numéro 24, Natasha trouve que nous devrions parler de notre relation avec notre mère *et* avec notre père.

– Comment se fait-il que ce sont les mères que l'on accuse le plus souvent de détraquer leurs enfants ? s'indigne-t-elle. Les pères savent très bien le faire.

Elle semble parler par expérience.

De nouveau, elle consulte l'heure sur son téléphone.

– Il faut que j'y aille, dit-elle, en poussant sa chaise en arrière et en se mettant debout trop vite.

La table branle. Un peu de son café se renverse.

– Merde ! Merde ! s'exclame-t-elle.

C'est une réaction disproportionnée. J'ai vraiment envie d'en savoir plus sur son rendez-vous et sur son père, mais je me garde bien de lui poser des questions.

Je me lève, j'attrape des serviettes et j'essuie le café renversé.

Elle me décoche un regard qui exprime à la fois de la gratitude et de l'exaspération.

– Sortons d'ici, dis-je.

– Ouais, OK. Merci.

Je la regarde se faufiler parmi la file des gens assoiffés de café pour sortir dans la rue. Sans doute ne devrais-je pas regarder ses jambes, mais elles sont magnifiques (la troisième paire de jambes la plus magnifique que j'aie jamais vue). J'ai envie de les toucher presque autant que j'ai envie de continuer à lui parler (peut-être un peu plus), hélas, il n'existe aucune circonstance dans laquelle elle m'y autoriserait.

Soit elle tente de me semer, soit nous sommes en train de faire une compétition de marche rapide sans que j'aie été prévenu. Elle fonce entre deux promeneurs et contourne un échafaudage dressé sur le trottoir en descendant sur la chaussée pour ne pas être ralentie par les piétons.

Il vaudrait peut-être mieux que je laisse tomber. J'ignore pourquoi je ne l'ai pas encore fait. Manifestement, l'univers essaie de me protéger de moi-même. Je parie que si je cherchais des signes que nos chemins doivent se séparer, je les trouverais.

Lorsque nous nous arrêtons à un passage clouté, je lui demande :

– On va où ?

La coupe de cheveux que je suis censé me faire faire va devoir attendre. Je suis presque sûr qu'on autorise les garçons aux cheveux longs à aller à l'université.

– Moi, *je* vais vers le nord, à mon rendez-vous, et toi, *tu* me suis.

– Oui, je te suis, dis-je, sans relever son insistance pas du tout subtile sur certains mots.

Nous traversons la rue et marchons en silence pendant quelques minutes. Le temps est au beau fixe. Certains magasins ont laissé leurs portes ouvertes. Il fait trop froid pour allumer la climatisation et trop chaud pour garder les portes fermées. Je suis sûr que mon père a fait la même chose à la boutique.

Nous passons devant la devanture incroyablement éclairée et extrêmement chargée d'un magasin d'électronique. Chaque article de la vitrine porte une étiquette rouge marquée EN SOLDES ! Il y a des centaines de magasins comme celui-ci dans la ville. Je n'arrive pas à comprendre comment ils font pour rester en activité.

Je m'interroge à voix haute :

– Qui donc vient faire ses achats dans ces magasins ?

– Les gens qui aiment marchander, me répond Natasha.

Quelques dizaines de mètres plus loin, nous passons devant un autre commerce pratiquement identique, et nous rions tous les deux.

Je sors mon téléphone :

– Bon. Tu es prête pour les questions ?

– Tu es impitoyable, réplique-t-elle, sans me regarder.

– Persévérant.

Elle ralentit et se tourne vers moi :

– Tu crois vraiment que me poser des questions profondes, philosophiques, va nous faire tomber amoureux l'un de l'autre ?

Avec ses doigts, elle met des guillemets imaginaires (oh, que je déteste les guillemets !) autour de *profondes, philosophiques* et *tomber amoureux*.

– Considère ça comme une expérience. Qu'est-ce que tu as dit, tout à l'heure, à propos de la méthode scientifique ?

Ma question me vaut un demi-sourire.

– Les scientifiques ne devraient pas se livrer à des expériences sur eux-mêmes, me rétorque-t-elle.

– Pas même au nom d'un intérêt supérieur ? Pour approfondir leur connaissance de l'humanité ?

Celle-ci me vaut un rire franc.

NATASHA

Utiliser la science contre moi est assez malin.

Quatre Faits Observables : il est complètement idiot. Et trop optimiste. Et trop sérieux. Et plutôt doué pour me faire rire.

– La première question est trop difficile, estime-t-il. Commençons par la deuxième : Aimeriez-vous être célèbre, et de quelle manière ?

– Toi d'abord.

– Moi, j'aimerais être un poète en chef.

Évidemment. Fait Observable : c'est un incorrigible romantique.

– Tu serais fauché.

– Fauché en argent mais riche en mots, me réplique-t-il du tac au tac.

– Je vais vomir ici même, sur le trottoir, dis-je un peu trop fort, si bien qu'une femme en tailleur s'écarte de moi.

– Je te laverai, m'assure-t-il.

Vraiment, il est beaucoup trop sincère.

– Que peut bien faire un poète en chef?

– Offrir de judicieux et poétiques conseils. Je serais la personne que les plus grands hommes d'État du monde consulteraient au sujet d'épineux problèmes philosophiques.

– Que tu résoudrais en leur écrivant un poème?

Mon ton sceptique ne peut lui échapper.

– Ou en leur en lisant un, assure-t-il, avec une sincérité encore plus inébranlable.

Je m'étrangle.

Il me donne un léger coup d'épaule, puis me maintient en posant sa main sur mon dos. J'aime tant le contact de sa main que j'accélère un peu pour m'en éloigner.

– Tu peux être aussi cynique que tu voudras, n'empêche qu'on peut sauver de nombreuses vies avec des poèmes, affirme-t-il.

Je scrute son visage à la recherche d'un signe indiquant qu'il plaisante, mais non, il croit vraiment à ce qu'il dit. Ce qui est mignon. Stupide aussi. Mais surtout mignon.

– Et toi? De quelle manière aimerais-tu être célèbre? m'interroge-t-il.

Facile.

– Je serais une dictatrice bienveillante.

Il rit et poursuit:

– D'un pays en particulier?

– Du monde entier.

Il rit de plus belle.

– Tous les dictateurs se croient bienveillants, affirme-t-il. Même ceux qui brandissent des machettes.

– Je suis pratiquement certaine que ceux-là savent qu'ils sont des salauds cupides et meurtriers.

– Mais tu ne serais pas de ce genre-là ? s'enquiert-il.

– Nan. Je ferais preuve d'une bienveillance authentique. Je déciderais de ce qui serait bon pour tout le monde et le mettrais en pratique.

– Mais… et si ce qui est bon pour une personne n'est pas bon pour une autre ?

Je hausse les épaules :

– On ne peut pas plaire à tout le monde. Et puis, comme tu serais mon poète en chef, tu réconforterais les déçus avec un beau poème.

– Bien vu ! s'exclame-t-il en souriant.

Il ressort son portable et fait défiler les questions avec son pouce. Je jette un rapide coup d'œil à mon propre téléphone. L'espace d'une seconde, je suis surprise par la fêlure sur l'écran, puis je me rappelle que je suis tombée tout à l'heure. Quelle journée ! Une fois de plus, je pense au multivers et à ces autres univers dans lesquels mon téléphone et mon casque audio sont toujours intacts.

Il existe un univers où je suis restée chez moi et j'ai fait ma valise comme le voulait ma mère. Mon portable et mon casque sont intacts, mais je n'ai pas rencontré Daniel.

Il existe un univers où je suis allée au lycée et où j'assiste au cours d'anglais, en sécurité, au lieu de manquer d'être renversée par une voiture. Là encore, pas de Daniel.

Dans un autre univers-sans-Daniel, je me suis bel et bien rendue au Service de la citoyenneté et de l'immigration, mais je n'ai pas rencontré Daniel chez le disquaire, alors nos bavardages n'ont pas pu me retarder. Je suis arrivée au passage piéton avant que la BMW déboule, et je n'ai pas frôlé l'accident. Mon portable et mon casque sont intacts.

Bien entendu, il existe un nombre infini de ces univers, dont un dans lequel j'ai bien rencontré Daniel, mais il n'a pas pu me sauver la vie au passage piéton, et il n'y a pas que mon portable et mon casque audio qui ont été cassés.

Je soupire et vérifie la distance qu'il me reste à parcourir avant d'atteindre le cabinet de maître Fitzgerald. Encore douze blocs. Je me demande combien ça me coûtera de faire réparer l'écran de mon téléphone. Mais bon, je n'aurai peut-être pas besoin de le faire réparer. Il faudra sans doute que j'achète un nouveau portable en Jamaïque.

Daniel interrompt mes pensées, et je lui en suis assez reconnaissante. Je n'ai pas envie de penser à quoi que ce soit en rapport avec mon départ.

– Bon, passons à la question 7, reprend-il. Avez-vous un pressentiment sur la façon dont vous mourrez ?

– D'après les statistiques, une femme noire vivant aux États-Unis présente un risque élevé de mourir à l'âge de soixante-dix-huit ans d'une maladie cardiaque.

Alors que nous arrivons à un autre passage clouté, il me tire en arrière pour m'éloigner du bord du trottoir. Son geste et ma réaction sont si familiers qu'on dirait que nous avons déjà fait ça de nombreuses fois. Il pince ma veste au niveau du coude et tire doucement dessus. Je recule vers lui et savoure son attitude protectrice.

– Donc, c'est le cœur qui t'aura ? fait-il.

Pendant un moment, j'oublie que nous parlons de la mort.

– Très probablement. Et toi ?

– Je mourrai assassiné. Dans une station-service, un magasin de vins et spiritueux ou un endroit de ce genre. Un type armé fera un braquage. Je tenterai d'être un héros mais ferai un truc stupide comme renverser les cannettes de soda entassées en pyramide ; ça fera flipper le cambrioleur, alors ce qui aurait dû n'être qu'un hold-up banal se transformera en bain de sang. On en parlera au journal télévisé de vingt-trois heures.

Je ris d'un air moqueur et dis :

– Tu mourras donc en héros incompétent ?

– Je mourrai en essayant d'empêcher un crime, nuance-t-il.

Nous rions ensemble, puis nous traversons la rue. Comme il continue sur sa lancée au lieu de tourner à droite, je lui indique :

– Par ici. On doit aller sur la Huitième Avenue.

Il se tourne vers moi avec un large sourire comme si nous vivions une aventure épique.

– Attends, me dit-il en enlevant sa veste.

Ce geste me paraissant bizarrement intime, je reporte mon regard sur deux hommes très vieux et très grincheux, à quelques dizaines de centimètres de nous, qui se disputent pour un taxi. Il y a au moins trois autres taxis libres dans les environs immédiats.

Fait Observable : les gens ne sont pas logiques.

– Est-ce qu'elle rentre dans ton sac à dos ? me demande-t-il en me tendant sa veste.

Je sais bien qu'il ne me propose pas de l'enfiler, comme si j'étais sa petite amie ou quelque chose comme ça.

N'empêche que transporter sa veste dans mon sac à dos me semble encore plus intime que le regarder l'enlever.

– Tu es sûr ? Ça va la froisser.

– C'est pas grave, m'assure-t-il.

Il m'entraîne d'un côté du trottoir pour laisser passer les autres piétons, et soudain, nous nous tenons assez près l'un de l'autre. Je ne me souviens pas d'avoir remarqué ses épaules, auparavant. Étaient-elles si larges il y a une seconde ? J'arrache mon regard de son torse et le reporte sur son visage, mais ce n'est pas mieux pour mon équilibre. À la lumière du soleil, ses yeux sont encore plus clairs et plus marron. Ils sont assez magnifiques.

Je fais glisser mon sac à dos sur une épaule et le place bien entre nous deux afin qu'il soit obligé de reculer un peu.

Il plie soigneusement sa veste et la met dans mon sac.

Maintenant qu'il a retiré sa veste, sa cravate rouge ressort encore plus sur sa chemise d'un blanc immaculé. Je me demande à quoi il ressemble dans des vêtements normaux, et ce que sont des vêtements normaux pour lui. Sans doute un jeans et un t-shirt, l'uniforme de tous les garçons américains, n'importe où.

Est-ce la même chose pour les garçons jamaïcains ?

Cette question me rend plus sombre. Je n'ai pas envie de tout recommencer. C'était déjà suffisamment difficile quand nous sommes arrivés en Amérique. Je n'ai pas envie de devoir apprendre les rituels et les usages d'un nouveau lycée. De nouveaux amis. De nouvelles bandes. De nouveaux codes vestimentaires. De nouveaux lieux où traîner.

Je le contourne rapidement, me remets à marcher et déclare :

– Les hommes américains d'origine asiatique ont un risque élevé de mourir du cancer.

Il fronce les sourcils et fait des foulées doubles pour me rattraper.

– Ah bon ? s'inquiète-t-il. Je n'aime pas ça. De quel cancer ?

– Je ne sais pas trop.

– On devrait peut-être se renseigner.

Il dit « on » comme s'il y avait un avenir pour nous ensemble, dans lequel nos morts respectives nous importeraient l'un à l'autre.

– Tu penses vraiment que tu mourras d'une maladie cardiaque ? m'interroge-t-il. Pas de quelque chose de plus épique ?

– Qu'est-ce que ça peut faire, que notre mort soit épique ou pas ? Quand on est mort, on est mort.

Il reste là à me regarder fixement, attendant une autre réponse.

– OK, finis-je par ajouter. Je n'arrive pas à croire que je vais te dire ça : je pense secrètement que je me noierai.

– Genre, dans l'océan, en train de sauver quelqu'un, un truc comme ça ?

– Non. Plutôt dans le grand bain d'une piscine d'hôtel.

Il s'immobilise, me tire de nouveau vers le côté du trottoir. Il n'y a pas de piéton plus attentionné que lui. La plupart des gens s'arrêtent au beau milieu du trottoir.

– Attends, me dit-il. Tu ne sais pas nager ?

J'enfonce la tête dans ma veste.

– Non.

Ses yeux scrutent mon visage et il rit de moi intérieurement.

– Mais tu es jamaïcaine ! Tu as grandi entourée d'eau !

– Malgré mon héritage insulaire, je ne sais pas nager.

Je vois bien qu'il a envie de se moquer de moi, mais il se retient.

– Je t'apprendrai, promet-il.

– Quand ?

– Un jour. Bientôt. Tu savais nager quand tu vivais en Jamaïque ?

– Ouais, mais ensuite on est arrivés ici, et il n'y avait plus d'océan, mais des piscines. Je n'aime pas le chlore.

– Tu sais qu'il existe des piscines d'eau de mer, maintenant.

– J'ai loupé le coche… enfin, le bateau, en l'occurrence, dis-je.

Maintenant, il se moque de moi ouvertement :

– Et comment il s'appelait ce bateau ? *Une-fille-ayant-grandi-sur-une-île, chose-entourée-d'eau-de-tous-côtés, ne-sait-pas-nager* ? Parce que ce serait un nom on ne peut plus approprié.

Je ris et lui donne un petit coup sur l'épaule. Il attrape ma main et tient mes doigts. Je m'efforce de ne pas faire le vœu qu'il tienne sa promesse de m'apprendre à nager.

DANIEL

Je suis un érudit rédigeant le Livre de Natasha. Voici ce que j'ai appris jusqu'ici : c'est une dingue de sciences. Elle est sans doute plus intelligente que moi. Ses doigts sont légèrement plus longs que les miens et me procurent une sensation agréable dans les mains. Elle aime la musique chargée d'angoisse. Elle est préoccupée par quelque chose en lien avec son mystérieux rendez-vous.

– Redis-moi pourquoi tu portes un costume ? me demande-t-elle.

Je pousse un long grognement sonore avec émotion et réponds :

– Parlons plutôt de Dieu.

– Moi aussi, j'ai le droit de poser des questions, me réplique-t-elle.

Nous marchons en file sous un nouvel échafaudage dressé sur le trottoir. (Trois cent soixante-cinq jours sur trois cent soixante-cinq, quatre-vingt-dix-neuf (grosso modo) pour cent de Manhattan est en travaux.)

– J'ai postulé pour entrer à Yale. Tout à l'heure, j'aurai un rendez-vous avec un ancien diplômé.

– Tu es nerveux ? s'enquiert-elle quand nous sommes de nouveau côte à côte.

– Je le serais si j'en avais quelque chose à cirer.

– Mais tu n'en as pas grand-chose à cirer ?

– Presque rien, dis-je en riant.

– Alors, ce sont tes parents qui te forcent à y aller ?

Un hurlement soudain provenant de la rue attire notre attention, mais c'est simplement un chauffeur de taxi qui s'énerve contre un autre.

– Mes parents sont des immigrés coréens de première génération, dis-je en guise d'explication.

Elle ralentit le pas et me regarde en disant :

– Je ne sais pas ce que ça sous-entend.

Je hausse les épaules.

– Ça signifie que ce que je veux n'a pas d'importance. J'irai à Yale. Je serai médecin.

– Et ce n'est pas ça que tu veux ?

– Je ne sais pas ce que je veux.

Vu l'expression de son visage, c'est la pire chose que je pouvais dire. Elle se détourne et accélère l'allure.

– Eh bien, autant devenir médecin, dans ce cas, lâche-t-elle.

Je la rattrape et lui demande :

– Qu'est-ce que j'ai dit de mal ?

Elle m'adresse comme un signe d'adieu de la main et répond :

– C'est ta vie.

J'ai l'impression que je suis sur le point de rater un examen.

– Et toi, tu veux faire quoi, plus tard ?

– Scientifique des données, répond-elle sans hésiter.

Alors que j'ouvre la bouche pour faire : « Hein ? », elle me sert un discours rodé. Manifestement, je ne suis pas la première personne à avoir cette réaction face à son choix de métier.

– Les scientifiques des données analysent les données, distinguent le signal du bruit de fond, discernent des schémas, tirent des conclusions et recommandent des actions en se basant sur leurs résultats.

– Ça nécessite l'utilisation d'ordinateurs ?

– Oui, bien sûr, confirme-t-elle. Il y a une énorme quantité de données dans le monde.

– C'est tellement pragmatique ! Tu as toujours su quel métier tu voulais faire ?

J'ai du mal à dissimuler ma jalousie.

Une fois de plus, elle s'arrête. À ce rythme-là, nous n'arriverons jamais là où elle doit aller.

– Il ne s'agit pas du destin. J'ai choisi cette profession. Ce n'est pas elle qui m'a choisie. Je ne suis pas prédestinée à être une scientifique des données. Dans la bibliothèque de mon lycée, il y a une section sur les métiers. J'ai fait des recherches sur les domaines des sciences en plein essor, et voilà ! C'est pas une histoire de destin, c'est simplement le résultat de mes recherches.

– Ce n'est donc pas un métier qui te passionne ?

Elle hausse les épaules et se remet à marcher :

– Il convient à ma personnalité, me répond-elle.

– Tu ne préférerais pas faire quelque chose que tu adores ?

– Pourquoi ? m'interroge-t-elle, comme si elle ne comprenait vraiment pas l'intérêt d'adorer quelque chose.

J'insiste :

– La vie est longue pour la passer à faire un métier qui ne nous botte pas plus que ça.

Nous contournons rapidement un chariot à hot-dogs et à bretzels devant lequel une queue s'est déjà formée. Ça sent la choucroute et la moutarde (le paradis, quoi).

Elle fronce le nez et réplique :

– Elle est encore plus longue si on la passe à poursuivre des rêves qui ne pourront jamais se réaliser.

– Attends, dis-je en posant une main sur son bras pour la ralentir. Qui a dit qu'ils ne pourraient pas se réaliser ?

Ma question me vaut un regard de biais.

– Allez ! Tu sais combien de gens veulent devenir acteurs, écrivains ou rock stars ? Un paquet. Quatre-vingt-dix-neuf pour cent d'entre eux n'y arriveront pas. Zéro virgule neuf pour cent de ceux qui restent pourront à peine vivre de ces métiers. Seul le dernier zéro virgule un pour cent aura un succès fou. Tous les autres ne font que gâcher leur vie en essayant d'être eux.

– Est-ce que, au fond, tu es mon père ?

– Je parle comme un homme coréen de cinquante ans ?

– Sans l'accent.

– Eh bien, il veille sur toi, c'est tout. Quand tu seras un heureux et riche médecin, tu le remercieras de ne pas t'avoir laissé devenir un artiste famélique qui déteste son boulot alimentaire et rêve en vain de connaître un succès foudroyant.

Je me demande si elle se rend compte avec quelle passion elle critique la passion.

Elle se tourne vers moi, me considère en plissant les yeux et me lance :

– Pitié, ne me dis pas que tu es sérieux quand tu parles de devenir poète.

– Grands dieux, non ! dis-je en feignant d'être indigné.

Nous passons devant un homme qui tient un bout de carton sur lequel il a écrit : S'IL VOUS PLAÎT, AIDEZ-MOI. JE TRAVERSE UNE MAUVAISE PASSE. Un taxi en course klaxonne longuement et bruyamment un autre taxi, en course lui aussi.

– Est-on réellement censé savoir, à l'âge avancé de dix-sept ans, ce qu'on veut faire pendant le reste de sa vie ? dis-je.

– Tu n'as pas *envie* de le savoir ?

Elle n'aime vraiment pas l'incertitude.

– Si, sans doute. Mais j'aimerais pouvoir vivre dix vies à la fois.

Elle m'adresse de nouveau une espèce de signe d'adieu dédaigneux et me lance :

– Pfff ! C'est juste que tu ne veux pas choisir.

– Non, c'est pas ça. Je n'ai pas envie de rester coincé à exercer un métier qui n'a pas de sens pour moi. La voie que je m'apprête à emprunter ? Elle est interminable. Yale. Faculté de médecine. Internat de deuxième et troisième années. Mariage. Enfants. Retraite. Maison de retraite. Morgue. Cimetière.

Peut-être est-ce en raison de l'importance de cette journée, ou parce que je l'ai rencontrée, mais en cet instant précis, il est primordial que j'exprime très précisément mes pensées :

– Nous avons de beaux et puissants cerveaux. Nous inventons des trucs qui volent. Qui *volent* ! Nous composons des poèmes. Tu détestes sans doute la poésie, mais il est difficile de contester la beauté pure de « Irai-je te comparer au jour d'été ? Tu es plus tendre et bien plus tempéré[1] ». Nous sommes capables de mener des vies extraordinaires. D'écrire une grande histoire. Pourquoi s'installer dans une routine ? Pourquoi se limiter à ce qui est réaliste ? Pourquoi faire un travail terre à terre ? Nous venons au monde pour rêver et pour accomplir les choses dont nous rêvons.

Cette tirade sort sur un ton plus passionné que prévu, mais j'en pense chaque mot.

Nos regards se croisent. Il y a quelque chose entre nous qui n'était pas là il y a une minute.

Je m'attends à une remarque désinvolte de sa part, mais elle garde le silence.

L'univers s'immobilise et nous attend.

Elle ouvre sa main, elle va me prendre la mienne. C'est ce qu'elle est censée faire. Il est écrit que nous allons parcourir ce monde ensemble. Je le vois dans ses yeux. Nous sommes faits l'un pour l'autre. Je n'ai pas de certitude plus absolue que celle-ci.

Mais elle ne me prend pas la main. Elle continue à marcher.

---

1. Vers tirés du sonnet 18 de William Shakespeare. Version française de Pierre Jean Jouve, NRF Poésie, Gallimard. (N.d.T.)

NATASHA

Il se passe un truc entre nous que je n'ai pas envie qu'il se passe.

Quand on dit que le cœur a ses raisons que la raison ignore, on parle du cœur poétique : le cœur des chansons d'amour et des soliloques littéraires, celui qui est susceptible de se briser comme du verre.

On ne parle pas du cœur réel, celui qui n'a besoin que d'aliments sains et d'aérobic.

Mais le cœur poétique n'est pas fiable. Il est inconstant et il nous induit en erreur. Il nous affirme que tout ce dont on a besoin, c'est d'amour et de rêves. Il fait l'impasse sur la nourriture, l'eau, l'abri et l'argent. Il nous convainc que cette personne, en face de nous, celle qui a attiré notre attention pour une raison ou pour une autre, est l'Élue. Et il est véritablement l'Élu. Et elle est véritablement l'Élue… Pour le moment, jusqu'à ce que son cœur à lui ou son cœur à elle choisisse quelqu'un d'autre ou autre chose.

On ne peut pas faire confiance au cœur poétique pour prendre des décisions à long terme.

Je sais tout ça. Comme je sais que l'étoile Polaire n'est en réalité pas l'étoile la plus brillante, mais la cinquantième étoile la plus brillante.

Et pourtant, me voici avec Daniel au beau milieu du trottoir, en ce qui est presque certainement mon dernier jour en Amérique. Mon cœur inconstant, irréaliste, oublieux-de-l'avenir et absurde veut Daniel. Peu lui importe si ce garçon est trop sérieux, s'il ne sait pas ce qu'il veut ou s'il caresse le rêve de devenir poète, un métier qui mène à un immense chagrin et à l'hospice des pauvres.

Je sais que le destin n'existe pas et pourtant me voilà en train de me demander si je ne me suis pas trompée sur toute la ligne.

Je referme ma main ouverte, qui a envie de le toucher, et je continue à marcher.

AMOUR

UNE HISTOIRE CHIMIQUE

D'après les scientifiques, l'amour comporte trois étapes : le désir sexuel, l'attirance et l'attachement. Et il s'avère que chacune de ces étapes est orchestrée par des composés chimiques – les neurotransmetteurs – qui sont présents dans le cerveau.

Comme l'on pouvait s'y attendre, le désir sexuel est gouverné par la testostérone et les œstrogènes.

La deuxième étape, l'attirance, est contrôlée par la dopamine et la sérotonine. Lorsque, par exemple, des amoureux affirment ressentir un bonheur indescriptible en présence de leur partenaire, c'est la dopamine, l'hormone du plaisir, qui est à l'œuvre.

La consommation de cocaïne procure un niveau d'euphorie équivalent. En fait, les scientifiques qui étudient à la fois le cerveau d'individus amoureux depuis peu et celui des cocaïnomanes ont beaucoup de mal à les différencier l'un de l'autre.

L'autre composé chimique impliqué dans la phase d'attirance est la sérotonine. Les amants qui confient ne pas pouvoir s'arrêter de penser à leur partenaire connaissent en réalité une chute de leur niveau de sérotonine. Ils ont un niveau de sérotonine aussi bas que les gens souffrant de troubles obsessionnels compulsifs. La raison pour laquelle ils ne peuvent s'empêcher de penser à l'autre est qu'ils sont littéralement obsédés.

L'ocytocine et la vasopressine contrôlent la troisième étape : l'attachement ou la formation de liens affectifs durables. Libérée pendant l'orgasme, l'ocytocine vous fait vous sentir plus proche de la personne avec qui vous avez eu une relation sexuelle. Également libérée lors de l'accouchement, elle aide la mère à s'attacher à son bébé. La vasopressine, quant à elle, est libérée après le coït.

Natasha connaît ces détails sur le bout des doigts. Cela l'a aidée à se remettre de la trahison de Rob. Par conséquent, elle sait que l'amour n'est qu'une histoire de composés chimiques et de hasard.

Alors pourquoi Daniel, lui, pense-t-il qu'il y a quelque chose en plus ?

DANIEL

Aller à mon entretien est vraiment la dernière chose que j'ai envie de faire. N'empêche. Il est presque onze heures, alors si j'y vais, il faut que je parte maintenant.

Natasha et moi marchons en silence depuis le Truc qui s'est passé entre nous. J'aimerais dire que c'est un silence agréable, mais ce n'est pas le cas. J'ai envie d'en parler avec elle – de ce Truc –, mais qui sait si elle l'a même ressenti. Elle ne croit pas du tout à ces choses-là.

Midtown Manhattan est différent de cette partie de la ville où nous nous sommes rencontrés. Ici, il y a plus de gratte-ciels et moins de magasins de souvenirs. Les gens se comportent différemment, aussi. Ce ne sont pas des touristes qui se promènent pour le plaisir ou pour faire les boutiques, tout excités, bouche bée et souriants. Ce sont des gens qui travaillent dans ces gratte-ciels. Je suis presque sûr que mon rendez-vous a lieu quelque part dans le coin.

Nous continuons à marcher et à ne pas parler jusqu'à ce que nous arrivions devant un immeuble gigantesque et monstrueux tout en béton et en verre. Ça me sidère que des individus passent leurs journées entières dans des lieux comme celui-ci à faire des choses qu'ils n'adorent pas pour des gens qu'ils n'aiment pas. Au moins, être médecin, ça vaudra mieux que ça.

– C'est ici que je vais, m'annonce-t-elle.

– Je peux t'attendre, dis-je, comme une personne n'ayant pas un rendez-vous qui déterminera son avenir dans un tout petit peu plus d'une heure.

– Daniel, commence-t-elle, sur le ton sévère qu'elle emploiera certainement avec nos futurs enfants (ce sera sans aucun doute elle qui fera régner la discipline). Tu as un entretien et moi, j'ai ce… truc. C'est ici qu'on se dit au revoir.

Elle a raison. Je n'ai peut-être pas envie de l'avenir que mes parents ont prévu pour moi, mais je n'ai pas de meilleur projet. Si je reste ici plus longtemps, mon train va dérailler.

Il me vient à l'esprit que c'est peut-être ce que je souhaite. Peut-être que toutes les choses que je ressens envers Natasha ne sont que des excuses pour le faire sortir de ses rails. Après tout, mes parents n'accepteraient jamais notre relation. Non seulement elle n'est pas coréenne, mais elle est noire. C'est sans avenir.

Ça, plus le fait que ma très grande attirance pour elle n'est visiblement pas réciproque. Et l'amour n'est pas l'amour s'il n'est pas réciproque, hein ?

Je devrais partir.

Je vais partir.

Je pars.

– Tu as raison, lui dis-je.

Elle est surprise, et peut-être même un peu déçue, mais qu'est-ce que ça change ? Il faudrait qu'elle veuille la même chose que moi, et de toute évidence, ce n'est pas le cas.

NATASHA

Je ne m'attendais pas à cette réponse, ni à être déçue. Pourquoi est-ce que je pense à une idylle avec un garçon que je ne reverrai jamais ? Mon avenir sera fixé dans cinq minutes.

Nous nous tenons suffisamment près des portes en verre coulissantes de l'immeuble pour que la fraîcheur de la climatisation souffle sur ma peau quand des gens entrent et sortent.

Il tend le bras pour me serrer la main, mais le retire en vitesse.

– Pardon, dit-il en rougissant, avant de croiser les bras sur son torse.

– Bon, j'y vais.

– Tu y vas, répète-t-il.

Mais ni lui ni moi ne bougeons.

Nous restons plantés là sans rien dire pendant encore quelques secondes, puis je me rappelle que j'ai toujours sa veste dans mon sac à dos. Je la sors et le regarde la remettre.

– Avec ce costume, on dirait que tu travailles dans ce gratte-ciel, lui dis-je.

Dans ma bouche, c'est un compliment, mais il ne le prend pas de cette manière.

Il tire sur sa cravate en grimaçant :

– J'y travaillerai peut-être un jour.

Comme nous continuons à nous regarder en silence, je dis :

– Bon. Ça commence à devenir gênant.

– On se serre dans les bras ?

– Je croyais que vous, les hommes en costard-cravate, vous vous contentiez de serrer la main.

J'essaie de garder un ton léger, mais ma voix devient toute rauque et bizarre.

Il sourit, sans chercher à cacher sa tristesse. Comment peut-il ne pas éprouver de gêne à mettre ainsi son cœur à nu ?

Il faut que je regarde ailleurs. Je ne veux pas que ce qu'il se passe entre nous se passe, mais apparemment, c'est comme essayer de contrôler le temps qu'il fait.

Les portes du gratte-ciel s'ouvrent et l'air frais glisse de nouveau sur ma peau. J'ai chaud et froid à la fois. J'écarte les bras pour qu'on s'étreigne au même moment que lui. Nous allons du même côté et nous heurtons donc poitrine contre poitrine. Nous rions, embarrassés, et cessons de bouger.

– Je vais me tourner vers la droite, décide-t-il. Toi, tu te tournes vers la gauche.

– OK, dis-je en m'exécutant.

Il me serre dans ses bras, et étant donné que nous sommes à peu près de la même taille, mon visage effleure sa joue, qui est douce, lisse et chaude. Je laisse ma tête tomber sur son épaule et mon corps se relâche contre lui. Pendant une minute, je m'autorise à ressentir toute ma fatigue. Il est éprouvant d'essayer de s'accrocher à un pays qui ne veut pas de vous. Mais Daniel, lui, me veut. Je le sens dans sa façon de me serrer fort.

Je recule, en évitant son regard.

Il s'apprête à dire quelque chose, mais se ravise.

Je sors mon téléphone et consulte l'heure.

– Tu dois y aller, devine-t-il avant que j'aie le temps de le dire.

Je tourne les talons et pénètre dans l'immeuble froid.

Je pense à lui lorsque je signe le registre de l'agent de sécurité. Je pense à lui quand je traverse le hall d'entrée. Quand je prends l'ascenseur et que j'emprunte le long couloir, et à chaque instant jusqu'au moment où je suis obligée d'arrêter de penser à lui, lorsque j'entre dans le cabinet.

Les bruits que j'ai entendus au téléphone tout à l'heure étaient effectivement dus à des travaux, parce que ce bureau n'est qu'à moitié achevé. Les murs ne sont que partiellement peints, et des ampoules nues pendent du plafond. De la sciure de bois et des éclaboussures de peinture recouvrent le sol protégé par une bâche. Derrière le bureau est assise une femme qui a les deux mains posées sur le téléphone, comme si elle l'implorait intérieurement de sonner. Malgré son rouge à lèvres rouge vif et ses joues fardées de rose, elle est très pâle. Ses cheveux d'un noir de jais sont parfaitement coiffés. Quelque chose chez elle ne semble pas très réel. On dirait qu'elle joue un rôle, de figurante dans un vieux classique de

Disney ou dans un film des années 1950 avec des secrétaires. Son bureau, où sont empilés des dossiers à codes de couleurs, est impeccable. Sur une grande tasse on peut lire : LES ASSISTANTES JURIDIQUES LE FONT POUR PAS CHER !

Elle m'adresse un sourire triste et tremblant tandis que j'avance vers son bureau.

– Je ne sais pas si je suis au bon endroit, dis-je à voix haute.

Elle me regarde fixement sans me répondre.

– C'est bien le cabinet de maître Fitzgerald ?

– Vous devez être Natasha, devine-t-elle.

C'est sans doute à elle que j'ai parlé au téléphone. Je m'approche encore.

– J'ai une mauvaise nouvelle, m'annonce-t-elle.

Mon estomac se retourne. Je ne suis pas prête à entendre ce qu'elle va dire. Est-ce fini avant que ça ait même commencé ? Mon destin est-il déjà scellé ? Serai-je réellement expulsée ce soir ?

Un homme vêtu d'un bleu de travail tout taché de peinture entre et se met à faire des trous dans un mur à l'aide d'une perceuse. Quelqu'un d'autre que je ne vois pas commence à donner des coups de marteau. La dame ne hausse pas la voix pour couvrir ces bruits. Je fais quelques pas de plus.

– Jeremy – maître Fitzgerald – a eu un accident de voiture il y a une heure. Il est toujours à l'hôpital. Son épouse dit qu'il va bien, qu'il a seulement quelques ecchymoses. Mais il ne sera pas là avant le milieu d'après-midi.

Sa voix est normale, son regard, pas du tout. Elle rapproche un peu le téléphone d'elle et y reporte son attention.

– Mais j'ai rendez-vous avec lui maintenant ! dis-je d'un ton peu aimable que je ne peux contrôler. J'ai vraiment besoin de son aide.

Maintenant, elle me regarde, les yeux écarquillés, incrédule.

– Vous n'avez pas entendu ce que je viens de vous dire ? me lance-t-elle. Il a été heurté par une voiture. Il ne peut pas être ici tout de suite.

Elle pousse vers moi une liasse de formulaires et détourne de nouveau les yeux.

Il me faut au moins un quart d'heure pour remplir cette paperasse. Sur le premier document, je réponds de manière sensiblement identique quand on me demande si je suis une communiste, une criminelle ou une terroriste, et si je prendrais les armes pour défendre les États-Unis. Bien que ma réponse à cette dernière question soit non, je coche tout de même la case « oui ».

Un autre formulaire me demande des détails sur le déroulement de la procédure d'expulsion jusqu'à ce jour.

Le dernier est un questionnaire client dans lequel je dois fournir un compte-rendu complet du temps que j'ai passé aux États-Unis. Je ne sais pas quoi dire. J'ignore ce que maître Fitzgerald cherche. Veut-il savoir de quelle façon nous sommes entrés dans le pays ? Comment nous nous sommes cachés ? Ce que je ressens chaque fois que j'écris mon faux numéro de sécurité sociale sur un formulaire scolaire ? Comment, à chaque fois, je me représente ma mère montant dans ce car pour la Floride ? Veut-il savoir ce que ça fait d'être sans papiers ? Ou ce qu'on ressent à craindre tout le temps d'être découvert en situation irrégulière ?

Probablement pas. Il veut des faits, pas de la psychologie, alors je les écris. Nous sommes arrivés en Amérique avec un visa de tourisme. Lorsqu'il a expiré, nous sommes restés. Nous n'avons pas quitté le pays depuis. Nous n'avons commis aucun délit, à part mon père qui a été arrêté pour conduite en état d'ivresse.

Je remets les documents à l'assistante juridique et elle consulte aussitôt le questionnaire client.

– Vous devez développer, ici, m'indique-t-elle.

– Que faut-il que j'écrive de plus ?

– Que représente l'Amérique pour vous ? Pourquoi voulez-vous rester ? Comment contribuerez-vous à accroître la grandeur de l'Amérique ?

– C'est vraiment... ?

– Tout ce dont Jeremy pourra se servir pour vous humaniser sera utile, déclare-t-elle.

Si les gens nés ici devaient prouver qu'ils sont dignes de vivre en Amérique, ce pays serait beaucoup moins peuplé.

Elle feuillette les autres documents tandis que j'écris combien je serai une personne travailleuse, optimiste et patriote. J'explique que dans mon cœur, mon pays, c'est l'Amérique, et comment l'obtention de la citoyenneté américaine légalisera ce que j'éprouve déjà. Chez moi, c'est ici. En bref, je suis plus sincère que ma pudeur m'autorise à l'être. Daniel serait fier de moi.

Daniel.

Il est sans doute dans un train, en route vers son rendez-vous. Prendra-t-il la bonne décision et deviendra-t-il médecin, finalement ? Dans quelques années, se souviendra-t-il de moi, cette fille avec qui il a passé deux heures à New York, un jour ? Est-ce qu'il se demandera ce que je suis devenue ? Il fera peut-être une recherche sur Google avec uniquement mon prénom, ce qui ne le mènera pas loin. Mais, plus probablement, il m'oubliera dès ce soir, comme moi je l'oublierai certainement.

Alors que je suis toujours en train d'écrire, le téléphone sonne, et l'assistante attrape le combiné avant qu'il ait eu le temps de sonner une deuxième fois.

– Oh, mon Dieu, Jeremy ! Vous allez bien ?

Elle ferme les yeux, met les deux mains autour du combiné, qu'elle colle contre son visage.

– Je voulais venir, mais votre femme a dit que je devais assurer la permanence.

Elle écarquille les yeux quand elle prononce le mot « femme ».

– Vous êtes sûr que ça va ?

Plus elle écoute son correspondant, plus elle devient enjouée. Elle rougit et ses yeux brillent de larmes de bonheur.

Il est tellement évident qu'elle est amoureuse que je m'attends à voir des bulles en forme de cœur flotter dans la pièce. Ces deux-là entretiennent-ils une liaison ?

– Je voulais venir, murmure-t-elle de nouveau.

Après avoir plusieurs fois chuchoté « D'accord », elle raccroche.

– Il va bien, déclare-t-elle, d'un air radieux.

Tout son corps rayonne de soulagement.

– Tant mieux, dis-je.

Elle me prend les papiers des mains. Je patiente pendant qu'elle les lit tous.

– Vous voulez entendre une bonne nouvelle ? me demande-t-elle.

Bien sûr que oui. Je hoche lentement la tête.

– J'ai vu beaucoup de cas comme le vôtre ; je pense que votre situation va s'arranger.

Je ne sais pas à quoi je m'attendais ; en tout cas, pas à ça.

– Vous croyez vraiment qu'il va pouvoir m'aider ?

Je perçois l'espoir et le scepticisme dans ma voix.

– Jeremy ne perd jamais, affirme-t-elle, si fièrement qu'elle pourrait parler d'elle-même.

Mais, bien sûr, ça ne peut pas être vrai. Tout le monde perd parfois quelque chose. Je devrais lui demander des précisions, de me fournir un ratio exact des gains et des pertes afin de pouvoir décider quoi penser.

– Il y a de l'espoir, ajoute-t-elle simplement.

Bien que je déteste la poésie, un poème que j'ai lu pour le cours d'anglais me vient soudain à l'esprit : « L'espoir est cette chose avec des plumes. » À présent, je comprends concrètement ce que ce vers signifie. Quelque chose dans ma poitrine a envie de sortir en volant, de chanter, de rire et de danser de soulagement.

Je la remercie et sors du bureau en vitesse, avant d'avoir le temps de lui poser une question dont la réponse risque d'anéantir ce sentiment. En général, je suis partisane de connaître la vérité, même si elle est douloureuse. Ce n'est pas la façon d'être la plus facile. Parfois, la vérité blesse plus qu'on l'aurait cru.

Il y a quelques semaines, mes parents se sont disputés dans leur chambre, à huis clos. C'est l'une de ces rares fois où ma mère s'est ouvertement mise en colère contre mon père. Peter m'a surprise en train d'écouter à leur porte. Quand ils ont eu fini, je lui ai demandé s'il voulait savoir ce que j'avais entendu, mais il m'a répondu non. Il devinait que c'étaient des paroles méchantes, et il n'avait pas envie de méchanceté dans sa vie à cet instant. Sur le moment, ça m'a agacée. Mais ensuite, j'ai pensé qu'il avait peut-être eu raison. J'aimerais ne pas avoir entendu ce que j'ai entendu en cachette.

Une fois dans le couloir, j'appuie ma tête contre le mur et j'hésite. Je me demande si je ne devrais pas retourner dans le cabinet pour presser l'assistante juridique de me donner des renseignements complémentaires. Finalement, j'y renonce. À quoi ça m'avancerait ? Autant attendre la réponse officielle de l'avocat. De plus, j'en ai assez de m'inquiéter. Je sais que ce qu'elle m'a dit n'est pas une garantie. Mais j'ai besoin de ressentir autre chose que de l'effroi résigné. L'espoir me paraît un bon substitut.

J'envisage de téléphoner à mes parents pour leur raconter ce possible retournement de situation, mais j'y renonce également. Je n'ai pas de nouvelle information à leur apprendre. Qu'est-ce que je leur dirais ? Qu'un homme que je ne connais pas m'a envoyée voir un autre monsieur que je ne connais pas non plus. Qu'une assistante juridique, qui par définition n'est pas une avocate, et que je ne connais pas non plus, affirme que notre problème a des chances d'être réglé. À quoi ça sert de placer ses espoirs trop haut ?

La personne à qui j'ai vraiment envie de parler, c'est Daniel ; hélas, il est parti depuis longtemps à son entretien.

Je regrette de ne pas avoir été plus sympa avec lui.

Je regrette de ne pas lui avoir demandé son numéro de portable.

Et si cet absurde problème d'immigration se résolvait tout seul ? Si j'obtiens le droit de rester, comment le retrouverai-je ? Parce que j'ai beau prétendre le contraire, il s'est bien passé un truc entre nous. Un gros truc.

HANNAH WINTER

UNE HISTOIRE DE CONTE DE FÉES, PREMIÈRE PARTIE

Hannah a toujours pensé qu'elle vivait dans un conte de fées dont elle n'est pas la vedette. Elle n'est ni la princesse ni la bonne fée. Ni la méchante sorcière rougeaude ni son compagnon à quatre pattes. Hannah est un personnage secondaire, illustré pour la première fois à la page douze ou treize. La cuisinière, peut-être, surveillant les petites crêpes épaisses et les dragées. Ou bien la servante, aimable mais pas représentée.

C'est seulement lorsqu'elle a commencé à travailler pour maître Jeremy Fitzgerald qu'elle s'est imaginé pouvoir tenir le premier rôle. En lui, elle a reconnu son Unique Véritable Amour. L'homme avec qui elle vivrait heureuse et aurait beaucoup d'enfants. Ceci en dépit du fait qu'il est marié. En dépit du fait qu'il est le père de deux jeunes enfants.

Hannah n'a jamais cru qu'il l'aimerait lui aussi, jusqu'au jour où c'est précisément ce qui s'est passé.

Ce jour-là, c'est aujourd'hui.

JEREMY FITZGERALD

UNE HISTOIRE DE CONTE DE FÉES, PREMIÈRE PARTIE

Jeremy Fitzgerald traversait la rue lorsqu'un homme – actuaire en assurances –, ivre et éperdu de douleur, au volant d'une BMW blanche, l'a heurté à un peu plus de trente kilomètres à l'heure. Le choc n'a pas été assez violent pour le tuer, mais suffisant pour le faire réfléchir à sa mort éventuelle et à sa vie actuelle. Il a été suffisant pour lui faire admettre qu'il était amoureux de son assistante juridique, Hannah Winter, et ce, depuis quelque temps déjà.

À un certain moment, aujourd'hui, lorsqu'il retournera à son cabinet, il prendra Hannah dans ses bras sans prononcer un mot. Il la serrera contre lui et s'interrogera, très brièvement, sur les bouleversements que cet amour provoquera dans sa vie.

DANIEL

Un adolescent du coin prend une décision critiquable.

Ma mère, qui est si pacifiste, me tuerait si elle savait ce que je viens de faire. J'ai décalé l'horaire de mon entretien. Pour une fille. Même pas une Coréenne, mais une Noire. Une fille noire que je ne connais pas vraiment, et qui peut-être ne m'apprécie même pas.

La dame que j'ai eue au téléphone m'a dit que mon appel ne pouvait pas tomber mieux. Elle s'apprêtait elle-même à me contacter afin de reporter mon rendez-vous. Le seul créneau que j'ai pu avoir, c'est à dix-huit heures aujourd'hui. Alors me voici dans le hall d'entrée du gratte-ciel devant lequel j'ai laissé Natasha, en train de lire le tableau répertoriant les sociétés présentes dans l'immeuble et de la guetter en même temps. Ici, la plupart des locataires sont des avocats (D^{r} en droit, M^{e}) et des professionnels de la comptabilité et de la finance (EC, AFA, etc.). Je n'ai jamais vu autant d'abréviations de diplômes de ma vie. Daniel Jae Ho Bae, GI (Garçon Idiot), VAE (Voué à l'Échec).

Quel genre de rendez-vous peut-elle bien avoir ici ? Soit c'est une héritière ayant de l'argent à investir, soit elle a des problèmes et a besoin d'un avocat.

À l'autre bout du hall, les portes de l'ascenseur s'ouvrent et elle sort.

Quand j'ai téléphoné pour reporter mon rendez-vous, une partie de moi s'est demandé si j'étais stupide. Une fille que je viens de rencontrer ne vaut pas la peine que je mette en péril mon avenir. C'était plus facile de penser ça quand je ne la regardais pas, parce que maintenant, je ne me rappelle pas pourquoi j'ai seulement hésité.

Bien sûr qu'elle en vaut la peine. Et je suis incapable de l'expliquer.

Oui, elle est mignonne. La combinaison de ses cheveux volumineux, de ses yeux noirs brillants et de ses lèvres roses charnues est incontestablement jolie. En plus, elle a les plus belles jambes du monde connu (je les ai fait remonter de la troisième à la première place après un examen attentif ; je suis objectif, là). Alors, oui, c'est indéniable, je suis attiré physiquement par elle, mais il y a autre chose aussi, et je ne dis pas ça uniquement parce qu'elle a les plus belles jambes qui existent dans l'univers connu. En toute objectivité.

Je l'observe traverser le hall d'entrée. Elle regarde autour d'elle, essayant de repérer quelque chose ou quelqu'un. Ses épaules s'affaissent littéralement quand elle ne le trouve pas. Ce doit être moi qu'elle cherche, n'est-ce pas ? À moins qu'elle n'ait rencontré un autre amour de sa vie potentiel pendant les trente minutes où elle était loin de moi.

Lorsqu'elle sort de l'immeuble, elle fait lentement un tour complet sur elle-même dans un sens, puis dans l'autre, encore plus lentement. La personne qu'elle cherche n'est toujours pas là.

NATASHA

Il n'est pas dans le hall, ni dans la cour intérieure. Je dois admettre que j'aurais voulu qu'il soit là. Je sens une espèce de petit creux dans mon ventre, comme si j'avais faim, mais ce n'est pas de nourriture que j'ai envie.

Il fait plus chaud. J'enlève ma veste, je la plie sur mon avant-bras et reste plantée là à essayer de décider quoi faire maintenant. Je rechigne à m'en aller, et à reconnaître que je n'ai pas envie de m'en aller. Ce n'est pas que je pense que nous étions faits l'un pour l'autre ou un truc aussi ridicule que ça. Mais ça aurait été agréable de passer les quelques prochaines heures en sa compagnie. Ça aurait pu être agréable de sortir avec lui. J'aurais bien aimé savoir s'il rougit quand il embrasse.

C'est ici que je l'ai vu pour la dernière fois. Si je pars, je n'ai aucune chance de le revoir. Je me demande comment se passe son entretien. Dit-il ce qu'il faut, ou laisse-t-il transparaître tous ses doutes et son angoisse existentielle ? Ce garçon a besoin d'un coach personnel.

Je suis sur le point de partir quand quelque chose m'incite à jeter un dernier regard autour de moi. Je sais que ce n'est pas possible de sentir la présence d'une personne en particulier. Très probablement, mon inconscient l'a repéré quand j'ai traversé le hall de l'immeuble. Les gens emploient un langage poétique pour décrire des choses qu'ils ne comprennent pas. En général, il y a une explication scientifique ; il suffit de la chercher.

En tout cas, le voici.

Il est là.

DANIEL

Elle avance vers moi. Il y a deux ou trois heures, j'aurais dit que son visage était inexpressif, mais comme je suis en train de devenir un spécialiste de Natasha, je dirais plutôt qu'elle *s'efforce* d'avoir un visage inexpressif. Si je devais faire une supposition, j'affirmerais qu'elle est heureuse de me voir.

– Ben, et ton entretien ? me questionne-t-elle dès qu'elle s'est suffisamment approchée.

Pas d'étreinte. Pas de « Je suis tellement heureuse de te revoir ». Je ne suis peut-être pas un spécialiste de Natasha, tout compte fait.

J'opte pour les faits ou la vérité ? (Curieusement, ce n'est pas toujours la même chose.) Les faits, c'est que j'ai reporté mon rendez-vous. La vérité, c'est que j'ai reporté mon rendez-vous afin de pouvoir passer plus de temps avec elle. Je choisis la vérité :

– J'ai reporté mon rendez-vous pour pouvoir passer plus de temps avec toi.

– Tu es dingue, ou quoi ? C'est de ta vie qu'il s'agit !

– Je n'ai pas mis le feu à l'immeuble, Tash. J'ai juste modifié l'horaire de mon entretien.

– C'est qui, Tash ? me demande-t-elle, avec cependant un sourire au coin des lèvres.

Pointant le menton vers l'ascenseur, je l'interroge à mon tour :

– Comment s'est passé ton rendez-vous ?

Son sourire s'évanouit. Note pour moi-même : Ne plus aborder ce sujet.

– Bien. Je dois revenir à quinze heures trente.

Je regarde mon téléphone portable : onze heures trente-cinq.

– On dirait qu'on va passer plus de temps ensemble, dis-je.

Je m'attends à ce qu'elle lève les yeux au ciel, mais non. Je considère ça comme une petite victoire.

Elle frissonne et frotte ses mains sur ses avant-bras. Voyant la chair de poule sur sa peau, j'apprends une nouvelle chose à son sujet : elle est frileuse. Je prends sa veste et l'aide à la mettre. Elle glisse un bras dans une manche, le second dans l'autre, et hausse les épaules pour l'ajuster. Je remonte son col.

C'est une petite chose. Je laisse ma main sur sa nuque, et elle se penche très légèrement en arrière contre moi. Ses cheveux chatouillent mon nez. C'est une petite chose, mais on dirait que nous la faisons depuis longtemps maintenant.

Elle se tourne, et je dois lever les mains pour ne pas la toucher de façon plus intime. Où que nous allions, nous n'y sommes pas encore.

– Tu es sûr que tu ne mets pas en péril…, commence-t-elle.

– Je m'en fiche, en fait.

– Tu as tort.

Elle pose sur moi un regard fébrile et me demande :

– Tu as fait ça pour moi ?

– Oui.

– Qu'est-ce qui te fait croire que j'en vaux la peine ?

– Mon instinct.

J'ignore ce qui, chez elle, m'enlève toute peur de dire la vérité.

Elle écarquille les yeux et frissonne de nouveau.

– Tu es impossible, déclare-t-elle.

– C'est possible.

Elle rit, et ses yeux noirs me regardent en pétillant.

– On fait quoi, maintenant ? me lance-t-elle.

Je dois aller me faire couper les cheveux et remettre la pochette avec les bordereaux de dépôt à mon père. Je n'ai envie de faire aucune de ces choses. Ce que je veux, c'est trouver un endroit douillet et me blottir contre elle. Sauf que je dois absolument porter la pochette à mon père. Je lui demande si elle est partante pour une petite excursion à Harlem, et elle accepte. Franchement, c'est vraiment la dernière chose que je devrais faire. S'il existe de pires idées que celle-là, elles sont bien cachées. Mon père va la faire flipper. Quand elle le verra, elle s'imaginera ce que je serai dans cinquante ans ; alors elle prendra ses jambes à son cou parce que c'est ce que je ferais à sa place.

Mon père est un drôle de type. Par « drôle », j'entends en fait « vachement super bizarre ». D'abord, il ne parle à presque personne à part aux clients. Charlie et moi ne sommes pas une exception. À moins que les reproches, ça compte. Dans ce cas, il a plus parlé à Charlie pendant cet été et cet automne que pendant dix-neuf ans. J'exagère peut-être, mais à peine.

Je ne sais pas comment je vais leur expliquer, à lui et à Charlie, la présence de Natasha. Bon, je me fiche pas mal de mon frère, mais mon père se doutera de quelque chose. Il devinera qu'il y a quelque chose dans l'air de la même manière qu'il sait toujours quel client va voler à l'étalage, lequel est bon pour une reconnaissance de dette ou pas.

Ce soir, pendant le dîner, il dira quelque chose à ma mère en coréen avec la voix qu'il emploie pour se plaindre des Américains. Je n'ai pas très envie que mes parents soient déjà mêlés à ça. Nous ne sommes pas prêts pour ce genre de pression.

Natasha affirme que toutes les familles sont bizarres, et c'est vrai. Il faudra que je lui pose plus de questions sur la sienne plus tard, après que nous serons allés à Harlem. Nous descendons dans le métro.

– Prépare-toi, lui dis-je.

NATASHA

Harlem se trouve à seulement vingt-cinq minutes en métro d'où nous étions, cependant on dirait que nous sommes partis dans un autre pays. Les gratte-ciels ont laissé la place à de petits magasins pleins à craquer, aux stores de couleurs vives. L'air est plus léger, ça sent moins la ville et plus le quartier. Dans la rue, presque tous les gens sont noirs.

Daniel est silencieux tandis que nous marchons le long du boulevard Martin Luther King, en direction de la boutique de ses parents. Il ralentit quand nous passons devant une devanture vide sur laquelle est accroché un énorme panneau À LOUER, et devant un bureau de prêteur sur gages au store vert. Finalement, nous nous arrêtons devant un magasin de produits cosmétiques et de soins pour cheveux afro, appelé Black Hair Care.

Je vais très souvent dans ce genre d'endroit. « Va me chercher du baume lissant à la boutique de cosmétiques en bas de la rue », me dit ma mère tous les deux mois environ.

Tous les magasins de soins pour les cheveux afro appartiennent à des Coréens, c'est de notoriété publique, et injuste. Je ne sais pas pourquoi je n'y ai pas pensé quand Daniel m'a dit que ses parents avaient une boutique.

Je ne peux pas voir à l'intérieur parce que la vitrine est couverte de vieux posters décolorés par le soleil représentant des femmes noires souriantes en tailleur, qui ont toutes les mêmes coupes de cheveux traités par des produits chimiques. Apparemment – selon ces affiches, du moins –, seules certaines coiffures sont autorisées dans les réunions des conseils d'administration. Même ma mère est coupable de ce genre d'opinion. Elle n'était pas contente quand j'ai décidé de laisser mes cheveux à l'afro, sous prétexte que ça ne fait pas professionnel. Mais moi, j'aime bien ma coupe volumineuse. J'aimais bien aussi quand mes cheveux étaient lissés et plus longs. Je suis heureuse d'avoir plusieurs choix. Et ils ne regardent que moi.

Daniel est tellement nerveux qu'il frémit. Je me demande si c'est parce que je vais rencontrer son père, ou parce que ses parents possèdent ce type de boutique. Il me fait face et tire sur sa cravate de droite à gauche, comme si elle était trop serrée depuis ce matin.

– Bon, mon père est vraiment…

Il s'interrompt, puis recommence :

– Et mon frère est vraiment…

Ses yeux sont partout sauf sur moi, et sa voix est forcée, sans doute parce qu'il essaie de parler sans respirer.

– Tu pourrais peut-être attendre ici, me suggère-t-il, réussissant enfin à sortir une phrase entière.

Au début, je ne me pose pas de question. Je suppose que tout le monde est gêné par sa famille. Je le suis par la mienne. Enfin, par mon père, du moins. Si j'étais à la place de Daniel, je ferais la même chose. Mon ex qui m'a trompée, Rob, n'a jamais rencontré mon père. C'était mieux comme ça. Pas besoin qu'il écoute mon père parler avec son faux accent américain trop prononcé. Ni qu'il le voie chercher une occasion de parler de lui, de ses nombreux projets d'avenir et de sa célébrité future.

Nous sommes juste devant le magasin lorsque deux adolescentes noires en sortent en riant. Puis une autre femme, noire elle aussi, entre.

Il me vient alors à l'esprit que ce n'est peut-être pas sa famille qui met Daniel mal à l'aise. Mais moi. Ou peut-être craint-il que ses parents n'aient honte de moi. Je ne sais pas pourquoi je n'y ai pas pensé plus tôt.

L'Amérique n'est pas vraiment un melting-pot. Elle ressemble plus à l'un de ces plateaux-repas métalliques divisés en plusieurs parties réservées aux féculents, à la viande et aux légumes. Je le regarde, mais il ne me regarde toujours pas. Soudain, il se passe une chose entre nous à laquelle je ne m'attendais pas.

CHEVEUX

UNE HISTOIRE AFRO-AMÉRICAINE

Dans les civilisations africaines du XVe siècle, les coiffures étaient des marqueurs identitaires. Elles pouvaient révéler toutes sortes d'informations, de la tribu au milieu familial en passant par la religion et le statut social. Les coiffures recherchées indiquaient le pouvoir et la richesse. Une coiffure simple était parfois le signe d'un deuil. Mais ce n'est pas tout : les cheveux pouvaient également avoir une importance spirituelle. Parce qu'ils sont sur la tête – la partie du corps la plus haute et la plus proche du ciel –, un grand nombre d'Africains les considéraient comme un passage destiné aux esprits pour pénétrer l'âme, un moyen d'entrer en contact avec Dieu.

Cette histoire fut balayée avec le début de l'esclavage. Sur les vaisseaux négriers, les Africains qui venaient d'être capturés étaient rasés de force dans un acte extrême de déshumanisation, un acte qui coupait effectivement le lien entre les cheveux et l'identité culturelle.

Après l'abolition de l'esclavage, les cheveux des Afro-Américains prirent des connotations complexes. Les « bons » cheveux correspondaient à tout ce qui se rapprochait des critères de beauté occidentaux. Les bons cheveux étaient raides et lisses. Les cheveux frisés, crépus – la chevelure naturelle de la plupart des Afro-Américains – étaient considérés comme « mauvais ». Les cheveux raides étaient beaux. Les cheveux crépus étaient laids. Au début des années 1900, Mrs C. J. Walker, une Afro-Américaine, devint millionnaire après avoir inventé et commercialisé des soins capillaires pour les femmes noires. Elle est plus connue pour avoir amélioré le « peigne chauffant », un appareil destiné à défriser les cheveux. Dans les années 1960, George E. Johnson mit sur le marché le « défrisant », un produit chimique utilisé pour décrêper les cheveux des Afro-Américains. Selon certaines estimations, l'industrie des produits capillaires pour les cheveux afro rapporte plus d'un milliard de dollars par an.

Depuis la période post-esclavagiste jusqu'à l'époque contemporaine, le débat fait rage dans la communauté afro-américaine. Que signifie le fait de porter ses cheveux au naturel plutôt que défrisés ? Se défriser les cheveux est-il une forme de haine de soi ? Cela veut-il dire que l'on ne trouve pas ses cheveux beaux à l'état naturel ? Si on les laisse naturels, est-ce un geste politique, par lequel l'on revendique le Black Power ? La manière dont les femmes afro-américaines portent leurs cheveux est souvent bien plus qu'une question de vanité. Cela va au-delà de la simple idée qu'une femme a de sa propre beauté.

Lorsque Natasha décide d'avoir une coupe afro, elle n'a pas conscience de toute cette histoire. Elle le fait bien que Patricia Kingsley affirme que ce genre de coiffure donne aux femmes un air militant et peu professionnel. Ces affirmations sont le résultat de la peur – la peur que sa fille ne soit blessée par une société qui est encore si souvent effrayée par la peau noire. Patricia ne formule pas son autre objection : la nouvelle coiffure de Natasha lui fait l'effet d'un rejet. Elle-même se défrise les cheveux depuis toujours. Elle défrisait ceux de Natasha depuis qu'elle avait dix ans. Ces derniers temps, lorsque Patricia regarde sa fille, elle ne voit pas en elle autant de sa propre personne qu'avant, et cela lui fait mal. Mais, bien sûr, tous les adolescents font cela. Tous les adolescents veulent se distinguer de leurs parents. Grandir, c'est se différencier de ses parents.

Les cheveux naturels de Natasha mettent trois ans à repousser entièrement. Le choix de la coupe afro ne constitue pas pour elle un geste politique. En fait, elle aimait bien avoir les cheveux lissés. À l'avenir, il se peut qu'elle se les défrise de nouveau. Si elle adopte cette coiffure, c'est parce qu'elle a envie d'essayer quelque chose de nouveau.

Simplement parce que c'est beau.

DANIEL

Le garçon du coin est un aussi gros connard que son frère.

– Tu pourrais peut-être attendre ici, ai-je dit, comme si j'avais honte d'elle et que je voulais la cacher.

Je regrette aussitôt. Pas besoin d'attendre quelques minutes pour me rendre compte du plein effet de mes paroles. Nan. Nan. Nan. C'est immédiat et dévorant.

Et une fois qu'elles sont sorties, je n'arrive pas à croire que je les ai prononcées. Je n'ai donc rien dans le ventre ? C'est ça ?

Je suis un plus gros connard que Charlie.

Impossible de la regarder. Ses yeux sont posés sur moi et je suis incapable de la regarder. Je veux cette machine à remonter le temps. Je veux récupérer cette dernière minute.

J'ai foiré.

Si le couple « Daniel et Natasha » se forme, alors ceci n'est que le début d'une période où je vais devoir gérer le racisme de mon père. Or elle et moi, nous n'en sommes qu'au début, et je n'ai vraiment pas envie de devoir gérer mon père en ce moment. Je veux faire ce qui est facile, pas forcément ce qui est correct. Je veux tomber amoureux, et j'insiste sur le côté *tomber*.

Pas d'obstacles sur mon chemin, s'il vous plaît. Personne n'a besoin de se faire des bleus en tombant amoureux. Je veux juste tomber de la même manière que tout le monde.

NATASHA

Ça va aller.

Ça ira si j'attends ici. Je comprends. Sincèrement. Cependant, une partie de moi, celle qui ne croit pas en Dieu ni au grand amour, a vraiment envie qu'il me prouve que j'ai tort de ne pas croire en ces choses. Je veux qu'il me choisisse. Même si c'est beaucoup trop tôt dans notre histoire. Même si moi, je ne ferais pas ça. Je veux qu'il soit aussi noble qu'il semblait l'être au début, mais bien sûr, il ne l'est pas. Personne ne l'est. Alors je le laisse tranquille et lui dis :

– Arrête de t'inquiéter comme ça. J'attends ici.

DANIEL

Quand on naît, ils (les petits hommes verts, Dieu ou qui que ce soit) devraient nous envoyer dans le monde avec un paquet de passes gratuits. Une carte « On-efface-tout-et-on-recommence », une autre « Partie remise », une « Retour en arrière », une « Vous-êtes-libéré-de-prison ». Comme ça, là, j'utiliserais mon passe « On-efface-tout-et-on-recommence ».

Lorsque je lève les yeux vers elle, je comprends qu'elle sait exactement ce que je vis en cet instant. Elle comprendra si j'entre dans la boutique pour remettre la pochette à mon père et ressors aussitôt. Ensuite, nous pourrons continuer notre chemin et je ne serai pas obligé, plus tard, d'avoir une conversation avec mon père sur « Qui était cette fille ? ». Il n'y aura pas de plaisanteries racistes de la part de Charlie du genre « Une fois que tu t'es fait une Noire… ». Ce moment gênant sera un petit incident de parcours sur notre route menant à une vie de couple fabuleuse.

Cependant, je ne peux pas le faire. Je ne peux pas la laisser ici, dehors. En partie parce que ce n'est pas correct. Mais, surtout, parce qu'elle et moi n'en sommes pas encore vraiment au début.

– Je peux la refaire, celle-là ? lui dis-je, utilisant ma carte « On-efface-tout-et-on-recommence ».

Elle m'adresse un si grand sourire que j'ai une certitude : quoi qu'il arrive, ça en vaudra la peine.

NATASHA

Une sonnette tinte dès que nous entrons dans le magasin. Il ressemble à n'importe quel autre magasin de produits cosmétiques de ce genre : un petit local bourré de rangées d'étagères métalliques qui débordent de flacons en plastique vous promettant que leur formule secrète est la meilleure pour vos cheveux, votre peau, etc.

La caisse étant située juste en face de l'entrée, je vois tout de suite son père. Je sais alors immédiatement de qui Daniel tient sa beauté. Même s'il est plus vieux et dégarni, son père a la même ossature de tête anguleuse et le même visage parfaitement symétrique qui rendent Daniel si séduisant. Occupé à encaisser les achats d'un client, il fait comme si Daniel n'était pas là, alors qu'il nous a vus tous les deux, j'en suis sûre. Le client en question est un garçon de mon âge à peu près, noir, aux cheveux courts violets, qui porte trois anneaux aux lèvres, un dans le nez, un autre sur un sourcil, et d'innombrables boucles d'oreilles. J'aimerais bien voir ce qu'il achète, mais c'est déjà emballé.

Daniel sort la pochette de la poche de son costume et s'avance. Son père lui jette un bref regard. J'ignore quel message il lui a ainsi adressé, mais Daniel s'arrête et soupire.

– Si tu as besoin d'aller aux toilettes, il y en a au fond du magasin, m'informe-t-il.

Je secoue la tête. Il tord la pochette avec ses mains.

– Bon, ben, voilà. C'est le magasin.

– Tu me fais visiter ? lui dis-je pour l'aider à se détendre.

– Il n'y a pas grand-chose à voir. Les trois premières allées sont dédiées aux cheveux. Shampoings, après-shampoings, extensions, teintures et plein de trucs chimiques que je ne comprends pas. Dans la quatrième allée, il y a le maquillage. Dans la cinquième, le matériel.

Il lance un regard à son père, mais celui-ci est toujours occupé.

– Tu veux quelque chose ? me demande-t-il.

Je touche mes cheveux.

– Non, je…

– Je ne parlais pas de produits. On a un frigo rempli de sodas et d'autres trucs dans l'arrière-boutique.

– Oui, je veux bien.

J'aime l'idée de voir les coulisses.

Nous prenons l'allée des teintures. Toutes les boîtes montrent des femmes aux larges sourires, et aux cheveux impeccablement colorés et coiffés. Ce ne sont pas des teintures pour les cheveux que l'on vend dans ces flacons, c'est du bonheur.

Je m'arrête devant un lot de boîtes aux teintures de couleurs vives et j'en prends une rose. Il y a une très petite partie de moi, secrète et irréaliste, qui a toujours voulu avoir les cheveux roses.

Il faut quelques secondes à Daniel pour s'apercevoir que je ne le suis plus.

– Rose ? s'étonne-t-il en voyant la boîte dans ma main.

Je l'agite dans sa direction et réplique :

– Pourquoi pas ?

– Ça n'a pas l'air d'être ton style.

Bien sûr, il a entièrement raison, mais je déteste qu'il pense ça. Suis-je trop prévisible et ennuyeuse ? Je repense au garçon que j'ai vu en entrant. Je parie que lui, il étonne constamment les gens.

– La preuve que tu ne me connais pas, dis-je, en tapotant mes cheveux.

Son regard suit ma main, et à présent, je suis très mal à l'aise ; j'espère qu'il ne va pas me demander s'il peut toucher mes cheveux ou des trucs débiles de ce genre. Non pas que je n'aie pas envie qu'il touche mes cheveux, parce que si, j'en ai envie, mais je ne veux pas qu'il le fasse par simple curiosité.

– Je pense que tu serais magnifique avec une coupe afro géante rose, affirme-t-il.

La sincérité, c'est sexy, et mon cœur cynique le remarque.

– Mes cheveux ne seraient pas entièrement roses, juste les pointes.

Il tend la main vers la boîte, si bien qu'à présent, nous la tenons tous les deux, face à face dans une allée où il n'y a réellement de la place que pour une personne.

– Ils ressembleraient à du glaçage à la fraise pour gâteau, ajoute-t-il.

Avec son autre main, il tire sur quelques mèches de mes cheveux, qu'il enroule autour de ses doigts, et je constate que ça ne me dérange pas, mais alors, pas du tout.

– Oh ! Tiens, tiens. Mon… petit… frère est là, dit une voix, au bout de l'allée.

Daniel enlève brusquement sa main de mes cheveux. Nous lâchons tous les deux la boîte de teinture, qui tombe par terre bruyamment. Daniel se penche pour la ramasser. Je tourne le visage vers l'importun.

Il est plus grand et plus large d'épaules que Daniel. Chez lui, l'ossature de tête familiale semble encore plus anguleuse. Il pose le balai qu'il tenait contre une étagère et se dirige vers nous d'un pas nonchalant. Ses grands yeux sombres sont remplis de curiosité et d'une espèce de joie malveillante.

Je ne suis pas certaine de l'apprécier.

Daniel se relève et me rend la boîte de teinture.

– Quoi de neuf, Charlie ? lance-t-il.

– Neuf… fois… neuf, petit frère ? réplique Charlie.

J'ai l'impression qu'il a employé cette expression toute leur vie. Il prononce cette phrase en me regardant, et il ricane plus qu'il ne sourit.

– Qui… est-ce ? interroge-t-il Daniel, sans me quitter des yeux.

Près de moi, Daniel prend une profonde inspiration et s'apprête à dire quelque chose, mais j'interviens avant lui :

– Je suis Natasha.

Il me dévisage comme s'il y avait forcément autre chose à dire. C'est pourquoi je précise :

– Une amie de ton frère.

– Oh, j'ai cru qu'il avait peut-être attrapé une voleuse à l'étalage, dit-il, avec une expression d'innocence feinte. Nous en avons beaucoup, dans une boutique comme celle-ci. Je suis sûr que tu comprends.

Son regard rieur est méchant.

Je ne l'aime vraiment pas.

– Merde, Charlie ! s'exclame Daniel.

Il avance d'un pas vers son frère, mais j'attrape sa main. Il s'arrête, entremêle ses doigts aux miens et serre ma main.

De façon très ostensible, Charlie baisse les yeux vers nos mains jointes et les relève sur nos visages.

– Est-ce que c'est ce que je crois ? C'est l'amouuuuur… petit frère ?

Il presse ses mains l'une contre l'autre en faisant un gros baiser qui claque et exécute un pas de deux enjoué.

– C'est gé-nial…, dit-il. Oui. Tu sais ce que ça veut dire, hein ? Ça va m'enlever toute la pression. Quand les parents le sauront, je redeviendrai un Garçon-comme-il-faut. Plus rien à foutre de mon exclusion temporaire !

À présent, il rit bruyamment en se frottant les mains tel un méchant exposant en détail ses projets de domination mondiale.

– Waouh ! Tu es un gros connard, lui dis-je, incapable de me retenir.

Il sourit comme si je lui avais fait un compliment. Mais son sourire est de courte durée.

Il considère de nouveau nos mains, ensuite Daniel, à qui il lance :

– Ce que tu es minable. Tu crois que ça va te mener où, ça ?

Je serre plus fort la main de Daniel et la tire vers moi. Je veux donner tort à Charlie.

– Fais ce que tu as à faire et sortons d'ici, dis-je à Daniel.

Il hoche la tête et nous nous détournons, pour tomber nez à nez avec son père. Je retire ma main de celle de Daniel au moment où il lâche la mienne, mais c'est trop tard. Son père nous a vus.

DANIEL

Un gigantesque sac de bites se fait passer pour un adolescent, mais ne dupe personne.

Charlie est un gigantesque sac de bites auquel j'aimerais mettre le feu. J'ai envie de frapper sa petite tronche parfaitement suffisante. Ce n'est pas une envie nouvelle pour moi, puisque je rêve de le faire depuis que j'ai dix ans, mais cette fois, il a vraiment dépassé les bornes. Comme ce sera bon de sentir ma main se fracasser sur sa figure ! Mais je suis aussi concentré sur la sensation de la main de Natasha dans la mienne.

Il faut que je l'emmène loin d'ici avant que ma famille fasse dérailler ma vie juste au moment où elle commence.

– Qu'est-ce que tu fais ? m'interroge mon père en coréen.

Je décide de ne pas répondre au véritable sens de sa question. Je lui tends la pochette et dis :

– Maman m'a demandé de t'apporter ça.

Je m'exprime en anglais pour que Natasha ne pense pas que nous parlons d'elle.

Charlie se glisse jusqu'à moi.

– Tu veux que je t'aide à traduire pour ton *amie*? me propose-t-il.

Il insiste sur le mot *amie*. Parce que la principale motivation de Charlie dans la vie, c'est d'être une bite en feu.

Mon père lui lance un regard dur et réplique en anglais :

– Je croyais que tu comprends pas le coréen.

– Je me débrouille, répond Charlie en haussant les épaules.

Même la désapprobation de mon père ne peut pas l'empêcher de s'amuser à mes dépens.

– C'est pour ça que t'as échoué à Harvard ? Parce que tu te débrouilles, seulement ?

Cette fois-ci, mon père parle en coréen, car la dernière chose qu'il souhaite, c'est laver notre linge sale devant une *miguk saram*. Une Américaine.

Mais comme Charlie s'en fiche complètement, il continue à traduire, un peu moins souriant cependant.

– Ne t'inquiète pas, dit-il à Natasha. Il ne parle pas de toi. En tout cas, pas encore. Il est juste en train de me traiter d'imbécile.

Au visage maintenant totalement inexpressif de mon père, je comprends qu'il est furieux. Charlie l'a piégé. Il traduira tout ce qu'il dira, alors que le sens des convenances paternel l'interdit. Mon père se met donc en mode Propriétaire de Magasin Plein de Déférence, comme je l'ai vu faire un million de fois devant un million de clients.

– Tu veux quelque chose avant de partir ? propose-t-il à Natasha, les mains jointes, le haut du corps penché en avant, son plus beau sourire service-clients aux lèvres.

– Non, merci, monsieur…

Elle s'interrompt parce qu'elle ne connaît pas mon nom de famille.

– Si, si, insiste mon père, sans le lui donner. T'es amie de Daniel. Prends ce que tu veux.

Ce moment est comme un accident inévitable en train de se produire sous mes yeux. Je ne sais pas comment l'arrêter. Mon père tâte ses poches jusqu'à ce qu'il trouve ses lunettes, et il inspecte ensuite les bouteilles sur l'étagère.

– Pas cette allée, marmonne-t-il. Viens avec moi.

Peut-être que si nous nous laissons faire, tout ça sera bientôt terminé. Natasha et moi le suivons en traînant les pieds pendant que Charlie ricane.

Mon père trouve ce qu'il cherche dans l'allée suivante.

– Voilà. Du défrisant pour tes cheveux.

Il prend un grand pot noir et blanc de l'étagère et le tend à Natasha en répétant :

– Du défrisant. Pour que tes cheveux soient pas si gros.

Comment ai-je pu naître dans cette famille et comment puis-je en sortir ?

Charlie rit bruyamment et longuement.

Je commence à expliquer qu'elle n'a besoin de rien quand Natasha me coupe la parole :

– Merci, monsieur…

– Bae, dis-je, parce qu'il est temps qu'elle connaisse mon nom de famille.

– Monsieur Bae. Je n'ai pas besoin de…

– Cheveux trop gros, insiste mon père.

– J'aime quand ils sont gros, assure-t-elle.

– Tu ferais mieux de te trouver un autre petit copain, alors, raille Charlie.

Il fait bouger ses sourcils plusieurs fois pour que nous saisissions bien son insinuation. Je suis surpris qu'il ne l'accompagne pas d'un geste de la main, pour être tout à fait clair. Mon étonnement ne dure pas, car il lève son pouce et son index pour représenter un écart de deux centimètres et demi.

– C'est trop drôle, Charlie, dis-je. Oui, mon pénis mesure seulement deux centimètres et demi de long.

Je ne me donne pas la peine de guetter l'expression de mon père.

Natasha se tourne vers moi, et sa mâchoire se décroche littéralement. Elle est sans conteste en train de reconsidérer ses récents choix de vie. Je lance presque la pochette à mon père. Et puisque les choses ne peuvent pas être pires, je prends la main de Natasha bien que mon père se tienne juste devant nous. Heureusement, elle me laisse faire.

– Merci, et à bientôt ! nous lance Charlie d'une voix tonitruante.

Il me fait penser à un porc dans de la boue. Ou juste à la boue. Je lui fais un doigt d'honneur et feins de ne pas remarquer l'air extrêmement désapprobateur de mon père. Chaque chose en son temps.

NATASHA

Je ris, même si je sais que je ne devrais pas. Ce fut une expérience parfaitement épouvantable. Pauvre Daniel.

Fait Observable : il n'y a rien de pire que la famille.

Nous sommes presque arrivés à la station de métro quand il arrête enfin de me tirer par la main pour avancer. Il frappe sa paume contre sa nuque et laisse pendre sa tête.

– Je suis désolé, s'excuse-t-il, si doucement que je lis sur ses lèvres plus que je ne l'entends.

J'essaie de me retenir de rire, parce qu'à voir sa tête, on dirait que quelqu'un est mort ; mais c'est très difficile. Et quand l'image de son père voulant me fourrer le pot de défrisant dans les mains me vient à l'esprit, j'explose tout simplement de rire. Et je ne peux plus m'arrêter. J'attrape mon ventre tandis que le fou rire s'empare de moi. Daniel reste planté là, à me dévisager. Il fronce les sourcils si fort qu'ils risqueraient de se croiser de façon définitive.

– C'était horrible, dis-je, une fois calmée. Je ne pense pas que ça aurait pu être pire. Un père raciste. Un grand frère raciste *et* sexiste.

Daniel se frotte la nuque et fronce encore plus les sourcils.

– Et le magasin ! Je veux dire, les posters antédiluviens de ces femmes, ton père qui critique mes cheveux, et ton frère avec sa blague de petit pénis.

Lorsque j'ai fini de lister toutes les choses qui étaient atroces, je me remets à rire. Au bout de quelques secondes, il sourit enfin, et j'en suis ravie.

– Je suis content que tu trouves ça drôle, déclare-t-il.

– Allez ! La tragédie, c'est drôle.

– On est dans une tragédie ? me demande-t-il, avec un large sourire à présent.

– Bien sûr. C'est ça, la vie, non ? On meurt tous à la fin.

– Oui, sans doute, admet-il.

Il avance vers moi, prend ma main et la pose sur sa poitrine.

J'examine mes ongles. J'examine mes petites peaux autour. Tout ce qui peut m'éviter de regarder dans ses yeux marron. Son cœur tambourine sous mes doigts.

Je finis quand même par lever les yeux, et il couvre ma main de la sienne.

– Je suis désolé, répète-t-il. Excuse-moi pour ma famille.

Je me contente de hocher la tête, parce que la sensation des battements de son cœur provoque des choses bizarres sur mes cordes vocales.

– Excuse-moi pour tout, pour toute l'histoire du monde, le racisme et l'injustice de tout ça.

– Mais qu'est-ce que tu racontes ? Ce n'est pas ta faute. Tu ne peux pas t'excuser pour le racisme.

– Si, je le peux, et je le fais.

Purée. Protégez-moi des garçons gentils et sincères qui ressentent les choses de façon si intense. Je trouve toujours que ce qui est arrivé était drôle tellement c'était horrible, mais je comprends également le sentiment de honte de Daniel. C'est dur de venir d'un endroit ou d'être l'enfant de quelqu'un dont on n'est pas fier.

– Tu n'es pas ton père, dis-je.

Mais il ne me croit pas. Je comprends sa peur. Qui sommes-nous sinon le produit de nos parents et de leurs histoires ?

CHEVEUX

UNE HISTOIRE AMÉRICANO-CORÉENNE

La famille de Daniel ne se lança pas par hasard dans le commerce des soins pour cheveux afro. Lorsque Dae Hyun et Min Soo arrivèrent à New York, il existait toute une communauté d'immigrés sud-coréens très disposés à les aider. Le cousin de Dae Hyun leur prêta de l'argent et leur conseilla d'ouvrir une boutique de soins pour cheveux afro. Il possédait lui-même un magasin de ce type, à l'instar des nouveaux compatriotes immigrés de Dae Hyun et Min Soo. Ces commerces étaient florissants.

La domination des Sud-Coréens sur l'industrie des soins pour cheveux afro n'était pas le fruit du hasard non plus. Elle datait des années 1960, avec le succès grandissant, dans la communauté afro-américaine, des perruques fabriquées à partir de cheveux sud-coréens. Ces postiches connurent un tel triomphe que le gouvernement sud-coréen interdit l'exportation de cheveux bruts. Cette mesure garantit que les perruques faites à partir de cheveux sud-coréens ne pouvaient être confectionnées qu'en Corée du Sud. À la même époque, les autorités américaines prohibèrent l'importation de perruques composées de cheveux provenant de Chine. Ces deux décisions consolidèrent de manière frappante la prééminence de la Corée du Sud sur le marché des perruques. Et ce commerce évolua naturellement vers celui, plus général, des soins pour cheveux afro.

On estime que les entreprises sud-coréennes contrôlent entre soixante et quatre-vingts pour cent de ce marché, y compris la distribution, la vente au détail et, de plus en plus, la fabrication. Que ce soit pour des raisons culturelles ou raciales, cette prépondérance dans la distribution empêche pratiquement tout autre groupe de prendre pied sur ce secteur. Les distributeurs sud-coréens répartissent leurs produits essentiellement entre les détaillants sud-coréens, évinçant efficacement tous les autres du marché.

Dae Hyun ignore absolument tout de cette histoire. Ce qu'il sait, c'est ceci : l'Amérique est le pays de tous les possibles. Par conséquent, ses enfants seront plus riches qu'il l'aura été.

DANIEL

Je voudrais la remercier de ne pas me détester, car il serait légitime qu'elle me haïsse, après cette expérience dans la boutique de mes parents. De plus, elle n'était pas obligée de réagir aussi calmement face à ma famille. Si elle avait crié sur mon frère et sur mon père, j'aurais compris. C'est un miracle (du genre eau changée en vin) qu'elle veuille encore passer du temps avec moi, et je lui en suis plus que reconnaissant.

Au lieu de lui dire tout ça, je lui demande si elle veut déjeuner. Nous sommes de retour à la bouche de métro, et je n'ai qu'une envie, m'éloigner le plus possible du magasin de mon père. Si la ligne D allait sur la Lune, j'achèterais un ticket sur-le-champ.

– Je meurs de faim, dis-je.

Elle lève les yeux au ciel.

– Tu meurs de faim ? Vraiment ? Tu as un penchant à l'exagération.

– C'est pour compenser ton sens de la précision.

– Tu penses à un endroit en particulier ? me demande-t-elle.

Je lui suggère mon restaurant favori dans Koreatown ; elle accepte.

Dans le métro, nous trouvons des places côte à côte et nous y installons. Nous allons mettre quarante minutes pour retourner dans le centre de Manhattan.

Je sors mon téléphone et lui lance :

– Tu es prête pour d'autres questions ?

Elle se glisse plus près de moi, si bien que nous sommes à présent collés épaule contre épaule, et elle baisse les yeux sur mon portable. Elle est si proche de moi que ses cheveux me chatouillent le nez. C'est plus fort que moi : je les renifle, discrètement je pense, sauf que je ne suis pas discret du tout.

Elle s'écarte brusquement de moi, humiliée, les yeux écarquillés.

– Tu viens de renifler mes cheveux ? me demande-t-elle, en touchant les mèches où s'est fourré précisément mon nez.

Je ne sais pas quoi lui répondre. Si je l'admets, je suis bizarre et effrayant. Si je le nie, je suis un menteur, bizarre et effrayant qui plus est. Elle tire ces mèches jusque sous son nez et les flaire à son tour. Maintenant, je dois la convaincre que je ne trouve pas que ses cheveux sentent mauvais.

– Non. Enfin, si. Oui, je les ai sentis.

Je me tais parce que ses yeux se sont agrandis plus que ça ne devrait être possible.

– Et ? m'interroge-t-elle.

Il me faut une seconde pour comprendre le sens de sa question.

– Ils sentent bon, dis-je. Tu sais, parfois, au printemps, quand il pleut pendant quelques minutes seulement, puis le soleil revient aussitôt, l'eau s'évapore et l'air est encore humide ? Tes cheveux ont cette odeur. Ils sentent très bon.

Je force ma bouche à se fermer bien qu'elle ait envie de continuer à parler. Je reporte mon regard sur mon téléphone et j'attends, en espérant qu'elle se rapprochera de moi.

NATASHA

Il trouve que mes cheveux sentent la pluie printanière. Je m'efforce de rester stoïque et indifférente. Je garde à l'esprit que je n'aime pas le langage poétique. Je n'aime pas la poésie. Je n'aime même pas les gens qui aiment la poésie.

Mais je ne suis pas morte au fond de moi pour autant.

DANIEL

Elle s'approche de nouveau, alors je fonce, puisque c'est apparemment ma façon d'être avec cette fille. Peut-être que tomber amoureux de quelqu'un, c'est aussi en partie tomber amoureux de soi-même. J'aime qui je suis quand je suis avec elle. J'aime le fait de dire ce que je pense. De foncer malgré les obstacles qu'elle dresse devant moi. Normalement, je laisserais tomber, mais aujourd'hui, non.

– Bon. Passons à la deuxième série, dis-je en haussant la voix pour couvrir le claquement du train sur les rails.

Je lève les yeux de mon portable et lui demande :

– Tu es prête ? On arrive aux questions intimes.

Elle me regarde en fronçant les sourcils mais hoche quand même la tête. Je lis les questions à voix haute et elle choisit la numéro 24 : « Que pensez-vous de votre relation avec votre mère (et votre père) ? »

– Toi d'abord, décide-t-elle.

– Eh bien… Tu as rencontré mon père…

Je ne sais pas par où commencer pour répondre à cette question. J'aime mon père, bien sûr, mais on peut aimer une personne sans pour autant avoir une très bonne relation avec elle. Je me demande quelle part de notre non-relation est due à l'opposition classique de l'adolescent à son père (La permission de sortir jusqu'à vingt-deux heures ? Vraiment ?), et quelle part tient de l'élément culturel (Coréen-Coréen contre Américano-Coréen). Je ne sais pas s'il est même possible de séparer les deux. J'ai parfois l'impression que nous nous tenons de chaque côté d'un mur de verre insonorisé. Nous nous voyons mais sans nous entendre.

– Tu n'en penses pas des choses très positives, donc ? me taquine-t-elle.

Je ris devant cette façon si simple et si concise de décrire quelque chose d'aussi compliqué. Soudain, le train freine et nous pousse encore plus l'un vers l'autre. Elle ne s'écarte pas.

– Et ta relation avec ta mère ? me questionne-t-elle.

– Elle est assez bonne. Ma mère est un peu comme moi. Elle a la fibre artistique. Elle peint.

C'est amusant, je n'avais encore jamais pensé que nous nous ressemblions de cette façon.

– À toi, maintenant.

Elle me regarde :

– Rappelle-moi encore pourquoi j'ai accepté de jouer à ce jeu ?

– Tu veux arrêter ?

Je sais pourtant qu'elle dira non. C'est le genre de personne qui finit ce qu'elle a commencé.

– Je vais te faciliter la tâche, dis-je. Tu peux te contenter de lever les pouces et de les baisser, d'accord ?

Elle hoche la tête.

– Tes rapports avec ta mère ?

Elle lève les pouces.

– Tu les lèves très haut ?

– N'exagérons rien, tempère-t-elle. J'ai dix-sept ans et c'est ma mère.

– Tes rapports avec ton père ?

Elle baisse les pouces.

– Tu les baisses très bas ?

– Très, très, très bas, me répond-elle.

NATASHA

– C'est difficile d'aimer quelqu'un qui ne vous aime pas, lui dis-je.

Il ouvre la bouche puis la referme. Il veut me dire que mon père m'aime, bien sûr. Tous les parents aiment leurs enfants, insisterait-il. Mais ce n'est pas vrai. Rien n'est jamais universel. *La plupart* des parents aiment leurs enfants. Il est vrai que ma mère m'aime. Mais voici une autre chose qui est vraie, elle aussi : je suis le plus grand regret de mon père.

Comment je le sais ?

C'est lui-même qui l'a dit.

SAMUEL KINGSLEY

UNE HISTOIRE DE REGRET, DEUXIÈME PARTIE

Samuel Kingsley était persuadé que son destin était d'être célèbre. Dieu ne l'aurait tout de même pas doté d'un tel talent sans lui offrir un endroit où le montrer.

Et puis vint Patricia. Dieu ne lui aurait tout de même pas donné une femme magnifique et des enfants s'il n'avait réellement eu l'intention de subvenir à leurs besoins.

Samuel se souvient du moment où il l'a rencontrée. C'était en Jamaïque, à Montego Bay. Il pleuvait : l'une de ces tempêtes tropicales qui s'arrêtent aussi soudainement qu'elles ont débuté. Il s'était réfugié dans une boutique de vêtements afin de ne pas être trempé pour son audition.

Elle était la gérante du magasin, donc la première fois qu'il la vit, elle portait un badge et avait une allure très professionnelle. Elle avait les cheveux courts et bouclés, et les yeux les plus grands, les plus beaux et les plus timides qu'il eût jamais vus. Il ne pouvait pas résister à une fille timide. Toute cette réserve et tout ce mystère !

Il avait cité Bob Marley et Robert Frost. Il avait chanté. Patricia n'eut pas la moindre chance de lutter contre son puissant charme. L'heure de son audition vint et passa, mais cela lui était égal. Il ne se lassait pas de ces yeux qui s'agrandissaient de façon si spectaculaire à la moindre flatterie pour la séduire.

Cependant, une petite voix intérieure lui avait conseillé de garder ses distances avec elle. Cette petite voix douée de prescience voyait les deux chemins diverger dans le bois jaune. S'il avait choisi l'autre chemin, s'il avait quitté la boutique au lieu de rester, peut-être cela aurait-il tout changé[1].

---

1. Allusions à un poème de Robert Frost (poète américain, 1874-1963), intitulé « La route que je n'ai pas prise », dont les premier et dernier vers sont : « Deux routes divergeaient dans un bois jaune, [...] / Et c'est cela qui changea tout. » La traduction est d'Alain Bosquet dans *Anthologie de la poésie américaine*, Stock, 1956. (N.d.T.)

DANIEL

– La cuisine coréenne ? Meilleure cuisine. Saine. Bonne pour toi, dis-je à Natasha en imitant ma mère.

Elle nous sert cette phrase chaque fois que nous sortons dîner. Charlie suggère toujours que nous allions dans un restaurant américain, mais nos parents nous emmènent toujours dans un restaurant coréen, même si nous mangeons coréen à la maison matin, midi et soir. Ça ne me dérange pas car il s'avère que je suis d'accord avec ma mère. La cuisine coréenne ? Meilleure cuisine.

Natasha et moi n'avons plus beaucoup de temps avant son rendez-vous, et je commence à douter de pouvoir la faire tomber amoureuse de moi dans les deux ou trois prochaines heures. Néanmoins, je peux au moins lui donner envie de me revoir demain.

Nous pénétrons dans mon resto à *sundubu* préféré, accueillis par les « *Annyeonghaseyo !* » des serveurs. J'adore cet endroit, et son ragoût aux fruits de mer est presque aussi délicieux que celui de ma mère. Ce n'est pas du tout un resto chic ; il y a simplement des petites tables en bois disposées au centre et entourées de box tout autour. Il n'y a pas foule en ce moment, alors nous trouvons facilement un box libre.

Natasha me demande de choisir son plat.

– Je mangerai ce que tu me diras de manger, affirme-t-elle.

Je fais tinter la clochette fixée à la table et une serveuse apparaît presque instantanément. Je commande un *sundubu* aux fruits de mer, un *galbi* et un *pajeon* pour deux personnes.

– Il y a une cloche ? s'étonne-t-elle quand la serveuse est partie.

– C'est génial, hein ? On est un peuple pragmatique, dis-je, en ne plaisantant qu'à moitié. Ça enlève tout le mystère de la restauration. Quand le serveur viendra-t-il ? Quand aurai-je l'addition ?

– Pourquoi les restaurants américains n'utilisent pas ce système ? Les clochettes, ça devrait être obligatoire.

Je ris et j'approuve son commentaire.

– Non, en fait, ce n'est pas une bonne idée, se ravise-t-elle. Tu imagines un crétin affalé sur la clochette, exigeant du ketchup ?

Les *banchan*, les plats d'accompagnement, arrivent presque aussitôt. Une partie de moi se tient prête à lui expliquer ce qu'elle va manger. Un jour, un ami d'un ami m'a demandé en blaguant : « Qu'est-ce qu'il y a là-dedans ? Du chien ? » Je me suis senti humilié, mais j'ai ri quand même. C'est dans l'un de ces moments que je voudrais avoir la carte « On-efface-tout-et-on-recommence ».

Natasha, en revanche, ne me pose pas de questions sur la nourriture.

La serveuse nous apporte des baguettes.

– Oh, je peux avoir une fourchette, s'il vous plaît ? lui demande Natasha.

La dame lui jette un regard désapprobateur et se tourne vers moi.

– Apprends à ta petite copine à se servir de baguettes, m'ordonne-t-elle, avant de s'éloigner.

Natasha me regarde avec des yeux ronds comme des soucoupes.

– Dois-je comprendre que je n'aurai pas de fourchette ?

Je ris et je secoue la tête :

– Ça t'embête ?

– Tu vas devoir me montrer comment utiliser des baguettes.

– Ne te laisse pas impressionner par la serveuse. Certaines personnes ne sont contentes que si tout est fait à leur manière.

– Toutes les cultures sont comme ça, commente-t-elle en haussant les épaules. Les Américains, les Français, les Jamaïcains, les Coréens. Tout le monde pense que sa façon de faire est la meilleure.

– Mais il se pourrait que nous, les Coréens, on ait raison, dis-je avec un large sourire.

La serveuse revient et pose la soupe ainsi que deux œufs crus devant nous. Puis elle jette deux cuillères emballées dans du papier au centre de la table.

– Comment s'appelle ce plat ? s'enquiert Natasha, quand la serveuse n'est plus à portée de voix.

– *Sundubu.*

Elle me regarde casser mon œuf dans la soupe et l'enfouir sous des cubes de tofu fumant, des crevettes et des palourdes, afin qu'il cuise. Elle m'imite, sans s'inquiéter de savoir si consommer ce plat de cette manière est sans danger.

– C'est délicieux, déclare-t-elle en buvant une cuillerée de soupe à petites gorgées.

Elle frétille pratiquement de plaisir.

– Comment ça se fait que tu te définisses comme Coréen ? s'étonne-t-elle après quelques gorgées supplémentaires. Tu es né ici, non ?

– Ça ne change rien. Les gens me demandent toujours d'où je viens. Avant, je leur répondais que j'étais d'ici, mais comme ensuite, ils me demandaient d'où j'étais *réellement*, j'ai commencé à leur dire que je venais de Corée. Parfois, je raconte que mes parents et moi, on s'est échappés de Corée du Nord, où Kim Jong-un nous retenait prisonniers dans un cachot rempli d'eau et de piranhas.

Contre toute attente, elle ne sourit pas. Elle veut seulement savoir pourquoi je fais ça. J'ajoute :

– Parce que ce que je dis ne compte pas. Les gens me regardent une fois et croient ce qu'ils ont envie de croire.

– C'est nul, commente-t-elle, en prenant une cuillerée de *kimchi* qu'elle fourre dans sa bouche.

Je pourrais passer ma journée à la regarder manger.

– Je suis habitué. Mes parents trouvent que je ne suis pas assez coréen. À part eux, tout le monde trouve que je ne suis pas assez américain.

– C'est vraiment nul.

Après le *kimchi*, elle passe aux pousses de soja.

– Mais je crois que tu ne devrais pas dire que tu viens de Corée, estime-t-elle.

– Pourquoi pas ?

– Parce que ce n'est pas vrai. Tu es d'ici.

J'adore à quel point les choses sont simples, de son point de vue. J'adore le fait que sa solution à tout, c'est de dire la vérité. Moi, je me bats avec mon identité et elle, elle me conseille de dire simplement la vérité.

– Ce n'est pas ton rôle d'aider les gens à te faire entrer dans une case, argumente-t-elle.

– Ils font ça avec toi ?

– Ouais, sauf que moi, je ne suis réellement pas d'ici, tu te souviens ? On est arrivés quand j'avais huit ans. Je parlais avec un accent. La première fois que j'ai vu la neige, j'étais en salle de classe, et j'étais si stupéfaite que je me suis levée pour la regarder tomber.

– Oh, non.

– Oh, si.

– Est-ce que les autres enfants… ?

– Ils s'en sont donné à cœur joie, se rappelle-t-elle en simulant un frisson. Tu veux entendre une anecdote encore pire ? Dans ma première interrogation d'orthographe, l'institutrice a marqué que j'avais mal écrit le mot « favori » parce que j'avais mis un « u » après le « o ».

– Ben oui, tu t'étais trompée.

– Nan ! soutient-elle en agitant sa cuillère dans ma direction. L'orthographe *anglaise* de ce mot comporte bien un

« u », dixit la reine d'Angleterre[1]. Va vérifier dans le dico, petit Américain. En tout cas, j'étais tellement intello que, le lendemain, j'ai montré mon dictionnaire à mon instit' et j'ai récupéré mes points.

– Tu rigoles ?!

– Pas du tout, affirme-t-elle en souriant.

– Tu y tenais, à ces points, dis donc !

– Ils étaient à moi.

Là, elle glousse. Je ne pensais pas qu'il lui arrivait de faire ça. Bien sûr, je ne la connais que depuis quelques heures, alors évidemment, je ne sais pas encore tout d'elle. J'adore cette phase où on fait la connaissance de quelqu'un : chaque nouvelle information, chaque nouvelle expression semble magique. Je n'imagine pas que ça puisse devenir vieux et ennuyeux. Je ne peux pas imaginer ne pas vouloir entendre ce qu'elle a à dire.

– Arrête de faire ça, m'ordonne-t-elle.

– De faire quoi ?

– De me dévisager.

– D'accord.

Je déniche mon œuf et vérifie s'il est mollet.

– Mangeons notre œuf ensemble, lui dis-je. Tu vas voir, c'est le top.

Elle attrape le sien avec sa cuillère, et nous voici tous les deux l'œuf dans la cuillère, la cuillère dans la main.

– À trois. Un. Deux. Trois.

---

1. L'adjectif *favori* s'écrit en effet *favourite* en anglais britannique mais *favorite* en anglais américain. (N.d.T.)

Nous fourrons nos œufs respectifs dans notre bouche. Je l'observe tandis qu'elle écarquille les yeux. Je devine l'instant où le jaune éclate sur sa langue. Elle ferme les yeux comme si c'était la meilleure chose qu'elle ait jamais goûtée. Bien qu'elle me l'ait interdit, je la dévisage. J'adore la manière dont elle a l'air de ressentir les choses avec son corps tout entier. Et je me demande pourquoi une fille qui est si manifestement passionnée est si résolument opposée à la passion.

LA SERVEUSE

UNE HISTOIRE D'AMOUR

APPRENEZ À VOUS SERVIR DE BAGUETTES.

Apprends à petite copine à se servir de baguettes.

Mon fils, il a fait même chose. Il sort avec fille blanche. Mon mari ? Il accepte pas. Au début, je suis d'accord avec lui. On parle pas à notre fils pendant une année après qu'il nous a appris la nouvelle. J'ai pensé : On lui parle pas. On lui fait reprendre ses esprits, revenir à la raison.

On se parle pas et il me manque. Lui, mon petit garçon et ses blagues américaines et sa façon de pincer mes joues et de me dire que je suis la plus jolie des *ommas.* Mon fils, qui a jamais eu honte de moi alors que les autres garçons deviennent trop américains.

On lui parle pas pendant plus d'une année. Finalement, quand il appelle, je crois que ça y est. Il comprend enfin. Fille blanche nous comprendra jamais, sera jamais coréenne. Mais il appelle pour annoncer qu'il se marie. Il veut qu'on aille au mariage. J'entends dans sa voix combien il l'aime. À quel point il l'aime plus que moi. J'entends que si je vais pas à son mariage, je perdrai mon fils unique. Mon fils unique, qui m'aime.

Mais son père dit non. Mon fils nous supplie de venir et je réponds non, jusqu'à ce qu'il arrête de supplier.

Il s'est marié. J'ai vu des photos sur le Facebook.

Ils ont d'abord un fils. J'ai vu des photos sur le Facebook.

Ils ont un autre enfant. Une fille, cette fois.

Mes *sonja*, et je les connais seulement par ordinateur.

Maintenant, quand ces garçons viennent ici avec ces filles qui ressemblent pas à leurs *ommas*, je suis en colère. Ce pays essaie de tout vous prendre. Votre langue, votre nourriture, vos enfants.

Apprenez à vous servir de baguettes.

Ce pays peut pas tout avoir.

NATASHA

Il reste à peine deux heures avant mon rendez-vous, et Daniel tient vraiment à ce que nous allions au *norebang*, qui est la traduction coréenne de « karaoké ». Le mot *karaoke* est lui-même la traduction japonaise de « se ridiculiser en chantant devant une salle pleine d'inconnus qui sont là uniquement pour se moquer de vous ».

– Ce n'est pas comme la version américaine, affirme-t-il quand je proteste. C'est beaucoup plus civilisé.

Par « civilisé », il veut dire qu'on se ridiculise dans une petite pièce privée devant ses amis seulement. Par pur hasard, son bar *norebang* préféré se trouve juste à côté du restaurant où nous venons de déjeuner. Il appartient d'ailleurs aux mêmes propriétaires, si bien que nous n'avons même pas à sortir parce qu'il y a une entrée à l'intérieur du restaurant.

Daniel choisit l'une des pièces les plus petites, mais elle reste grande. De toute évidence, elle est destinée à accueillir des groupes de six ou huit personnes, pas deux. L'éclairage est faible, et de luxueux canapés en cuir rouge sont disposés presque tout autour de la salle. Une grande table basse carrée est placée devant les canapés. Dessus il y a un micro, une télécommande à l'aspect complexe et un gros livre dont la couverture porte l'inscription MENU DE CHANSONS en trois langues. Près de la porte, un imposant poste de télévision affichera tout à l'heure les paroles des chansons. Une boule à facettes pend du plafond.

Bev adorerait cet endroit. D'une part, elle est un peu obsédée par les boules à facettes. Elle en a quatre suspendues au plafond de sa chambre, plus une qui fait aussi lampe et pendule. D'autre part, elle a une voix magnifique et trouve n'importe quelle excuse pour s'en servir devant des gens. Je consulte mon portable pour voir si elle m'a envoyé un SMS, mais non, rien. Elle est occupée, c'est tout, me dis-je. Elle ne m'a pas déjà oubliée. Je suis toujours ici.

Daniel ferme la porte et me dit :

– Je n'en reviens pas que tu ne sois jamais allée au *norebang*.

– C'est choquant, je sais.

Maintenant que les portes sont fermées, la pièce paraît petite et intime.

Au regard qu'il m'adresse, je devine qu'il pense la même chose que moi.

– Prenons un dessert, décide-t-il, avant d'appuyer sur un bouton fixé au mur.

La serveuse du restaurant apparaît pour prendre notre commande. Elle ne se donne pas la peine de me regarder. Daniel commande des *patbingsu*, qui s'avèrent être de la glace pilée garnie de fruits et de haricots rouges sucrés, accompagnée de petits gâteaux de riz mous.

– Ça te plaît ? s'enquiert-il.

Je sens que c'est important pour lui que j'aime ce dessert. D'ailleurs, je n'en fais que six bouchées. C'est sucré, froid et délicieux. Que demander de plus ?

Il me regarde d'un air rayonnant, qui est contagieux.

Fait Observable : j'aime le rendre heureux.

Fait Observable : je ne sais pas quand ça a commencé.

Il attrape le menu des chansons et l'ouvre directement à la partie en anglais. Pendant qu'il hésite longuement sur le choix d'un titre, je regarde les vidéos de K-pop qui passent sur l'écran de télévision. Les décors et les tenues des chanteurs sont de couleurs pastel, et la musique, répétitive, est entêtante.

– Bon, tu choisis une chanson, oui ou non ? lui dis-je quand la troisième vidéo débute.

– Ceci est un *norebang*. On ne choisit pas une chanson juste comme ça. C'est une chanson qui te choisit.

– Tu rigoles, j'espère ?

Il me fait un clin d'œil et commence à desserrer sa cravate.

– Oui, je rigole, avoue-t-il, mais parle moins fort. J'essaie de trouver un morceau pour bien t'impressionner par mon style vocal.

Là, il défait le bouton du haut de sa chemise. J'observe ses mains tandis qu'il enlève sa cravate par la tête. Ce n'est pas comme s'il se déshabillait entièrement devant mes yeux. Pourtant, c'est l'impression que j'ai. Je ne vois rien de scandaleux, je n'aperçois que brièvement sa peau au niveau de sa gorge. Il retire l'élastique de ses cheveux et le lance sur la table. Ses cheveux lui retombent sur le visage, et il les coince derrière ses oreilles distraitement. Je ne peux pas m'empêcher de le dévisager. On dirait que j'ai attendu toute la journée qu'il fasse ça.

Fait Observable : il est assez sexy les cheveux détachés.

Fait Observable : il est assez sexy les cheveux attachés aussi.

Je détourne le regard et fixe le climatiseur sur le mur. J'envisage de baisser la température.

Il retrousse ses manches, ce qui me fait rire. Il se comporte comme si nous étions sur le point d'entreprendre un gros travail physique. J'essaie de ne pas remarquer les lignes longues et lisses de ses avant-bras, cependant mes yeux ne cessent de les parcourir. Je lui demande :

– Tu chantes bien ?

Il me considère d'un air faussement solennel, mais son regard pétillant le trahit.

– Je ne vais pas mentir, me répond-il. Je chante bien. Comme un chanteur d'opéra italien.

Il attrape la télécommande sur laquelle il tape le numéro du titre qu'il a choisi.

– Et toi ? m'interroge-t-il.

Je ne réponds pas. Il le découvrira bien assez tôt. En fait, ma façon de chanter le guérira définitivement de l'attirance qu'il a pour moi.

Fait Observable : il n'existe pas de pire chanteur que moi sur Terre.

Il se lève et se dirige vers l'espace dégagé devant l'écran de télé. Apparemment, il va avoir besoin de place pour bouger. Il ajuste sa position jusqu'à ce que ses pieds soient très écartés, penche la tête de sorte que ses cheveux lui cachent le visage et tient le micro bien haut, au bout de son bras tendu, attitude de rock star classique. Il a choisi « Take a chance on me » de ABBA. Il place une main sur son cœur et entonne le premier couplet. Comme l'indique le titre de la chanson, il n'est question que de tenter sa chance, en l'occurrence que moi je tente ma chance avec lui.

Au deuxième couplet, il est maintenant échauffé et me lance des regards de pop star nunuche, avec force haussements de sourcils, regards pénétrants et moues exagérées. À en croire les paroles, nous pouvons faire un tas de choses amusantes pourvu que nous soyons ensemble. Ces choses amusantes consistent à danser, marcher, parler et écouter de la musique. Bizarrement, il n'est pas question de s'embrasser. Il mime chaque activité comme une espèce de clown fou, et je ris sans pouvoir m'arrêter.

Au troisième couplet, il est à genoux devant moi. Le sens des paroles – un sentiment de solitude quand les jolis oiseaux se sont envolés – m'échappe un peu. Suis-je l'oiseau ? Est-ce lui ? Pourquoi y a-t-il des oiseaux ?

Pour la suite du morceau, il est de nouveau debout et, empoignant le micro à deux mains, il chante avec abandon. Mon fou rire ne le perturbe pas. Et puis il ne plaisantait pas quand il a dit qu'il chantait bien. C'est un excellent chanteur. Il fait même les chœurs, ce qui consiste à répéter « Take a chance » sans arrêt.

Et ce n'est pas comme s'il essayait d'être sexy. Son numéro est juste drôle. Si drôle qu'il en devient sexy. J'ignorais que l'humour avait ce pouvoir. Je remarque la manière dont sa chemise se tend sur son torse pendant qu'il exécute ses mouvements disco. Je remarque combien ses doigts sont longs lorsqu'il passe ses mains dans ses cheveux de façon théâtrale. Je remarque à quel point ses fesses semblent belles et fermes dans son pantalon de costume.

Fait Observable : j'ai un faible pour les fesses.

En cette journée pourrie, rien de tout ça ne devrait me faire de l'effet. Sauf que c'est exactement le contraire. Ce qui me plaît le plus, c'est qu'il est totalement désinhibé. Il s'en fiche, s'il se ridiculise. Son seul but est de me faire rire.

Comme le morceau est long, il finit en sueur. Quand il a terminé, il scrute l'écran de télé jusqu'à ce qu'un micro rose pastel apparaisse et danse en tenant un panneau qui annonce : quatre-vingt-dix-neuf pour cent. Puis l'écran se remplit de confettis.

Je grogne :

– Tu ne m'avais pas prévenue qu'on serait notés.

Il m'adresse un large sourire triomphant et s'effondre sur le canapé, tout près de moi. Nos avant-bras se frôlent, s'écartent l'un de l'autre et se frôlent de nouveau. Je me sens idiote de m'en apercevoir, mais je m'en aperçois bel et bien.

Il reprend le micro et me le tend en disant :

– Éblouis-moi.

DANIEL

Je regrette de ne pas avoir pensé à faire un *norebang* plus tôt. Être seul avec elle dans une pièce faiblement éclairée, c'est un peu le paradis. Elle feuillette le livre de chansons en laissant vaguement entendre qu'elle chante comme un pied. Je l'observe avec attention. Je prends ma dose, parce qu'elle est trop distraite pour m'ordonner d'arrêter de le faire.

Je n'arrive pas à décider quelle partie de son visage je préfère. En cet instant précis, il se pourrait que ce soit ses lèvres. Elle presse ses dents sur sa lèvre inférieure dans ce que je prends pour sa mimique-tourmentée-liée-à-un-trop-grand-choix.

Enfin, elle se décide. Au lieu d'attraper la télécommande, elle se penche au-dessus de la table pour l'atteindre et compose le code de son morceau. Sa robe remonte légèrement, laissant voir l'arrière de ses cuisses. Elles portent les marques des plis du canapé. J'ai envie d'entourer ses cuisses de ma main et de lisser ces marques avec mon pouce.

Quand elle se tourne pour me regarder, je ne peux même pas feindre de n'avoir pas été en train de contempler son anatomie. De toute façon, je n'en ai pas envie. Je la désire et je veux qu'elle le sache. Elle soutient mon regard. Ses lèvres s'entrouvrent (ce sont réellement les plus belles lèvres de l'univers connu) et elle pose sa langue sur sa lèvre inférieure.

Je vais me lever et aller l'embrasser. Aucune force sur la Terre ne peut m'arrêter ; hélas, la musique commence et anéantit le moment avec mélancolie.

Dès les premiers accords de guitare, je reconnais « Fell on Black Days » de Soundgarten. La chanson démarre avec le chanteur principal du groupe, Chris Cornell, qui nous raconte que tout ce dont il a toujours eu peur s'est produit. Ensuite, ça ne fait qu'empirer jusqu'au refrain, où il explique un milliard de fois (grosso modo) qu'il vit des jours sombres. Cette chanson est (en toute objectivité) l'une des plus déprimantes qu'on ait jamais écrites.

Pourtant, Natasha l'adore. Elle se cramponne au micro et ferme les yeux en serrant fort les paupières. Elle chante avec sincérité, avec ses tripes, et comme un pied.

C'est.

Horrible.

Je suis presque sûr qu'elle n'a pas d'oreille. Chaque fois qu'elle parvient à chanter juste, c'est totalement par hasard. Elle oscille de gauche à droite d'un air embarrassé, les yeux toujours clos. Elle n'a pas besoin de lire les paroles car elle les connaît par cœur.

Arrivée au refrain final, elle a complètement oublié ma présence. Sa gêne a disparu. Elle chante toujours comme une casserole, mais à présent, une main sur le cœur, elle braille qu'elle ne connaît pas son destin, avec une émotion authentique dans la voix.

Heureusement, ça s'arrête. C'est un remède contre le bonheur, cette chanson. Elle me jette un coup d'œil furtif. Je ne l'ai jamais vue si timide. Elle mord de nouveau sa lèvre inférieure et fronce le nez. Elle est adorable.

– J'adore cette chanson, commente-t-elle.

– Elle est un peu morose, non ? dis-je en la taquinant.

– Un peu d'angoisse existentielle n'a jamais fait de mal à personne.

– Tu es la personne la moins angoissée que j'aie jamais rencontrée.

– Ce n'est pas vrai, déclare-t-elle. Je suis juste douée pour faire semblant.

Je ne pense pas qu'elle avait l'intention de me confier ça. Je ne pense pas qu'elle aime montrer ses points faibles. Elle se détourne et pose le micro sur la table.

Cette fois-ci, il est hors de question que je laisse passer ma chance. Je lui attrape la main et l'attire vers moi. Elle ne résiste pas, et je continue à l'attirer jusqu'à ce qu'elle se trouve à portée de mon souffle.

– Je n'ai jamais entendu quelqu'un chanter aussi mal, lui dis-je.

– Je t'avais prévenu, se justifie-t-elle, les yeux brillants.

– Non.

– Je l'ai fait dans ma tête.

– Suis-je dans ta tête ?

Elle est si près de moi que je sens la légère chaleur qu'elle dégage en rougissant.

Je place une main sur sa taille et j'enfouis l'autre dans ses cheveux. Dans l'infime espace de respiration qu'il y a entre nous, tout peut arriver. J'attends qu'elle, que ses yeux me disent oui, puis je l'embrasse. Ses lèvres sont comme des oreillers mous dans lesquels je m'enfonce. Au début, nous nous embrassons chastement : nous nous touchons simplement les lèvres, les goûtons, mais bientôt, ça ne nous suffit pas. Elle entrouvre les lèvres et nos langues se mêlent, se détachent l'une de l'autre et s'entremêlent de nouveau. Je suis dur de partout mais c'est une sensation trop bonne, trop *juste* pour que j'en ressente de la gêne. Elle émet de petits gémissements qui me donnent envie de l'embrasser encore plus.

Je me fiche de sa théorie sur l'amour et les composés chimiques. Ce qui se passe en ce moment, ça ne diminuera pas. C'est plus que de la chimie. Elle s'écarte et ses yeux plongés dans les miens sont des étoiles noires chatoyantes.

– Reviens, lui dis-je, avant de l'embrasser comme s'il n'y avait pas de lendemain.

NATASHA

Je ne peux pas m'arrêter. Je n'ai pas envie de m'arrêter. Mon corps se moque éperdument de ce que mon cerveau pense. Je ressens son baiser partout. Dans les pointes de mes cheveux. Au creux de mon ventre. Derrière les genoux. J'ai envie de le faire entrer en moi, et de fondre en lui.

Nous nous déplaçons à reculons et l'arrière de mes jambes cogne contre le canapé. Il m'aide à m'allonger jusqu'à ce qu'il soit à moitié étendu sur moi, mais avec encore un genou au sol.

Tout mon corps est fébrile. J'ai besoin de continuer à l'embrasser. Ça ne me suffit pas. Je ne suis pas encore assez près de lui. Quelque chose de chaotique et d'insistant monte en moi. Je me cambre pour me coller encore plus à lui. Sa main presse ma taille et se déplace vers ma poitrine. Il effleure mon sein. J'enroule mes bras autour de son cou puis je glisse mes mains dans ses cheveux. Enfin ! Toute la journée j'ai eu envie de faire ça.

Fait Observable : je ne crois pas à la magie.

Fait Observable : nous *sommes* la magie.

DANIEL

MERDE…

NATASHA

... ALORS !

DANIEL

Nous ne pouvons quand même pas coucher ensemble dans le *norebang*.

Ce.

N'est.

Pas.

Possible.

Mais, allez, j'admets que j'en ai envie. Si je n'arrête pas de l'embrasser, je vais lui demander qu'on le fasse, or je ne veux pas qu'elle me prenne pour le genre de gars qui demanderait à une fille qu'il vient de rencontrer de coucher avec lui dans un *norebang* après leur premier (quasi-)rendez-vous, même si je suis tout à fait ce genre de gars parce que, purée ! j'ai vraiment envie de coucher avec elle là, tout de suite, dans le *norebang*.

NATASHA

Mes mains sont incapables de s'arrêter de le toucher. Elles glissent de ses cheveux et descendent vers les muscles durs en mouvement de son dos. De leur propre initiative, elles passent sur ses fesses.

Comme je m'en doutais, elles sont sensationnelles. Fermes, rondes et parfaitement proportionnées. C'est le genre de fesses qui exigent qu'on les agrippe. Il ne devrait jamais porter de pantalon.

Je les palpe avec mes paumes, je les presse. Elles sont encore plus extraordinaires que je le pensais.

Il se redresse, les bras de chaque côté de ma tête, et me sourit :

– Ce ne sont pas des melons, tu sais.

– Elles me plaisent.

Je les presse de nouveau.

– Elles sont à toi, déclare-t-il.

– As-tu jamais envisagé de porter des jambières ?

– Absolument pas, me répond-il en riant et en rougissant.

J'aime beaucoup le faire rougir.

Il se penche et m'embrasse. J'ai l'impression qu'il n'y a pas une seule parcelle de ma peau qui ne soit embrassée en cet instant. J'ôte péniblement mes mains de ses fesses et je les reporte sur ses épaules pour nous faire ralentir. Si je continue, ça va juste me compliquer les choses plus tard.

Donc.

Je mets un terme à cette séance de baisers.

DANIEL

Je sens une hésitation dans ses lèvres, et, pour être honnête, je suis moi aussi un peu paniqué par l'intensité du moment. Je me redresse et l'aide à se rasseoir. Je mets une main sur sa nuque et j'appuie mon front contre le sien. Nous respirons tous les deux trop vite, de façon trop irrégulière. Je savais qu'il y avait une alchimie entre nous, mais je ne m'attendais pas à ça.

Nous sommes du petit bois sous des éclairs. Une allumette qu'on a grattée et des branches sèches. Des panneaux ATTENTION AU FEU et une forêt qui attend d'être brûlée.

Parmi tous les scénarios possibles de cette journée, je n'aurais jamais pu prédire celui-là. Pourtant, maintenant je suis certain que tout ce qui est arrivé depuis ce matin m'a conduit à elle, nous a menés elle et moi à ce moment, et prolongera ce moment jusqu'à la fin de notre vie.

Même l'exclusion temporaire de Charlie, de Harvard,

semble faire partie de ce plan. Si Charlie n'avait pas foiré, ma mère n'aurait pas dit ce qu'elle a dit ce matin.

Dans ce cas, je ne serais pas parti si tôt pour me faire couper les cheveux, que je ne me suis toujours pas fait couper.

Je ne serais pas non plus monté dans le métro de la ligne 7 au conducteur dévot nous incitant à chercher Dieu.

Sans cet homme, je ne serais pas sorti du métro pour marcher, et je n'aurais pas vu Natasha en pleine extase musicale. Sans le baratin religieux du conducteur, je n'aurais pas remarqué l'inscription DEUS EX MACHINA sur la veste de Natasha.

Sans cette veste, je ne l'aurais pas suivie à l'intérieur du magasin de disques.

Sans son ex-petit ami voleur, je ne lui aurais pas parlé.

Même l'abruti dans sa BMW mérite que je lui rende honneur. S'il n'avait pas grillé ce feu rouge, je n'aurais pas eu de deuxième chance avec elle.

Ce sont absolument tous ces évènements qui nous ont menés ici, dans le *norebang*.

Lorsque nous respirons tous les deux de nouveau normalement, j'embrasse le bout de son nez et lui lance :

– Je te l'avais bien dit.

Puis je dépose un autre baiser au même endroit.

– Fétichiste du nez, m'accuse-t-elle, avant d'ajouter : Qu'est-ce que tu m'avais bien dit ?

Je ponctue chacune de mes paroles d'un baiser sur son nez :

– Nous.

Baiser.

– Sommes.

Baiser.

– Faits.

Baiser.

– L'un.

Baiser.

– Pour.

Baiser.

– L'autre.

Baiser.

Elle s'écarte brusquement de moi. À la place de ses yeux, il y a maintenant des nuages orageux, et elle désentortille ses membres des miens. J'ai du mal à me séparer d'elle, c'est comme s'il fallait détacher des aimants. L'ai-je rendue furax en parlant de destin ? Elle se décale sur le canapé, mettant beaucoup trop de distance entre nous. Je ne veux pas laisser ce moment passer. Il y a quelques secondes, je pensais qu'il durerait toujours.

– Tu veux chanter une autre chanson ? dis-je d'une voix rauque, avant de m'éclaircir la voix.

Je porte mon regard sur la télé. Nous n'avons pas eu l'occasion de voir son score avant parce que nous nous sommes mis à nous embrasser. Il est de quatre-vingt-neuf pour cent, ce qui est très mauvais. C'est assez difficile d'obtenir moins de quatre-vingt-dix pour cent au *norebang*.

Elle tourne la tête vers l'écran mais ne fait pas de commentaire. Je n'arrive pas à deviner ce qui se passe dans sa tête. Pourquoi résiste-t-elle à cette chose entre nous ? Elle touche ses cheveux, tire sur une mèche, la lâche, tire sur une autre, qu'elle lâche aussi.

– Je suis désolée, s'excuse-t-elle.

Je me glisse vers elle, supprimant la distance qu'elle a mise entre nous. Ses mains jointes sont posées sur ses genoux.

– De quoi es-tu désolée ?

– De souffler le chaud et le froid.

– Tu n'étais pas si froide que ça il y a seulement une minute.

C'est sans conteste la blague la plus vaseuse que je pouvais faire en cet instant (avec les jeux de mots, les allusions grivoises sont la forme d'humour la plus mauvaise). J'en rajoute une couche en faisant remuer mes sourcils et j'attends sa réaction. C'est quitte ou double.

Un sourire se répand sur son visage. Les nuages orageux dans ses yeux n'ont aucune chance.

– Waouh, fait-elle d'une voix chaleureuse. On peut dire que tu manies les mots avec bonheur.

– Les dames aussi, dis-je, m'enfonçant encore plus.

Je veux bien me ridiculiser rien que pour la faire rire.

Ça marche : elle rit franchement et se laisse aller en arrière dans le canapé.

– Tu es sûr que tu es qualifié pour devenir poète ? Parce que ce que tu viens de dire, c'est vraiment au ras des pâquerettes.

– Tu t'attendais à quelque chose…

– ... De plus poétique, complète-t-elle.

– Tu rigoles ? La plupart des poèmes parlent de sexe.

– Tu as des données réelles pour étayer cette affirmation ? m'interroge-t-elle, sceptique. Je veux voir les chiffres.

– Scientifique !

– Poète !

Nous sourions tous les deux, ravis, sans chercher à dissimuler la joie que nous nous procurons mutuellement.

– La plupart des poèmes que j'ai lus traitent d'amour, de sexe ou des étoiles, reprend-elle. Vous, les poètes, vous êtes obsédés par les étoiles. Les étoiles filantes. Les étoiles errantes. Les étoiles mourantes.

– C'est important, les étoiles, dis-je en riant.

– Bien sûr, mais pourquoi n'y a-t-il pas plus de poèmes sur le soleil ? s'étonne-t-elle. Le soleil est aussi une étoile, et la plus importante d'ailleurs. Rien que pour ça, il mériterait bien un poème ou deux.

– Entendu ! Dorénavant, je n'écrirai plus que des poèmes sur le soleil.

– Parfait.

– Sérieusement… Je maintiens que la plupart des poèmes parlent de sexe. Robert Herrick en a écrit un qui s'intitule : « Aux vierges pour qu'elles profitent de leur jeunesse ».

Elle lève ses jambes sur le canapé pour se mettre en position du lotus et se plie en deux de rire.

– Non, je ne te crois pas, conteste-t-elle.

– Si, je t'assure. En gros, il conseillait aux vierges de perdre leur virginité le plus tôt possible juste au cas où elles mourraient. Pourvu que toi, tu ne meures pas vierge !

Elle cesse de rire et déclare :

– Il voulait peut-être simplement dire que nous devrions vivre l'instant. Comme si aujourd'hui était notre dernier jour.

Elle est de nouveau sérieuse, et triste, sans que je sache pourquoi. Elle appuie sa nuque contre le canapé et contemple la boule disco.

– Parle-moi de ton père, lui dis-je.

– Je n'en ai pas vraiment envie.

– Je sais, mais j'insiste. Pourquoi tu dis qu'il ne t'aime pas ?

Elle baisse la tête et m'observe.

– Tu es impitoyable, me lance-t-elle, avant de laisser retomber sa tête en arrière.

– Persévérant.

– Chais pas comment expliquer ça. L'émotion principale de mon père, c'est le regret. On dirait qu'il a commis une énorme erreur dans le passé, comme s'il avait pris une mauvaise route, et au lieu d'arriver où il était censé arriver, il s'est retrouvé avec ma mère, mon frère et moi.

Sa voix tremble, mais elle ne pleure pas. Je lui prends la main et nous regardons tous les deux l'écran de télévision. Son score qui dansait a été remplacé par une publicité silencieuse pour les casinos d'Atlantic City.

– Ma mère peint de très beaux tableaux, dis-je. Vraiment incroyables.

Je vois encore les larmes dans ses yeux quand mon père lui a offert son cadeau. Elle lui avait dit :

« *Yeobo*, tu n'étais pas obligé de faire ça.

– C'est rien que pour toi, lui avait-il répondu. Avant, tu peignais tout le temps. »

Cette phrase m'avait beaucoup surpris. Je pensais tout savoir sur ma mère – sur mes deux parents, en réalité –, et voilà qu'ils évoquaient une histoire secrète que j'ignorais. J'avais alors demandé à ma mère pourquoi elle avait arrêté la peinture, et elle avait agité la main en l'air comme pour effacer les années passées.

« C'était il y a longtemps », s'était-elle contentée de me répondre.

J'embrasse la main de Natasha et lui avoue :

– Parfois je me dis qu'elle a pris une mauvaise route en nous ayant, mon frère et moi.

– Oui, mais est-ce que c'est ce qu'elle pense, elle ?

– Je ne sais pas… Si je devais deviner, je dirais que je la crois heureuse de la tournure que sa vie a prise.

– Tant mieux, approuve-t-elle. Tu imagines vivre ta vie entière en pensant que tu t'es trompé de voie ?

Elle frissonne.

Je porte sa main à mes lèvres et j'y dépose un baiser. Sa respiration change. Je l'attire vers moi avec l'envie de l'embrasser, mais elle résiste.

– Explique-moi pourquoi tu veux être un poète, me dit-elle.

Je m'adosse au canapé et passe mon pouce sur les articulations de ses doigts.

– Je ne sais pas. Enfin, je ne suis même pas sûr de vouloir en faire mon métier ou quoi que ce soit. Je ne comprends pas comment je suis censé déjà savoir ce que je veux faire. En tout cas, j'aime beaucoup écrire des poèmes. J'ai des pensées qui me viennent et j'ai besoin de les écrire, et quand je les écris, elles sortent sous forme de poème. Rien d'autre ne me fait me sentir aussi bien, à part…

Je m'interromps, car je ne veux pas la rendre furax une fois de plus.

Elle éloigne sa tête du canapé et m'interroge :

– À part quoi ?

Ses yeux brillent ; elle veut savoir.

– À part toi. Tu me fais me sentir super bien, toi aussi.

Elle lâche ma main. Je crois qu'elle repasse en mode repli, mais non. Elle se penche en avant et m'embrasse.

NATASHA

Je l'embrasse pour qu'il se taise. S'il continue à parler, je vais l'aimer, et je ne veux pas l'aimer. Vraiment pas. Ce n'est pas la meilleure des stratégies. Embrasser, c'est juste une autre façon de parler, mais sans mots.

DANIEL

Un jour, j'écrirai une ode sur l'action d'embrasser. Je l'intitulerai « Ode à un baiser ».

Elle sera d'un lyrisme absolu.

NATASHA

Nous serions sans doute toujours en train de nous embrasser, si notre serveuse grincheuse n'était pas revenue pour nous demander si nous désirions commander autre chose. Nous ne voulons rien d'autre, et de toute façon, il est temps de partir. J'ai toujours envie de l'emmener au Muséum d'histoire naturelle, mon endroit préféré à New York. Je le lui dis et nous sortons.

Après l'obscurité du *norebang*, le soleil paraît briller trop fort. D'ailleurs, tout semble *trop*. Cette ville est bien trop bruyante et surpeuplée.

Pendant quelques secondes, je suis désorientée par les commerces empilés les uns au-dessus des autres, avec leur signalétique coréenne, jusqu'à ce que je me rappelle que nous sommes à Koreatown. Cette partie de New York est censée ressembler à Séoul. Je me demande si c'est le cas. Je plisse les yeux à cause de la lumière du soleil et j'envisage de retourner à l'intérieur du *norebang*. Je ne suis pas encore prête à ce que la réalité assourdissante et trépidante de New York s'impose de nouveau à moi.

C'est cette réflexion qui me ramène à la raison : la Réalité. *Ça,* c'est la réalité. L'odeur des pneus et des gaz d'échappement, le bruit des trop nombreuses voitures qui ne vont nulle part, le goût de l'ozone dans l'air. Ça, c'est la réalité. Dans le *norebang,* nous pouvions faire semblant, mais pas ici, dehors. C'est l'une des choses que j'aime le plus à New York : cette ville sabote toutes vos tentatives de vous mentir à vous-même.

Nous nous tournons l'un vers l'autre en même temps. Nous nous tenons la main, mais même ça semble faux à présent. Je retire ma main de la sienne pour rajuster mon sac à dos. Il attend que je la lui redonne mais c'est encore trop tôt pour moi.

DANIEL

Un gars du coin incapable de se satisfaire des choses telles qu'elles sont.

Nous sommes assis côte à côte dans le train, et bien qu'il ne cesse de nous bousculer l'un contre l'autre, je sens qu'elle s'écarte de moi discrètement. Il n'y a personne en face de nous ; nous nous observons mutuellement dans la vitre. Mon regard coule vers son visage tandis qu'elle tourne la tête de l'autre côté. Son regard glisse vers le mien, et réciproquement. Son sac à dos est posé sur ses genoux et elle le serre contre sa poitrine comme s'il risquait de se lever et de s'en aller à tout moment.

Je pourrais lui prendre la main, lui imposer les choses, mais je veux que ce soit elle qui le fasse, cette fois-ci. Je veux qu'elle reconnaisse à voix haute qu'il se passe bien un truc entre nous. Je ne peux pas me satisfaire des choses telles qu'elles sont. Je veux qu'elle prononce ces mots : « Nous sommes faits l'un pour l'autre. » Ou quelque chose d'autre. N'importe quoi. J'ai besoin de l'entendre. Pour savoir que je ne suis pas tout seul là-dedans.

Je devrais laisser tomber.

Je vais laisser tomber.

– De quoi as-tu si peur ? lui dis-je, sans laisser tomber du tout.

NATASHA

Bien que je déteste faire semblant, c'est exactement ce que je fais.

– De quoi tu parles ? dis-je à son reflet dans la vitre au lieu de le regarder en face.

DANIEL

Je crois presque qu'elle ignore de quoi je parle. Nos regards se croisent dans le reflet de la vitre comme si c'était là notre seule façon d'établir un contact visuel.

Je répète :

– On est faits l'un pour l'autre.

Hélas, ça sort très mal : mon ton est à la fois autoritaire, grondeur et suppliant.

– Je sais que tu l'as ressenti, toi aussi.

Elle reste silencieuse, se lève et va se placer près des portes du train. Si la colère était comme la chaleur, je pourrais voir les ondes irradier de son corps.

Une partie de moi a envie d'aller s'excuser. Une autre partie de moi a envie d'exiger de savoir quel est son problème, en fait. Je m'oblige à rester assis jusqu'à ce que, deux arrêts plus loin, le métro entre finalement dans la station de la Quatre-Vingt-Unième Rue dans un grincement de freins.

Les portes s'ouvrent. Elle se fraye un chemin dans la foule et monte l'escalier en courant. Dès que nous sommes arrivés en haut, elle nous mène vers le côté et se retourne vivement face à moi.

– Ne me dis surtout pas ce que je dois ressentir, chuchote-t-elle très fort.

Elle s'apprête à ajouter quelque chose mais se ravise. Et part en me laissant planté là.

Elle est frustrée, mais moi aussi, maintenant. Je la rattrape.

– C'est quoi, ton problème ? lui dis-je, en levant les bras au ciel.

Je ne veux pas me disputer avec elle. Central Park se trouve juste de l'autre côté de la rue. Les arbres sont parés de leur splendide feuillage aux couleurs automnales. J'ai envie de flâner dans le parc avec elle et d'écrire des poèmes dans mon carnet. J'ai envie qu'elle se moque de moi en train d'écrire des poèmes dans mon carnet. Je veux qu'elle m'apprenne comment et pourquoi les feuilles des arbres changent de couleur. Je suis sûr qu'elle connaît les explications scientifiques précises de ce phénomène.

Elle balance son sac sur ses deux épaules et croise les bras.

– Le destin, ça n'existe pas, affirme-t-elle.

Comme je n'envisage pas de me lancer dans une discussion philosophique, je cède :

– D'accord, mais si ça existait, alors…

– Non, m'interrompt-elle. Ça suffit. Ça n'existe pas, point barre. Et même si ça existait, on n'est absolument pas faits l'un pour l'autre.

– Comment tu peux dire ça ?

J'ai conscience d'être déraisonnable, irrationnel et sans doute beaucoup d'autres choses que je ne devrais pas être. Ceci n'est pas un sujet sur lequel on peut se disputer avec une autre personne.

On ne peut pas convaincre quelqu'un de nous aimer.

Une petite brise fait bruisser les feuilles autour de nous. L'air est à présent plus froid qu'il n'a été de toute la journée.

– Parce que c'est vrai. On n'est pas faits l'un pour l'autre, Daniel. Je suis une immigrée sans papiers. Je vais être expulsée. Aujourd'hui, c'est mon dernier jour en Amérique. Demain, je serai partie.

Il y a peut-être une autre manière d'interpréter ses paroles. Mon cerveau choisit les plus importantes et les réarrange, dans l'espoir de leur trouver un sens différent. Je tente même de composer un rapide poème, mais les mots refusent de coopérer. Ils restent là, sans bouger, trop lourds pour que je les manie.

Sans papiers.

Dernier.

Amérique.

Partie.

NATASHA

Normalement, un truc pareil – se disputer en public – me mettrait dans l'embarras, mais je ne remarque presque personne à part Daniel. Si je suis honnête avec moi-même, ça a été comme ça toute la journée.

Il presse ses mains sur son front et ses cheveux retombent en formant des rideaux autour de son visage. Je ne sais pas ce que je suis censée dire ou faire maintenant. Je voudrais retirer mes paroles. Je veux continuer à faire semblant. C'est ma faute si les choses sont allées si loin. J'aurais dû le prévenir dès le début, mais je ne pensais pas que nous irions jusque-là. Je ne pensais pas que j'éprouverais autant de choses.

DANIEL

– J'ai reporté mon rendez-vous à cause de toi.

Je m'exprime d'une voix si basse que je ne suis pas sûr de vouloir qu'elle m'entende, mais elle m'entend.

Elle écarquille les yeux. Elle commence à dire trois choses différentes avant de se décider :

– Attends. C'est ma faute ?

Je l'accuse de quelque chose, c'est certain. Mais je ne sais pas trop de quoi. Un coursier à vélo saute sur le trottoir, un peu trop près de nous. Quelqu'un lui crie de rouler sur la rue. Moi aussi, j'ai envie de lui hurler : « *Suivez les règles !* »

– Tu aurais pu me prévenir. Tu aurais pu me dire que tu partais.

– C'est ce que j'ai fait, affirme-t-elle, sur la défensive à présent.

– Pas assez. Tu ne m'as pas précisé que tu allais vivre dans un autre pays dans moins de vingt-quatre heures.

– Je ne savais pas qu'on…

Je l'interromps :

– Tu savais, quand on s'est rencontrés, ce qui se passait dans ta vie.

– Ce n'étaient pas tes affaires, à ce moment-là.

– Et maintenant, si ?

Bien que la situation soit désespérée, le simple fait de l'entendre dire que, désormais, oui, ce sont mes affaires, me donne de l'espoir.

– J'ai essayé de t'avertir, insiste-t-elle.

– Tu n'as pas assez essayé. Voici ce que tu aurais dû faire : ouvrir la bouche et dire la vérité. Ne pas me raconter ces conneries sur le fait que tu ne crois pas à l'amour ni à la poésie. Il fallait me dire : « Daniel, je pars », « Daniel, ne tombe pas amoureux de moi ».

– J'ai dit ça.

Elle ne crie pas, mais elle ne parle pas à voix basse non plus.

Un bambin très à la mode, vêtu d'une vareuse, nous considère avec de grands yeux et tire la main de son père. Une horde de touristes (chacun son guide à la main) nous observent comme si nous étions exposés dans une vitrine.

Je baisse la voix :

– Oui, mais je ne pensais pas que tu étais sérieuse.

– Et c'est la faute à qui ? me rétorque-t-elle.

Comme là, je manque de répartie, nous restons à nous dévisager.

– Tu ne peux pas réellement être en train de tomber amoureux de moi, affirme-t-elle plus doucement.

Sa voix est à la fois bouleversée et incrédule.

Là non plus, je ne sais pas quoi répondre. Je suis moi-même surpris par tout ce que j'éprouve pour elle. Le truc, quand on tombe amoureux, c'est qu'on n'a aucun contrôle sur sa chute.

Je tente de calmer l'ambiance :

– Pourquoi je ne peux pas être en train de tomber amoureux de toi ?

Elle tire fort sur les sangles de son sac à dos et répond :

– Parce que c'est ridicule. Je t'ai dit de ne pas…

Bon, j'en ai marre. J'ai mis mon cœur à nu toute la journée, alors il est plutôt meurtri maintenant.

– Génial, dis-je. Tu ne ressens rien ? C'était moi-même que j'embrassais dans le *norebang*, peut-être ?

– Parce que tu crois que quelques baisers signifient l'amour pour toujours ?

– *Ces* baisers, oui, je l'ai cru.

Elle ferme les yeux. Lorsqu'elle les rouvre, je crois y voir de la pitié.

– Daniel…

Je l'interromps. Je ne veux pas de sa pitié.

– Non. Laisse tomber. Je n'ai pas envie d'entendre ce que tu vas dire. J'ai compris. Tu n'éprouves pas la même chose que moi. Tu pars. Je te souhaite une belle vie.

Je descends deux marches à la fois, puis elle me lance :

– Tu ressembles exactement à mon père.

– Je ne connais même pas ton père, dis-je tout en remettant ma veste, dans laquelle je me sens plus serré maintenant.

Elle croise les bras sur sa poitrine :

– Peu importe. Tu es exactement comme lui : égoïste.

– Je ne suis pas égoïste.

– Si. Tu penses que le monde entier tourne autour de toi. De tes sentiments. De tes rêves.

Levant les bras au ciel, je proteste :

– Il n'y a rien de mal à avoir des rêves. Je suis peut-être un rêveur stupide, mais moi, au moins, j'ai des rêves.

– Et pourquoi ça serait une qualité ? réplique-t-elle. Vous tous, les rêveurs, vous pensez que l'univers n'existe que pour vous et vos passions.

– C'est mieux que de n'en avoir aucune.

Elle plisse les yeux, prête à débattre :

– Ah bon ? Pourquoi ?

Je n'en reviens pas de devoir expliquer ça :

– Parce que c'est pour faire ça qu'on est sur Terre.

– Non, objecte-t-elle en secouant la tête. On est ici pour évoluer et survivre. C'est tout.

Je savais qu'elle amènerait la science dans cette discussion. Mais elle ne peut tout de même pas penser ce qu'elle dit.

– Tu ne penses pas ce que tu dis.

– Si tu me connaissais mieux, tu saurais que si, m'assure-t-elle. En plus, rêver est un luxe et tout le monde n'a pas ce luxe.

– Oui, mais toi, tu l'as. Tu as peur de devenir ton père. Tu ne veux pas faire le mauvais choix, alors tu ne choisis rien du tout.

Je sais qu'il y a une meilleure manière d'exprimer ça ; cependant, en cet instant, je ne me sens pas en pleine possession de mes moyens.

– Moi, je sais déjà quel métier je veux exercer, se vante-t-elle.

Je ne peux m'empêcher de faire *pfff* !

– Scientifique des données ou je ne sais quoi ? Ce n'est pas une passion, ça. C'est juste un boulot. Avoir des rêves n'a jamais tué personne.

– Faux, me contredit-elle. Comment peux-tu être aussi naïf ?

– Eh bien, je préfère être naïf que ce que tu es, toi, peu importe ce que c'est, d'ailleurs. Tu vois uniquement les choses qui sont sous ton nez.

– C'est mieux que de voir des choses qui ne sont pas là.

Bon, maintenant, nous sommes dans une impasse.

Le soleil se cache derrière un nuage et une brise fraîche souffle sur nous depuis l'autre côté de Central Park. Nous nous observons pendant un petit moment. Elle est différente à la lumière du jour. Moi aussi, j'imagine. Elle me trouve naïf. Encore pire, stupide.

Peut-être vaut-il mieux arrêter de cette façon. Vivre une fin soudaine et tragique plutôt qu'une fin interminable où nous comprendrons que nous sommes tout simplement trop différents l'un de l'autre, et que l'amour seul ne suffit pas à nous lier.

Je pense toutes ces choses. Je n'en crois aucune.

Le vent devient plus fort. Il fait un peu bouger ses cheveux. Je peux me les représenter si nettement avec les bouts roses ! J'aurais aimé voir ça.

NATASHA

– Tu devrais y aller, lui dis-je.

– Alors, c'est tout ?

Je suis contente qu'il réagisse comme un idiot en me posant cette question. Ça me facilite la tâche.

– Est-ce que tu penses un tout petit peu à moi ? Genre : *Je me demande comment Natasha se sent. Comment est-elle devenue une immigrée sans papiers ? A-t-elle envie de partir vivre dans un pays qu'elle ne connaît pas du tout ? Est-elle complètement dévastée par ce qui se passe dans sa vie ?*

Je lis la culpabilité sur son visage. Il fait un pas vers moi, mais je recule.

Il s'immobilise.

Je poursuis :

– Tu attends juste que quelqu'un te sauve. Tu ne veux pas être médecin. Ne sois pas médecin, alors.

– Ce n'est pas aussi simple que ça, répond-il doucement.

Je le considère en plissant les yeux et j'ajoute :

– Pour te citer, il y a cinq minutes : voici ce que tu dois faire : tu ouvres la bouche et tu dis : « Papa et maman ? Je ne veux pas être médecin. Je veux être poète parce que je suis stupide et que je n'ai pas de jugeote. »

– Tu sais très bien que c'est plus compliqué que ça, répète-t-il encore plus doucement.

Je tire sur les sangles de mon sac à dos. Il est temps de se séparer. Nous ne faisons que repousser l'inévitable.

Je lui demande :

– Tu sais ce que je déteste ? Je déteste vraiment la poésie.

– Ouais, je sais.

– Tais-toi. Je déteste ça, mais un jour, j'ai lu un truc d'une poétesse nommée Warsan Shire. C'est : « On ne peut pas faire d'un être humain son chez-soi, quelqu'un aurait déjà dû te le dire. »

Je m'attends à ce qu'il rétorque que cette opinion est fausse. J'ai même envie qu'il le dise, or il garde le silence.

– Ton frère avait raison. Ceci ne peut nous mener nulle part. En plus, tu ne m'aimes pas, Daniel. Tu cherches juste quelqu'un pour te sauver. Sauve-toi toi-même.

DANIEL

Un ado du coin convaincu que sa vie est totalement merdique.

Comme j'aimerais qu'elle ait raison ! Comme j'aimerais ne pas être du tout en train de tomber amoureux d'elle.

Je la regarde partir, et je ne l'arrête ni ne la suis. Quel idiot fini ai-je été ! Je me suis comporté comme un imbécile mystique adepte du culte des cristaux. Alors, bien sûr, ce qui devait arriver arrive. Tous ces discours absurdes sur le *destin* et *il-était-écrit-que.*

Natasha a raison. La vie n'est qu'une série de décisions, d'indécisions et de coïncidences stupides que nous choisissons pour lui donner un sens. La cantine de l'école n'a pas votre pâtisserie favorite, aujourd'hui ? Ce doit être l'univers qui vous aide à suivre votre régime.

Merci, l'univers !

Vous avez manqué votre métro ? Peut-être va-t-il exploser dans le tunnel, ou le Patient Zéro de quelque épouvantable grippe aviaire (de gibier d'eau, d'oie, de ptérodactyle) se trouve-t-il à bord, et vous non, heureusement.

Merci, l'univers !

Pourtant, personne ne se donne la peine d'enquêter sur le destin. Le personnel de la cantine a juste oublié la boîte cachée au fond du réfrigérateur, et de toute façon, votre ami vous a donné un bout de son gâteau. Vous ragiez d'avoir raté votre métro, mais un autre est entré dans la station presque tout de suite après. Personne n'est mort dans celui que vous avez raté. Personne n'a ne serait-ce qu'éternué.

Nous nous persuadons qu'il existe des raisons aux choses qui nous arrivent, mais en réalité, nous nous racontons des histoires. Nous les inventons. Elles n'ont aucune signification.

DESTIN

UNE HISTOIRE

Le destin a toujours été l'affaire des dieux, bien que les dieux eux-mêmes y soient soumis.

Dans la mythologie grecque, les Trois Sœurs de la Destinée filent le destin d'une personne dans les trois nuits qui suivent sa naissance. Imaginez votre nouveau-né dans sa chambre. Il fait sombre, bien chaud ; tout est doux. Il est entre deux heures et quatre heures du matin, l'un de ces moments qui appartiennent exclusivement aux nouveau-nés ou aux mourants.

La première sœur, Clotho, apparaît près de vous. C'est une vierge, elle est jeune et aimable. Dans ses mains, elle tient un fuseau, sur lequel elle file la vie de votre enfant.

À son côté se trouve Lachésis, plus âgée et plus imposante que sa sœur. Elle tient la baguette utilisée pour mesurer le fil de la vie. Celle de votre enfant, et sa durée, sont entre ses mains.

Enfin, nous avons Atropos, vieille et hagarde. À qui l'on ne peut échapper. Dans ses mains, elle tient les redoutables cisailles qu'elle utilisera pour couper le fil de la vie de votre enfant. Elle détermine quand et comment ce dernier mourra.

Imaginez l'impressionnant et terrifiant spectacle de ces trois sœurs massées autour de son berceau et présidant à son avenir.

À l'époque moderne, ces sœurs ont pratiquement disparu de la conscience collective, mais pas l'idée du Destin. Pourquoi y croyons-nous toujours ? Cela rend-il la tragédie plus supportable, de penser que nous-mêmes n'y avons joué aucun rôle, que nous n'aurions pas pu l'éviter ? Il en a toujours été ainsi.

Rien n'arrive par hasard, affirme la mère de Natasha. Ce qu'elle veut dire, c'est que le Destin a une Raison et, bien qu'on ne la connaisse peut-être pas, il y a un certain soulagement à savoir qu'il existe un Plan.

Natasha a un point de vue opposé. Elle croit au déterminisme, la cause et l'effet. Une action en entraîne une deuxième, qui en provoque une autre, etc. Nos actions déterminent notre destinée. En cela, Natasha n'est pas différente du père de Daniel.

Daniel vit dans l'espace intermédiaire nébuleux entre ces deux positions. Peut-être n'était-il pas écrit qu'il rencontrerait Natasha aujourd'hui. Peut-être leur rencontre a-t-elle été purement fortuite, après tout.

Cependant.

Une fois qu'ils se sont rencontrés, tout le reste, l'amour entre eux, était inévitable.

NATASHA

Je ne vais pas laisser cette dispute avec Daniel m'empêcher d'aller au musée. C'est l'un de mes coins préférés de la ville. Ici, les immeubles ne sont pas aussi grands que dans Midtown. C'est agréable de voir des pans entiers de ciel.

Dix minutes plus tard, je suis dans ma partie favorite du musée : le Hall des météorites. La plupart des gens traversent cette salle sans s'y arrêter, pour aller directement dans celle des gemmes, où sont exposées des pierres précieuses et semi-précieuses étincelantes. Mais moi, je préfère cette pièce-ci. J'aime son obscurité, sa fraîcheur et son côté dépouillé. Et le fait qu'il n'y a presque jamais personne.

Tout autour de la salle, des vitrines verticales éclairées de spots exposent des petits morceaux de météorites. Elles portent toutes un nom : Bijoux de l'espace, Planètes en construction et Origines du système solaire.

Je me dirige droit vers ma météorite préférée entre toutes : Ahnighito. C'est en réalité juste un fragment de la météorite du cap York, qui est beaucoup plus grande. Avec ses trente-quatre tonnes, Ahnighito est la plus grosse météorite exposée dans un musée. Je monte sur l'estrade où elle repose et laisse mes mains courir dessus. Sa surface métallique froide est criblée de milliers d'impacts minuscules. Je ferme les yeux, laisse mes doigts s'enfoncer dans ces trous. Il est difficile de croire que cette masse de fer provient de l'espace. Encore plus difficile de croire qu'elle contient les origines du système solaire. Cette pièce est mon église, et sur cette plate-forme est érigé mon pilier. Lorsque je touche cette pierre, je ne suis jamais aussi près de croire en Dieu.

C'est ici que j'aurais voulu amener Daniel. Je lui aurais demandé d'écrire des poèmes sur les roches spatiales et les cratères d'impact. Le nombre même d'actions et de réactions qui ont été nécessaires pour former notre système solaire, notre galaxie, notre univers, est ahurissant. La quantité de choses qui ont dû se passer exactement comme il fallait est étourdissante.

Comparé à ça, qu'est-ce que tomber amoureux ? Une série de petites coïncidences qui, selon nous, veulent tout dire parce que nous voulons croire que nos minuscules vies importent à l'échelle galactique. Mais il est inutile de vouloir comparer le fait de tomber amoureux avec la formation de l'univers.

C'est loin d'être comparable.

DANIEL

« Symétries »

Un poème de Daniel Jae Ho Bae

Je
resterai
de mon côté.
Et toi du
tien.

NATASHA

Mon père et moi étions proches, avant. En Jamaïque, et même après notre arrivée ici, nous étions même inséparables. La plupart du temps, c'était un peu mon père et moi, les Rêveurs, contre ma mère et mon frère, les non-Rêveurs.

Nous regardions le cricket ensemble à la télé. J'étais son public quand il répétait ses textes pour des auditions. Lorsqu'il deviendrait enfin un célèbre comédien de Broadway, il m'obtiendrait tous les meilleurs rôles pour petites filles, affirmait-il. Je l'écoutais décrire notre vie une fois qu'il serait connu. J'ai continué à l'écouter longtemps après que ma mère et mon frère ont arrêté de le faire.

Les choses ont changé il y a environ quatre ans, quand j'avais treize ans. Ma mère en a eu assez d'habiter dans un deux-pièces. Toutes ses amies en Jamaïque étaient propriétaires d'une maison. Elle en a eu assez que mon père occupe toujours le même boulot pour à peu près le même salaire.

Assez de l'entendre raconter ce qui arriverait quand il ferait fortune. Pourtant, elle ne lui disait jamais rien, c'était à moi qu'elle se plaignait.

Les enfants, vous êtes trop grands pour dormir dans le salon, maintenant. Vous avez besoin d'intimité.

J'aurai jamais une vraie cuisine et un vrai frigo. Il est temps qu'il arrête avec ses sottises.

Et puis, un jour, il a perdu son travail. J'ignore s'il s'est fait renvoyer ou s'il a été licencié. Ma mère a dit qu'à son avis, il avait démissionné, mais elle ne pouvait pas le prouver.

– P't-être que c'est une bénédiction déguisée, a-t-il dit sur le moment. Ça m'laissera plus de temps pour jouer au théâtre.

Je ne sais pas à qui il parlait, mais personne ne lui a répondu.

Il a déclaré que, désormais, puisqu'il ne travaillait plus, il passerait des auditions. Cependant, il le faisait rarement. Il avait toujours une excuse :

J'ai pas le bon profil pour ce rôle.

Ils vont pas aimer mon accent, man.

Chuis trop vieux, maintenant. Jouer la comédie, c'est pour les jeunes.

Lorsque ma mère rentrait chez nous le soir après son travail, il lui assurait qu'il essayait. Mais mon frère et moi savions que ce n'était pas vrai.

Je me souviens encore de la première fois où Peter et moi l'avons vu s'oublier dans une pièce de théâtre. Nous revenions de l'école. Nous savions qu'il se passait quelque chose de bizarre parce que la porte de notre appartement était ouverte. Notre père était dans le salon… c'est-à-dire notre chambre. Je ne sais pas s'il nous avait entendus approcher, mais il n'a pas réagi quand nous sommes entrés. Il tenait un livre à la main. Je me suis rendu compte ensuite que c'était une pièce de théâtre. *Un raisin au soleil.*

Vêtu d'une chemise blanche et d'un pantalon, il répétait son texte. Je ne sais pas trop pourquoi il tenait le livre puisqu'il le connaissait déjà par cœur. Je me rappelle encore certaines parties du monologue. Le personnage disait qu'il voyait son avenir étendu devant lui et que ce n'était qu'un espace vide inquiétant.

Quand notre père s'est enfin aperçu que nous l'observions, il nous a grondés pour nous être approchés de lui furtivement. Au début, j'ai cru qu'il était juste gêné. Personne n'aime être épié. Pourtant, plus tard, j'ai compris que ça allait plus loin que ça : il avait honte, comme si nous l'avions surpris à tricher ou à voler.

Après ça, nous n'avons plus fait grand-chose ensemble. Il a cessé de regarder le cricket. Il a décliné toutes mes propositions de l'aider à mémoriser ses textes. Par terre dans sa chambre, des livres de poche de pièces célèbres, abîmés et jaunis, s'entassaient de son côté du lit. Il en connaissait tous les rôles, pas seulement les principaux mais les secondaires aussi.

Il a fini par cesser de faire semblant de passer des auditions et de chercher du travail. Ma mère a cessé de faire semblant de croire qu'un jour, nous posséderions une maison ou même que nous trouverions un appartement plus grand. Elle a fait des heures supplémentaires pour pouvoir joindre les deux bouts. Et moi, l'été dernier, j'ai travaillé au McDonald's au lieu de faire du bénévolat à l'hôpital méthodiste de New York comme tous les ans.

Ça fait plus de trois ans que c'est comme ça. Quand mon frère et moi rentrons de l'école, notre père est enfermé à clé dans sa chambre, où il récite des textes dans le vide. Ses préférés sont les longs monologues dramatiques. Il est Macbeth et Walter Lee Younger. Il critique âprement tel ou tel comédien et son manque de talent. Il couvre d'éloges ceux qu'il juge bons.

Il y a deux mois, sans qu'il y soit pour quelque chose, il a obtenu un rôle. Une personne qu'il avait rencontrée des années auparavant lors d'une audition mettait en scène *Un raisin au soleil.* Lorsqu'il a appris la nouvelle à ma mère, la première chose qu'elle lui a demandée, c'était :

– T'es payé combien ?

Pas *Félicitations.* Pas *Je suis si fière de toi.* Pas *Pour quel rôle ?* ni *Quand se jouera la pièce ?* ou *Alors, tu es super excité ?* Juste *T'es payé combien ?*

En plus, elle l'a considéré avec un regard terne. Inexpressif. Avec les yeux fatigués de quelqu'un qui revient de deux services d'affilée.

Je pense que nous avons tous été un peu choqués par sa réaction, ma mère y compris. Oui, elle était frustrée à cause de lui depuis des années, mais ce seul instant nous a montré à tous combien mes parents s'étaient éloignés l'un de l'autre. Même Peter, qui se range toujours du côté de ma mère, a un peu tressailli.

Pourtant, on ne pouvait pas lui en vouloir. Pas réellement. Ça faisait des années que mon père passait sa vie à rêvasser. Il vivait dans ses pièces de théâtre au lieu de vivre dans le monde réel. C'est toujours le cas aujourd'hui. Ma mère n'avait plus le temps de rêver.

Moi non plus, je n'ai plus de temps pour ça.

SAMUEL KINGSLEY

UNE HISTOIRE DE REGRET, TROISIÈME PARTIE

Il a un peu peur de Natasha, pour être honnête. Les choses qui intéressent sa fille, dorénavant ? La chimie, la physique et les maths. D'où viennent-elles ? Parfois, lorsqu'il la regarde faire ses devoirs à la table de la cuisine, il a l'impression que c'est la fille de quelqu'un d'autre. Son monde est plus vaste que lui et les choses auxquelles il lui a appris à s'intéresser. Il ne sait pas quand elle s'est détachée de lui.

Un soir, après que Peter et elle s'étaient couchés, il est allé boire de l'eau dans la cuisine. Elle avait laissé son livre et ses devoirs de maths sur la table. Samuel ignore ce qui lui a pris, mais il a allumé la lumière, s'est assis et a feuilleté le manuel. À ses yeux, ce dernier était rempli de hiéroglyphes et rédigé dans quelque langue ancienne d'une époque et d'un peuple qu'il ne pourrait jamais espérer comprendre.

Cela l'a empli d'une espèce d'effroi. Il est resté assis là pendant un long moment, passant ses doigts sur les symboles, et regrettant que sa peau ne fût suffisamment poreuse pour laisser pénétrer toute la connaissance et toute l'histoire du monde.

Après ce soir-là, chaque fois qu'il la regardait, il avait le vague sentiment que quelqu'un était entré chez lui sans qu'il s'en aperçoive et lui avait enlevé sa mignonne petite fille.

Parfois, cependant, il entrevoit encore l'ancienne Natasha. Elle lui adresse un regard semblable à ceux qu'elle lui adressait lorsqu'elle était plus jeune. C'est un regard qui veut quelque chose de lui. Un regard qui veut qu'il soit plus, fasse plus, et aime plus. Ce regard lui déplaît. N'a-t-il pas déjà fait assez de choses ? Elle est son aînée. Il a déjà renoncé à tous ses rêves pour elle.

DANIEL

Je ne sais pas quoi faire de ma peau, à présent. Je suis censé aller là où le vent me pousse, sauf qu'il n'y a plus de vent. J'ai envie de me dégoter une tenue de clochard et deux panneaux à porter sur la poitrine et dans le dos, sur lesquels je griffonnerais : « Bon, et maintenant, Univers ? » Toutefois, le moment est peut-être venu d'admettre que l'univers ne me prête pas attention.

Il est juste de dire que je hais tout et tout le monde.

L'univers est un connard, exactement comme Charlie.

Charlie.

Ce sac de merde.

Charlie, qui a dit à ma petite amie potentielle que notre relation n'avait aucune chance. Charlie, qui l'a accusée d'être une voleuse à l'étalage. Charlie, qui lui a dit que j'avais un petit pénis. Charlie, à qui j'ai envie de mettre mon poing dans la figure depuis onze ans maintenant.

C'est peut-être ça, le vent. Ma haine de Charlie.

Il ne faut jamais remettre au lendemain ce que l'on peut faire le jour même.

Je n'ai plus rien à perdre aujourd'hui.

NATASHA

L'assistante juridique est un peu plus ébouriffée lorsque je la revois. Une mèche lui tombe dans les yeux, qui sont comme des paillettes sous les lumières fluorescentes du cabinet, et son rouge à lèvres rouge vif est parti. On dirait qu'on l'a embrassée.

Je consulte mon téléphone pour vérifier si je ne suis ni trop en avance ni trop en retard, mais je suis pile à l'heure.

– Contente de vous revoir, mademoiselle Kingsley. Suivez-moi, s'il vous plaît.

Elle se lève et fait quelques pas en m'expliquant :

– Jeremy… enfin…, monsieur Fitz… je veux dire, maître Fitzgerald, est juste là.

Elle frappe doucement à l'unique porte et attend, les yeux encore plus brillants.

La porte s'ouvre en grand.

Je pourrais aussi bien être invisible parce que maître Fitzgerald ne me voit absolument pas. Il regarde son assistante d'une manière qui me donne envie de m'excuser de les déranger. Elle le regarde de la même façon.

Je m'éclaircis la voix très bruyamment.

Enfin, il détache péniblement les yeux de son assistante, et, me voyant, dit :

– Merci, madame Winter.

Il s'exprimerait de la même façon pour lui déclarer son amour.

Je le suis. Il s'assoit à son bureau et presse ses doigts contre ses tempes. Il a un petit pansement juste au-dessus du sourcil et un autre autour de son poignet. Il ressemble à une version plus âgée et plus stressée de sa photo sur son site Internet. Les seuls traits que je reconnais sont sa couleur de peau blanche et ses yeux d'un vert vif.

– Asseyez-vous, asseyez-vous, asseyez-vous, m'invite-t-il d'un trait. Désolé pour le retard. J'ai eu un petit accident ce matin, et maintenant, nous n'avons plus beaucoup de temps alors s'il vous plaît, expliquez-moi comment tout ceci est arrivé.

Je ne sais pas trop par où commencer. Dois-je raconter à cet avocat toute l'histoire ? Que dois-je mentionner ? J'ai l'impression de devoir remonter le temps pour n'omettre aucun détail.

Dois-je lui parler des rêves avortés de mon père ? Lui confier que, selon moi, les rêves ne meurent jamais, même quand ils sont morts ? Dois-je lui dire que je soupçonne mon père de vivre une vie meilleure dans sa tête ? Dans celle-là, il est renommé et respecté. Ses enfants l'admirent. Sa femme porte des diamants et attise les convoitises des hommes comme des femmes.

Moi aussi j'aimerais bien vivre dans ce monde.

Comme j'hésite, je commence par le soir où il a gâché nos vies.

NATASHA KINGSLEY

L'HISTOIRE D'UNE FILLE AÎNÉE

Le théâtre était encore plus petit que ce à quoi Peter et moi nous attendions. Un écriteau indiquait: CAPACITÉ MAXIMALE: 40 PERSONNES. Une place coûtait quinze dollars, et le montant des recettes servirait à couvrir la location de la salle pendant deux heures, un mercredi soir. Les comédiens n'avaient pas reçu de billets gratuits pour leurs familles et leurs amis, donc mon père avait dû en acheter trois pour nous.

Mon père adore les rituels et les cérémonies, mais il a très peu d'occasions d'en organiser. Or, maintenant, il avait ce rôle, et ces billets. Ça a été plus fort que lui: d'abord, il est sorti acheter des plats chinois à emporter, du riz frit au poulet et aux crevettes pour tout le monde.

Ensuite, il nous a fait nous asseoir à la minuscule table de la cuisine. Nous n'y mangeons jamais parce qu'il n'y a pas assez de place pour plus de deux personnes. Pourtant, ce soir-là, il a insisté pour que nous y dînions tous ensemble, en famille. Il est allé jusqu'à nous servir lui-même, ce qui n'était jamais arrivé auparavant. Il a dit à ma mère :

– Tu vois ? J'ai acheté des assiettes en papier pour que t'aies pas de vaisselle à faire tout à l'heure.

Il s'est exprimé dans un accent américain parfait.

Ma mère n'a rien répondu. Nous aurions dû prendre ça pour un signe.

Dès la fin du repas, il s'est mis debout et a levé bien haut une enveloppe blanche ordinaire, comme s'il s'agissait d'un trophée.

– Voyons c'qu'on a pour le dessert ! s'est-il exclamé.

Il nous a considérés chacun notre tour de façon appuyée. Ma mère a évité son regard, puis il a posé les yeux sur Peter, ensuite sur moi.

– Ma famille, a-t-il poursuivi. Je vous prie de me faire l'immense honneur de venir me voir jouer le rôle de Walter Lee Younger dans *Un raisin au soleil*, produit par la « Village Troupe ».

Puis, lentement, il a ouvert l'enveloppe, comme s'il se trouvait à l'Academy Awards et qu'il présentait les sélectionnés dans la catégorie du meilleur acteur. Il a sorti les billets et nous en a remis un à chacun. Il était si fier. Mais, surtout, il semblait *présent*. Pendant quelques minutes, il n'était pas perdu dans sa tête, ni dans une pièce de théâtre ou un quelconque rêve. Il était ici même avec nous, et il ne voulait pas être ailleurs. J'avais oublié ce que c'était. Il a un regard capable de vous donner le sentiment d'être réellement *vu*.

Il y a eu une époque où mon père m'idolâtrait ; le soir de ce dîner, elle m'a vraiment manqué. Mais, à part ça ? Ce qui me manque encore plus, c'est l'époque où je l'idolâtrais et où je pensais que tout ce qu'il faisait était bien. Je croyais alors que pour être heureux, il n'avait besoin que de nous, sa famille. Sur certaines photos de moi à l'âge de trois ans, je porte un t-shirt avec l'inscription MON PÈRE EST LE PLUS COOL. On y voit un papa pingouin et sa fille pingouin qui se tiennent la main, entourés de cœurs bleu métallique.

Aujourd'hui, j'aimerais bien être encore dans le même état d'esprit. Grandir et voir les défauts de ses parents, c'est comme perdre sa religion. Je ne crois plus en Dieu. Je ne crois plus en mon père, non plus.

Lorsqu'il lui a donné son billet, ma mère a *tchipé*. Elle aurait aussi bien fait de le gifler.

– Toi et tes bêtises ! lui a-t-elle craché, avant de se lever. Tu peux t'le garder, ton billet. Moi, j'irai nulle part.

Sur ce, elle est sortie de la cuisine. Nous l'avons écoutée gravir les vingt marches menant à la salle de bains et claquer la porte de toutes ses forces.

Aucun d'entre nous n'a su quoi dire. Peter s'est ratatiné sur sa chaise et s'est tenu la tête entre les mains, si bien que ses dreadlocks lui cachaient le visage. Quant à moi, je suis restée les yeux rivés sur la chaise désormais vide de ma mère. Le regard de mon père a disparu derrière son voile rêveur. Puis, avec sa façon typique de refuser de reconnaître la réalité, il a dit :

– Vous inquiétez pas pour votre mère. Elle pense pas c'qu'elle dit, man.

Il avait tort. Elle n'est pas venue avec nous. Même Peter n'a pas réussi à la faire changer d'avis. Elle a affirmé qu'en achetant ces places, mon père avait gaspillé l'argent qu'elle avait durement gagné.

Le soir de la représentation, Peter et moi avons pris le métro seuls pour nous rendre au théâtre. Mon père nous avait devancés afin de se préparer. Nous nous sommes assis au premier rang et n'avons pas parlé du siège inoccupé à côté de nous.

Aujourd'hui, j'aimerais dire qu'il n'était pas bon. Que son talent était médiocre. Ça justifierait toutes ces années d'échec. Et pourquoi il a renoncé, s'est retiré de la vie réelle et s'est réfugié dans sa tête. J'ignore si je vois mon père avec objectivité. Je le vois peut-être toujours avec mes yeux de petite fille qui adulait son père ; néanmoins, voici ce que j'ai vu ce soir-là :

Il était excellent.

Transcendant.

Il était plus à sa place sur cette scène qu'il a jamais été à sa place avec nous.

DANIEL

Un ado du coin pratiquement sûr que sa journée ne peut pas empirer. Il se trompe.

Lorsque j'entre dans le magasin, mon père est avec un client. Ses yeux me signifient qu'il aura beaucoup de choses à me dire tout à l'heure.

Autant lui donner des sujets de discussion supplémentaires.

L'affluence de la pause-déjeuner vient de se terminer, donc le magasin est presque vide. Il n'y a qu'un autre client : une femme qui regarde les sèche-cheveux.

Ne voyant pas Charlie nettoyer ou remplir un seul des rayons, j'en déduis qu'il doit être en train de buller dans la réserve, à l'arrière du magasin.

Je ne suis même pas nerveux. Je m'en fiche complètement s'il me défonce le crâne, pourvu que je lui dise d'abord ce que j'ai à lui dire. Je laisse tomber ma veste à côté de la porte de la réserve et je tourne la poignée. C'est fermé à clé.

Il n'y a pas de raison que cette pièce soit verrouillée, avec lui à l'intérieur. Il est sans doute en train de s'astiquer le manche, là-dedans.

Il ouvre la porte avant que j'aie le temps de la marteler à coups de poing. Au lieu de son air méprisant habituel, il affiche une expression fatiguée et est sur la défensive. Il a dû croire que c'était mon père qui voulait entrer.

Dès qu'il constate que ce n'est que moi, son visage se fend d'un petit sourire supérieur de parfait connard. Il regarde par-dessus mon épaule et autour de moi de manière très ostensible.

– Où est ta copine ?

Il prononce ce dernier mot comme si c'était une blague, ou de la même façon qu'on dirait « crotte de nez ».

Je reste planté là à l'observer, en essayant de comprendre non pas *comment* nous pouvons avoir un lien de parenté, mais *pourquoi*. Il passe devant moi en me bousculant, cognant exprès dans mon épaule.

– Elle t'a déjà plaqué ? me demande-t-il, après avoir jeté un rapide coup d'œil dans les allées pour vérifier qu'elle n'est vraiment pas là.

Son sourire de fouteur de merde est à présent bien accroché à sa face.

Il est en train de me provoquer, je le sais. Pourtant… je laisse son hameçon me percer comme si j'étais un poisson stupide qui s'était déjà fait hameçonner un milliard de fois et n'avait toujours pas pigé que les hameçons, ce sont les ennemis.

– Va te faire foutre, Charlie, lui dis-je.

Ça le prend au dépourvu. Son sourire s'efface et il m'observe avec attention. Je ne porte plus ma cravate ni ma veste. Ma chemise est sortie de mon pantalon. Je n'ai pas l'air de quelqu'un qui aura l'Entretien le Plus Important de sa Vie dans deux ou trois heures. Mais plutôt celui de quelqu'un qui a envie de se battre.

Il se gonfle tel un poisson-globe. Il a toujours été très fier de ses deux ans et cinq centimètres de plus que moi. Là, au fond du magasin, il n'y a que lui et moi, et ça lui donne de l'audace.

– Qu'est-ce que… tu fous… ici… petit… frère ? m'interroge-t-il.

Il s'avance vers moi, si bien que nos pieds se touchent, et il rapproche encore son visage du mien.

Il s'attend à ce que je me dégonfle.

Je ne me dégonfle pas.

– Je suis venu te poser une question.

Il recule très légèrement la tête et me répond :

– Oui, je veux bien la baiser. C'est ça qui s'est passé ? C'est moi qu'elle veut, et pas toi ?

Le truc, quand on est un poisson qui a mordu à un hameçon, c'est que plus on essaie de s'en libérer, plus on est piégé. L'hameçon ne fait que s'enfoncer plus profondément et on saigne un peu plus. On ne peut pas se tirer de cette fâcheuse situation. On ne peut que la vivre jusqu'au bout. En d'autres termes : l'hameçon doit nous traverser, et ça fait un mal de chien, purée.

– Pourquoi tu es comme ça ?

Si ma question le surprend, il ne le montre pas. Il continue avec ses conneries habituelles :

– Pourquoi je suis comment ? Plus grand, plus fort, plus intelligent, meilleur que toi ?

– Non. Pourquoi tu te comportes comme un connard avec moi ? Qu'est-ce que je t'ai fait ?

Cette fois-ci, il ne peut cacher son étonnement. Il s'écarte de moi, et recule même d'un pas.

– N'importe quoi, répond-il. C'est pour ça que tu es venu ici ? Pour te plaindre que je suis méchant avec toi ?

Il me regarde de nouveau de la tête aux pieds, avant d'ajouter :

– Tu ressembles à rien. Tu ne dois pas essayer d'entrer dans « École de Deuxième Choix », aujourd'hui ?

– Je m'en fous, de ce truc. Je n'ai même pas envie d'y aller.

Je dis ça à voix basse, mais ça me fait quand même du bien de le dire.

– Parle... plus... fort... petit frère. Je ne t'ai pas entendu.

– Je n'ai pas envie d'y aller.

Je hausse effectivement la voix, avant de me rendre compte que mon père a quitté la caisse et se tient désormais assez près de moi pour m'entendre. Il commence à faire un commentaire, mais à ce moment-là, le carillon de la porte tinte. Alors, mon père repart.

Je me retourne vers Charlie et reprends :

– Ça fait des années que je me pose cette question. Je t'ai peut-être fait quelque chose quand on était plus jeunes, et je ne m'en souviens pas.

Il s'étrangle de rire :

– Qu'est-ce que tu aurais pu me faire ? Tu es tellement minable !

– Donc, tu es un connard, point ? C'est juste ta nature ?

– Je suis plus fort. Plus intelligent. Et meilleur que toi.

– Si tu es si intelligent, qu'est-ce que tu fous ici, dans la réserve, Charlie ? C'est le syndrome du gros poisson dans une petite mare ? Est-ce que tu n'étais qu'un minuscule poisson trouduc à Harvard ?

Il serre les poings.

– Fais gaffe à ce que tu dis, m'avertit-il.

J'ai deviné juste. J'ai même tapé dans le mille.

– J'ai raison, hein ? Tu n'es pas le meilleur, là-bas. Il s'avère que tu n'es pas le meilleur ici non plus. Ça fait quoi de n'être que le Second Meilleur Fils ?

C'est moi qui brandis l'hameçon, à présent. Charlie est tout rouge et il se gonfle à nouveau. Il vient pratiquement coller son visage contre le mien. S'il serre davantage les mâchoires, elles vont se casser.

– Tu veux savoir pourquoi je ne t'aime pas ? Parce que tu es exactement comme eux, lâche-t-il en pointant son menton en direction de mon père. Toi et ta nourriture coréenne, tes amis coréens et tes cours de coréen. C'est minable. Tu ne piges pas, petit frère ? Tu es exactement comme tous les autres.

Deux secondes… Quoi ?

– Tu me détestes parce que j'ai des amis coréens ?

– Coréen, tu n'es *que* ça, crache-t-il. Alors qu'on n'est même pas de cette foutue Corée.

Maintenant, je comprends. Réellement. Certains jours, c'est difficile d'*être* en Amérique. Certains jours, j'ai l'impression d'être à mi-chemin de la Lune, coincé quelque part entre la Terre et elle.

L'envie de me battre me quitte. Je ne ressens plus que de la pitié pour lui à présent, et c'est précisément la pire chose que je puisse lui faire. Il lit ce sentiment sur mon visage. Ça le met en rage. Il me saisit au collet et me dit :

– Va te faire foutre. Tu crois que, parce que tu t'es laissé pousser les cheveux et que tu aimes la poésie, les gens vont te traiter différemment ? Parce que tu as amené une fille noire ici ? Ou devrais-je dire une Afro-Américaine, ou juste…

Je ne le laisse pas terminer sa phrase. Je pensais que j'allais devoir me préparer un peu, mais c'est inutile.

Je lui envoie une droite dans sa putain de tronche.

Comme mon poing le frappe au niveau de l'orbite, mes articulations touchent surtout l'os. Ça me fait plus mal que ça ne devrait alors que c'est censé être moi qui le tabasse. Il recule en trébuchant mais ne s'étale pas de tout son long comme les acteurs dans les films.

Franchement, c'est décevant. Il n'empêche, l'expression de son visage vaut bien tous-les-os-de-ma-main-que-je-pense-cassés. Je lui ai fait mal ; c'était mon intention. Je voulais qu'il sache que moi, son Petit Frère, j'étais capable d'arrêter de supporter ses conneries et de lui mettre une raclée. Objectif atteint.

Cependant, je n'ai pas cogné assez fort. Je vois son expression passer de la douleur à l'étonnement, puis à la fureur.

Il se jette sur moi avec son avantage de cinq centimètres et de dix kilos de muscles.

D'abord, il me donne un coup de poing dans le ventre. Je jure que c'est comme si son poing traversait mon estomac et ressortait par ma moelle épinière. Je me plie en deux en me disant que je vais peut-être me contenter de rester dans cette position, mais il ne s'arrête pas là. Il me redresse en m'attrapant par le col. Je tente de me protéger le visage avec mes mains parce que je devine que c'est là qu'il va me frapper, hélas, le coup qu'il m'a asséné rend mes mouvements lents.

Il me balance son poing sur le côté de la bouche. Ma lèvre s'ouvre à l'intérieur à cause du choc contre mes dents. Elle se fend également à l'extérieur parce que ce salaud me frappe alors qu'il porte une énorme bague. Ça va me laisser une cicatrice (peut-être permanente).

M'empoignant toujours par le col, il est sur le point de me décocher un autre coup, mais cette fois-ci, je suis prêt. Je couvre mon visage de mes mains et lui enfonce mon genou dans les testicules, fort, mais pas assez pour l'empêcher d'avoir de futurs rejetons démoniaques.

Eh oui, je suis sympa.

Il est à terre, serrant fort ses bijoux de famille dont il regrette qu'ils soient coréens, et moi, je me tiens la mâchoire, en essayant de vérifier si j'ai encore toutes mes dents, lorsque mon père vient vers nous.

– *Museun iriya ?* demande-t-il.

Ce qui se traduit approximativement par : « QU'EST-CE QUI SE PASSE ICI ? »

NATASHA

Assis à son bureau, maître Fitzgerald a les mains jointes par les bouts des doigts, formant un triangle, et les yeux rivés aux miens. Il se penche légèrement en avant. Je n'arrive pas à savoir s'il m'écoute, ou s'il fait semblant.

Combien d'histoires semblables à la mienne a-t-il entendues au cours de sa carrière ? Je suis stupéfaite de constater qu'il ne me demande pas d'aller droit au but. J'achève mon récit de la soirée en question :

– Les comédiens sont revenus trois fois sur scène pour saluer le public. Ils seraient revenus une quatrième fois si les spectateurs n'avaient pas commencé à sortir de la salle.

Peter et moi sommes restés à nos places, en attendant que notre père vienne nous chercher. Nous avons patienté pendant trente minutes. Selon moi, il avait oublié que nous l'attendions. Il est enfin apparu entre les épais rideaux rouges et a marché jusqu'au centre de la scène. Il est resté là pendant une minute entière, à fixer le théâtre désormais vide.

Je ne crois pas aux âmes, pourtant la sienne était sur son visage. Je ne l'ai jamais vu plus heureux qu'à cet instant. Je suis certaine qu'il ne le sera jamais plus que ce soir-là.

C'est Peter qui a rompu le charme, parce que moi, j'en étais incapable.

– Tu es prêt, papa ? a-t-il crié.

Mon père a baissé son regard absent vers nous. Lorsqu'il nous regarde comme ça, je ne sais pas si c'est lui qui n'est pas là ou si c'est nous.

Peter est devenu mal à l'aise, comme chaque fois que mon père se comporte de cette façon.

– Papa ? T'es prêt, man ?

Quand mon père nous a enfin parlé, sa voix était dénuée de toute trace de diction ou d'accent jamaïcains. On aurait dit un inconnu.

– Partez devant, les enfants, nous a-t-il dit. Je vous verrai tout à l'heure.

J'accélère la fin de mon récit. Mon père passe le reste de cette soirée avec ses nouveaux amis comédiens à arroser leur succès. Il boit trop d'alcool. En rentrant chez nous, il emboutit une voiture de police garée dans la rue. Dans son ivresse, il relate au policier toute l'histoire de notre arrivée en Amérique. J'imagine qu'il a monologué devant cet unique auditeur. Il lui explique que nous sommes des immigrés sans papiers, et que l'Amérique ne lui a jamais donné sa chance. L'officier l'arrête et appelle le Service de la sécurité et de l'immigration.

Maître Fitzgerald fronce les sourcils et me demande :

– Mais pourquoi votre père aurait-il fait une chose pareille ?

Je connais la réponse à cette question.

SAMUEL KINGSLEY

L'HISTOIRE D'UN PÈRE

PERSONNAGES
Patricia Kingsley, 43 ans
Samuel Kingsley, 45 ans

ACTE DEUX
SCÈNE TROIS

Une chambre. Un grand lit double doté d'une tête de lit domine l'espace. Un ou deux cadres, peut-être. Du côté du lit de Samuel, le sol est jonché de livres. Côté jardin, on voit une ouverture sur un couloir. La fille adolescente de Patricia et Samuel écoute, mais ni Patricia ni Samuel n'en ont conscience. Il n'est pas évident que cela aurait de l'importance pour eux s'ils le savaient.

PATRICIA : Oh, Kingsley. Seigneur, aie pitié.

Elle est assise au bord du lit. Elle tient son visage dans ses mains. Ses paroles sont étouffées.

SAMUEL : Ça veut rien dire, man. On va trouver un bon avocat.

Samuel Kingsley se tient debout de son côté de la pièce. Il est voûté et son visage est dans l'ombre. Un projecteur puissant éclaire la feuille de papier qu'il tient dans sa main gauche.

PATRICIA : Et comment on va payer un avocat, Kingsley ?

SAMUEL : Bon sang, Patsy. On va s'débrouiller, man.

Patricia retire les mains de son visage et regarde son mari comme si elle le voyait pour la première fois.

PATRICIA : Tu t'rappelles le jour où on s'est rencontrés ?

Samuel froisse lentement le papier dans sa main. Il continue à le faire pendant toute la scène.

PATRICIA : Tu t'rappelles pas, Kingsley ? Comment t'es entré dans le magasin, et ensuite t'as pas arrêté de revenir jour après jour. C'était si drôle. Tu achetais quelque chose et le lendemain tu revenais jusqu'à m'épuiser.

SAMUEL : C'était pas pour t'épuiser, Patsy. C'était pour te faire la cour.

PATRICIA : Tu t'souviens de toutes les promesses que tu m'as faites, Kingsley ?

SAMUEL : Patsy…

PATRICIA : Tu m'as dit qu'tous mes rêves se réaliseraient. On aurait des enfants, de l'argent et une grande maison. Tu m'as dit qu'mon bonheur était plus important que l'tien. Tu t'souviens de ça, Kingsley ?

Elle se lève du lit et le projecteur la suit dans ses déplacements.

SAMUEL : Patsy…

PATRICIA : Laisse-moi t'dire un truc. Je t'ai pas cru quand on a commencé à sortir ensemble. Mais au bout d'un moment, si. T'es un bon comédien, Kingsley, parce que tu m'as fait croire toutes les belles choses que tu m'as dites.

La feuille dans sa main est complètement chiffonnée à présent. Le projecteur éclaire son visage. Il n'est plus courbé. Il est en colère.

SAMUEL : Tu sais c'que j'en ai marre d'entendre ? J'en ai marre de tes rêves. Et les miens, alors ? Si toi et les enfants vous étiez pas là, j'aurais tout c'que j'veux. Tu t'plains de pas avoir de maison, de cuisine et de deuxième chambre. Et moi ? J'ai rien de c'que j'veux. J'peux pas exercer le talent que Dieu m'a donné. Je maudis le jour où chuis entré dans cette boutique. Sans toi et les enfants, ma vie s'rait meilleure. Je s'rais en train de faire le truc pour lequel Dieu m'a mis sur Terre. J'veux plus rien entendre de tes rêves. Y sont rien comparés aux miens.

NATASHA

Mais je ne raconte pas à maître Fitzgerald cette partie : que la femme et les enfants de mon père sont son plus grand regret parce que nous l'avons gêné sur le chemin de la vie dont il rêvait pour lui-même.

À la place, j'explique :

– Quelques semaines après son arrestation, on a reçu la lettre d'assignation à comparaître du Département de la sécurité intérieure.

Il consulte l'un des formulaires que j'ai remplis ce matin pour son assistante juridique, et sort un bloc-notes jaune de son tiroir.

– Alors, ensuite, vous vous êtes rendus à l'audience préliminaire. Vous étiez accompagnés d'un avocat ?

– Je ne suis pas allée avec mes parents. Et ils n'avaient pas d'avocat.

Ma mère et moi en avons beaucoup parlé avant le rendez-vous. Devions-nous prendre un avocat, que nous n'avions pas réellement les moyens de payer, ou attendre de voir ce qui se passerait à l'audience ? Nous avions lu sur Internet qu'un avocat n'était pas vraiment nécessaire pour ce premier rendez-vous. À ce stade, mon père maintenait toujours que tout s'arrangerait miraculeusement. Je ne sais pas. Nous avions peut-être envie de le croire.

Maître Fitzgerald secoue la tête et note quelque chose sur son bloc.

– Donc, lors de cette audience, poursuit-il, le juge dit à vos parents qu'ils ont la possibilité d'accepter le départ volontaire ou de déposer une demande d'abrogation de l'arrêté d'expulsion.

Après avoir consulté à nouveau mes formulaires, il ajoute :

– Votre frère est citoyen américain ?

– Oui.

Il note aussi cette information. Peter est né presque neuf mois jour pour jour après notre arrivée en Amérique. À l'époque, mes parents étaient encore heureux ensemble.

Pendant cette audience, mon père n'a pas accepté le départ volontaire. Ce soir-là, ma mère et moi nous sommes renseignées sur l'annulation d'une décision d'expulsion. Pour y avoir droit, il fallait que mon père vive aux États-Unis depuis au moins dix ans, ait des preuves de bonne moralité et puisse prouver que notre expulsion provoquerait une souffrance extrême chez une épouse, un parent ou un enfant, qui avait la nationalité américaine. Nous pensions que la citoyenneté américaine de Peter nous sauverait. Nous avons alors fait appel à l'avocate la moins chère que nous avons pu trouver et sommes allés à l'audience forts de cette nouvelle stratégie. Or, il s'avère qu'il est très difficile de prouver « une souffrance extrême ». Un retour à la Jamaïque ne mettra pas la vie de mon frère en danger, et personne, pas même Peter, ne se soucie du risque psychologique qu'il y a à déraciner un enfant de son pays.

– Et, à l'audience, le juge rejette vos arguments et votre père accepte le départ volontaire, conclut maître Fitzgerald avec impassibilité, comme si cette issue était inéluctable.

Je me contente de hocher la tête. Je ne suis pas sûre de pouvoir parler sans pleurer. Le peu d'espoir que j'avais s'éloigne doucement.

J'avais soutenu que nous devrions faire appel de la décision du juge, mais notre avocate nous l'avait déconseillé. Selon elle, nous n'avions pas d'argument nouveau, et donc pas d'alternative. Elle nous avait suggéré de quitter le pays volontairement pour éviter d'avoir un arrêté d'expulsion inscrit à nos casiers judiciaires. Ainsi, nous aurions un espoir de revenir un jour.

Fitzgerald pose son stylo et se laisse aller en arrière dans son fauteuil.

– Pourquoi êtes-vous allée au Service de la citoyenneté et de l'immigration aujourd'hui ? Votre affaire ne relève même pas de sa juridiction.

Je dois ravaler les larmes qui s'accumulent dans ma gorge pour pouvoir lui répondre :

– Je ne savais pas quoi faire d'autre.

La vérité c'est que, même si je ne crois pas aux miracles, j'en espérais un.

Il reste longtemps silencieux.

Finalement, je n'en peux plus :

– Ce n'est pas grave. Je sais que je suis à court d'options. J'ignore même pourquoi je suis venue vous voir.

Alors que je m'apprête à me lever, il me fait signe de me rasseoir. Il joint de nouveau les mains en arc-boutant les doigts et parcourt son bureau des yeux. Je suis son regard vers les cartons non déballés alignés contre le mur, à sa droite. Derrière lui, une échelle pliante est appuyée contre une étagère vide.

– Nous venons juste d'emménager, m'explique-t-il. Les ouvriers étaient censés avoir fini il y a des semaines, mais vous savez ce qu'ils disent à propos des plans…

Il sourit et touche le pansement sur son front.

– Est-ce que ça va, monsieur Fitz…

– Je vais bien, assure-t-il, en frottant son sparadrap.

Il saisit un cadre photo posé sur son bureau et le contemple.

– C'est la seule chose que j'ai déballée jusqu'ici, me confie-t-il.

Il me montre le cadre. C'est une photo de lui avec sa femme et ses deux enfants. Ils ont l'air heureux.

Je souris poliment.

Il le repose et me considère :

– On n'est jamais à court d'options, mademoiselle Kingsley.

Il me faut une seconde pour comprendre qu'il parle à nouveau de mon dossier. Je me penche en avant et lui demande :

– Êtes-vous en train de me dire que vous pouvez trouver une solution ?

– Je suis l'un des meilleurs avocats en droit de l'immigration de cette ville, affirme-t-il.

– Mais comment allez-vous vous y prendre ?

Je place mes mains sur son bureau, pressant mes doigts contre le bois.

– Je vais aller voir un de mes amis, qui est juge. Il pourra faire annuler votre acceptation de départ volontaire pour qu'au moins, vous ne soyez pas obligés de partir ce soir. Ensuite, nous pourrons déposer une requête en appel auprès du BIA, la cour d'appel des tribunaux d'immigration.

Il consulte sa montre :

– Accordez-moi deux ou trois heures.

J'ouvre la bouche pour demander plus d'informations et de détails précis. Je les trouve rassurants. C'est alors que le poème me revient : *L'espoir est cette chose avec des plumes.* Je referme la bouche. Pour la seconde fois aujourd'hui, je renonce à obtenir des renseignements supplémentaires. Je n'en ai peut-être pas besoin, après tout. Ce serait tellement agréable de laisser quelqu'un porter ce fardeau à ma place pendant un petit moment.

L'espoir est cette chose avec des plumes. Je le sens voleter dans mon cœur.

DANIEL

Mon père m'observe de la tête aux pieds, et j'ai l'impression d'être le fumiste minable pour lequel il m'a toujours pris. Je ne serai jamais que le Second Fils pour lui, quoi que fasse Charlie. Je dois avoir encore pire allure que lorsque je suis entré. Ma chemise a perdu son bouton du haut, là où Charlie m'a empoigné. Elle a même une tache de sang, qu'a laissée ma lèvre coupée. Je suis en sueur, et mes cheveux sont collés à un côté de mon visage. Un candidat à Yale de premier ordre, quoi.

– Va mettre de la glace sur ta lèvre et reviens ici, m'ordonne-t-il, avant de s'adresser ensuite à Charlie : Tu frappes ton petit frère ? C'est ça que t'as appris de l'Amérique ? À frapper ta famille ?

J'ai presque envie de rester pour voir où cette conversation va aller, mais ma grosse lèvre n'en finit pas de grossir. Je vais dans la réserve et j'attrape une cannette de Coca que je presse dessus.

Je n'ai jamais aimé cet endroit. Il est trop petit et toujours encombré de boîtes à moitié ouvertes. Étant donné qu'il est dépourvu de chaises, je m'assois par terre, le dos contre la porte pour que personne ne puisse entrer. J'ai besoin de cinq minutes pour reprendre ma vie en main.

Ma lèvre me cause des élancements en rythme avec les battements de mon cœur. Je me demande si j'ai besoin de points de suture. Je presse la cannette plus fort et j'attends de sentir (ou de ne pas sentir) un engourdissement.

Voici ce que je récolte pour avoir laissé les Parques me guider : je suis amoché, sans petite amie, sans avenir. Pourquoi ai-je reporté mon entretien ? Pire : pourquoi ai-je laissé Natasha ?

Elle avait peut-être raison. Je cherche juste quelqu'un pour me sauver. Pour m'enlever des rails sur lesquels est ma vie, parce que je ne sais pas comment le faire moi-même. Je cherche à être submergé par l'*amour*, les *il-était-écrit-que* et le *destin* afin que les décisions concernant mon avenir ne m'appartiennent pas. Ce ne sera pas moi qui défierai mes parents. Ce sera le destin.

La cannette de Coca est efficace. Je ne sens plus ma lèvre. C'est une bonne chose que Natasha ne soit pas là, parce que l'époque où j'embrassais est révolue, du moins pour aujourd'hui. En outre, avec elle, il n'y a pas de lendemain possible.

De toute façon, elle ne m'aurait jamais laissé l'embrasser de nouveau.

De l'autre côté de la porte, mon père m'ordonne de sortir. Je remets la cannette dans le frigo et rentre ma chemise dans mon pantalon.

J'ouvre la porte ; il est là, seul. Il se penche vers moi :

– J'ai une question pour toi, m'annonce-t-il. Pourquoi tu penses que ce que tu veux, ça compte ?

À en juger par le ton qu'il emploie, il est réellement déconcerté. *Qu'est-ce que c'est que ce* désir *et cette* envie *dont tu me parles ?* Le simple fait que ces choses comptent pour moi le plonge dans la perplexité.

– Qu'est-ce que ça peut faire, ce que tu *veux*? La seule chose qui compte, c'est ce qui est bon pour toi. Ta mère et moi, on se soucie *uniquement* de ce qui est bon pour toi. Tu vas à l'école, tu deviens médecin, tu réussis. Alors, t'es jamais obligé de travailler dans un magasin comme celui-ci. Alors, t'as de l'argent et on te respecte, et toutes les choses que tu veux viennent. Tu trouves une gentille fille, tu as des enfants et le Rêve américain. Pourquoi gâcher ton avenir pour des choses temporaires que tu veux seulement là, en ce moment ?

Mon père ne m'a jamais autant parlé d'un coup. Il n'est même pas en colère. Il s'exprime comme s'il essayait de m'apprendre quelque chose d'élémentaire. Un plus un égale deux, mon fils.

Depuis qu'il a offert la boîte de peinture à l'huile à *omma*, j'avais envie d'avoir une conversation de ce type avec lui. J'aimerais lui demander pourquoi il veut les choses qu'il veut pour nous. Pourquoi c'est si important à ses yeux. J'aimerais aussi lui demander s'il pense que la vie d'*omma* aurait été meilleure si elle avait continué à peindre. J'aimerais savoir s'il est triste qu'elle ait laissé tomber cette activité pour lui et pour nous.

Peut-être ce moment, juste là, entre mon père et moi, est-il le sens de cette journée. Peut-être vais-je pouvoir commencer à le comprendre. Peut-être va-t-il commencer à me comprendre.

– *Appa*…

Il lève une main pour me faire taire et la laisse dans cette position. Autour de nous, l'air est immobile et métallique. Son regard se pose sur moi, me traverse et me dépasse pour atteindre une autre époque.

– Non, dit-il. Tu me laisses finir. Peut-être que je vous rends la vie trop facile, à vous deux, mes fils. Peut-être que ceci est ma faute. Vous connaissez pas votre histoire. Vous savez pas ce que c'est d'être pauvre. Je vous en parle pas parce que je pense que c'est mieux comme ça. Vaut mieux pas savoir. Peut-être que j'ai tort.

Je suis si près. Je suis à deux doigts de le connaître. Nous sommes à deux doigts de nous connaître l'un l'autre.

Je vais lui dire que je ne veux pas des choses qu'il veut pour moi. Je vais lui dire que je m'en sortirai quand même.

Je recommence :

– *Appa*…

Il lève la main plus haut. De nouveau, je dois me taire. Il sait ce que je vais dire, et il ne veut pas l'entendre.

Mon père est façonné par le souvenir de choses que je ne connaîtrai jamais.

– Assez. Tu vas pas à Yale et tu deviens pas médecin, alors tu trouves un travail et tu paies tes études supérieures toi-même.

Sur ce, il retourne dans le magasin.

Je dois admettre qu'il y a quelque chose de rafraîchissant dans le fait de me présenter les choses de façon aussi claire. Un Avenir ou Pas d'Avenir.

Ma veste de costume gît toujours, froissée, par terre près de la porte. Je l'attrape et l'enfile. Le revers cache presque entièrement la tache de sang.

Je cherche Charlie des yeux, mais je ne le vois nulle part.

Je me dirige vers la porte. Mon père est derrière la caisse, les yeux perdus dans le vide. Je suis sur le point de sortir lorsqu'il me dit une dernière chose, qu'il a gardée pour la fin :

– J'ai vu comment tu regardes cette fille. Mais ça sera jamais possible.

– Je pense que tu as tort.

– Ce que tu penses n'a pas d'importance. Tu dois faire ce qu'il faut.

Nous nous fixons. Dans ses yeux, je lis qu'il ne sait pas trop ce que je vais faire.

Moi non plus.

DAE HYUN BAE

L'HISTOIRE D'UN PÈRE

Dae Hyun Bae ouvre et referme la caisse. La rouvre et la referme encore. Peut-être est-ce réellement sa faute si ses fils sont comme ils sont. Il ne leur a rien raconté de son passé. Parce qu'il est un père qui aime ses fils passionnément, et parce que c'est sa façon de les protéger. Il considère la pauvreté comme une maladie contagieuse ; par conséquent, il ne veut pas qu'ils en entendent parler de peur qu'ils ne l'attrapent.

Il ouvre le tiroir de la caisse et place les gros billets dans la pochette. Charlie et Daniel pensent que l'argent et le bonheur ne sont pas liés. Ils ignorent ce que c'est d'être pauvre. Ils ignorent que la pauvreté est un couteau bien aiguisé qui vous taillade sans relâche. Ils ignorent les dégâts qu'elle provoque sur un corps. Sur un esprit.

Lorsque Dae Hyun avait treize ans et qu'il vivait encore en Corée du Sud, son père commença à le préparer afin qu'il reprenne la médiocre entreprise familiale de pêche au crabe. C'était à peine si cette affaire rapportait de l'argent. Chaque saison était une lutte pour la survie. Et chaque saison, ils survivaient, mais tout juste. Pendant la plus grande partie de son enfance, Dae Hyun ne douta jamais qu'un jour, il reprendrait cette entreprise. Il était l'aîné de trois fils. C'était son rôle. La famille, c'est le destin.

Il se souvient encore du jour qui déclencha une petite rébellion dans sa tête. Pour la première fois, son père l'avait emmené sur son bateau de pêche. Dae Hyun détesta cette sortie. Pris au piège dans des paniers à mailles métalliques froids, les crabes formaient une furieuse colonne qui se contorsionnait dans tous les sens, animés par la rage du désespoir. Ils se hissaient les uns sur les autres à tâtons, dans une tentative désespérée de parvenir tout en haut pour s'échapper.

Encore aujourd'hui, le souvenir de ce premier jour ressurgit de façon inopinée. Dae Hyun aimerait l'oublier définitivement. Il avait imaginé qu'aller vivre en Amérique l'effacerait à jamais de sa mémoire. Or ce souvenir revient perpétuellement. Ces crabes n'abandonnèrent jamais. Ils luttèrent jusqu'à la mort. Ils auraient fait n'importe quoi pour s'échapper.

NATASHA

Je ne sais pas trop quoi penser, à présent. Je n'arrive pas vraiment à croire à ce qui s'est passé, ou peut-être n'ai-je pas eu assez de temps pour l'assimiler.

Je consulte mon téléphone. Bev m'a enfin répondu. Elle adore, adore, adore Berkeley. Elle pense qu'elle est destinée à étudier là-bas. En plus, les garçons californiens sont mignons, mais pas comme les New-Yorkais. Dans son dernier message, elle me demande comment je vais, et elle ponctue sa question d'une kyrielle d'emojis de cœur brisé. Je décide de l'appeler pour lui raconter ce que maître Fitzgerald m'a dit, mais elle ne décroche pas. Alors, je lui écris : *Appelle-moi.*

Je franchis les portes tambours, sors dans le patio, et là, je m'arrête net. Une poignée de gens déjeunent sur les bancs près de la fontaine. Des groupes d'individus en costume entrent et sortent à pas pressés de l'immeuble. À l'extérieur, le long du trottoir, des berlines de luxe noires garées les unes derrière les autres tournent au ralenti tandis que leurs conducteurs fument et discutent entre eux.

Comment ce jour peut-il être le même pour tout le monde ? Comment tous ces gens peuvent-ils vivre leur vie en ignorant totalement ce qui arrive dans la mienne ? Parfois, votre monde tremble si fort qu'il est difficile d'imaginer que toutes les autres personnes ne le ressentent pas, elles aussi. C'est ce que j'ai pensé quand nous avons reçu l'arrêté d'expulsion. Et quand j'ai appris que Rob me trompait.

Je ressors mon téléphone et cherche le numéro de Rob avant de me rappeler que je l'ai effacé. Mais mon cerveau retient les chiffres, alors je compose son numéro de mémoire. Je ne sais pas pourquoi je l'appelle, jusqu'à ce qu'il décroche.

– Saaluuuuuuut, Nat ! s'exclame-t-il d'une voix traînante.

Il n'a même pas l'élégance de paraître surpris.

– Je ne m'appelle pas Nat.

Maintenant que je l'ai au bout du fil, je ne suis plus sûre de vouloir lui parler.

– Pas cool, ce que ton nouveau mec et toi vous avez fait ce matin.

Sa voix est grave, lente et paresseuse, comme elle l'a toujours été. C'est bizarre comme les choses qui vous semblaient autrefois si charmantes peuvent devenir quelconques et ennuyeuses. Nous pensons vouloir passer le plus de temps possible avec les gens que nous aimons, alors que ce dont nous avons besoin, c'est peut-être l'inverse. Juste une quantité de temps limitée, pour continuer à croire que l'autre personne est intéressante. Peut-être n'avons-nous pas besoin des actes deux et trois. Peut-être que l'amour, c'est mieux à l'acte un.

Je ne relève pas sa critique, et je réprime ma forte envie de lui faire remarquer que c'est lui qui volait à l'étalage, et par conséquent, qui n'était pas cool.

– Il faut que je te pose une question, lui dis-je.

– Vas-y.

– Pourquoi tu m'as trompée ?

Quelque chose tombe par terre à l'autre bout de la ligne, et il commence trois phrases différentes en bégayant.

– Détends-toi. Je ne t'appelle pas pour t'engueuler, encore moins pour te demander qu'on ressorte ensemble. Je veux juste savoir. Pourquoi tu n'as pas tout simplement cassé avec moi ? Pourquoi tricher ?

– Je ne sais pas, répond-il, en réussissant à trébucher sur ces quatre mots.

– Allez ! Il doit bien y avoir une raison.

Il réfléchit en silence, avant de répéter :

– Je ne sais vraiment pas.

Cette fois, c'est moi qui reste silencieuse.

– Tu es super, me complimente-t-il. Et Kelly est super. Je ne voulais pas te blesser et je ne voulais pas la blesser.

Il semble sincère, mais je ne sais pas quoi faire de sa justification.

– N'empêche que tu devais la préférer à moi pour me tromper, hein ?

– Non. C'est juste que je vous voulais toutes les deux.

– C'est tout ? Donc, tu n'avais pas envie de choisir ?

– Exactement, confirme-t-il, comme si c'était une explication suffisante.

Sa réponse est si incroyablement insatisfaisante, si minable, que je manque de raccrocher. Daniel n'éprouverait jamais ce genre de choses. Son cœur choisit.

– Encore une question : est-ce que tu crois au grand amour et à tout ça ?

– Non. Tu le sais très bien. Tu n'y crois pas, toi non plus, me rappelle-t-il.

Ah bon ?

– OK. Merci.

Je m'apprête à raccrocher, mais il me demande :

– Est-ce qu'au moins je peux te dire que je suis désolé ?

– Je t'écoute.

– Je suis désolé.

– D'accord, dis-je. Ne trompe pas Kelly.

– Entendu, approuve-t-il, d'une voix sincère.

Je devrais appeler mes parents et leur rapporter ce que maître Fitzgerald m'a dit, mais ce n'est pas à eux que j'ai envie de parler là, tout de suite. Daniel. J'ai besoin de le retrouver pour tout lui raconter.

Rob affirme que je ne crois pas au grand amour. Et il a raison. Je n'y crois pas.

Mais il se pourrait que je veuille y croire.

DANIEL

Je sors du magasin. Une violoniste se tient debout sur une caisse à lait devant le bureau du prêteur sur gages qui se trouve juste à côté. Elle est pâle, maigre et débraillée, de manière en quelque sorte poétique, comme un personnage tout droit sorti de *David Copperfield*. Contrairement à elle, le violon est en parfait état. Je l'écoute pendant quelques secondes, sans savoir si elle est douée. Je sais qu'il y a une façon objective de juger ces choses. Joue-t-elle avec justesse, sans faire aucune fausse note ?

Mais on peut aussi juger les choses autrement : cette musique qui est jouée ici même, en cet instant précis, a-t-elle de l'importance pour quelqu'un ?

Je décide qu'elle en a pour moi. Je retourne vers la violoniste à petits pas pressés et je dépose un dollar dans son chapeau. Il y a un écriteau posé à côté mais je ne le lis pas. Je n'ai pas vraiment envie de connaître son histoire. Je veux seulement la musique et le moment.

Mon père a dit que Natasha et moi, ça ne serait jamais possible. Peut-être a-t-il raison, mais pas pour les motifs qu'il croit. Qu'est-ce que j'ai été bête ! Je devrais être avec elle en ce moment, même si aujourd'hui est tout ce que nous avons. Surtout si aujourd'hui est tout ce que nous avons.

Nous vivons à l'Âge du Téléphone Portable, pourtant je n'ai pas son numéro. Je ne connais même pas son nom de famille. Comme un imbécile, je tape sur Google : « Natasha Facebook New York », et j'obtiens cinq millions sept cent quatre-vingt mille résultats. Je clique sur une centaine de liens, mais, bien que toutes ces Natasha soient plutôt ravissantes, aucune d'elles n'est *ma* Natasha. Qui aurait cru que son prénom était si populaire ?

Il est seize heures quinze ; les rues commencent à se remplir de travailleurs qui rentrent en métro dans leurs banlieues. Comme moi, ils ont une allure négligée. Je trottine sur le bord du trottoir pour ne pas être ralenti par les piétons.

Je n'ai pas de plan, à part la retrouver. La seule chose que je puisse faire, c'est retourner à sa Dernière Position Connue – le cabinet de l'avocat, sur la Cinquante-Deuxième Rue –, puis espérer que le Destin sera avec moi et qu'elle sera toujours là-bas.

NATASHA

Un homme et sa petite amie, qui portent tous les deux une crête bleu vif, se disputent devant l'entrée du métro de la Cinquante-Deuxième Rue. Ils s'expriment par ces drôles de chuchotements bruyants des couples qui se disputent en public. Je n'entends pas ce qu'ils se disent, mais leurs gestes sont éloquents. Il l'écœure. Elle l'exaspère. Ils ne sont vraiment pas au début de leur relation. Ils semblent tous deux trop las pour que ce soit le cas. On devine qu'ils ont une longue histoire rien qu'à la façon dont ils se penchent l'un vers l'autre. Est-ce la dernière querelle qu'ils auront jamais ? Celle qui mettra un point final à leur relation ?

Je me retourne vers eux après les avoir dépassés. Je suis certaine qu'ils s'aimaient autrefois. Peut-être s'aiment-ils encore, mais ça ne se voit pas quand on les regarde.

DANIEL

Je descends dans le métro et je prie les dieux du métro (oui, ils sont plusieurs) pour que le trajet s'effectue sans problèmes électriques et sans conducteur à la foi religieuse douteuse.

Et si j'arrive trop tard ? Et si elle est déjà repartie ? Et si le fait de m'être arrêté pour donner un dollar à cette violoniste avait déclenché une série d'évènements qui vont me la faire manquer ?

Le métro entre dans la station. Au même moment, juste de l'autre côté du quai arrive celui qui vient du centre-ville. Les portes de ma rame se referment, mais le train ne bouge pas.

Sur le quai, un groupe d'une vingtaine d'individus vêtus de combinaisons moulantes aux couleurs vives apparaît. Dans ce décor gris foncé, on dirait des oiseaux tropicaux. Ils se mettent en rang puis se figent, en attendant quelque chose.

C'est une *flash mob.* Le train de l'autre côté du quai ne repart pas non plus. L'un des danseurs, en tenue bleu électrique et portant une grosse radiocassette, appuie sur le bouton « play ».

Au début, c'est désordonné, chacun danse sur son propre rythme, mais je m'aperçois ensuite que les danseurs sont simplement en décalage de quelques secondes. C'est comme s'ils dansaient en canon. Ils commencent par de la danse classique, puis passent au disco et au breakdance, avant que des policiers interviennent. Les danseurs se dispersent et mes compagnons de voyage applaudissent frénétiquement.

Ma rame repart, mais l'atmosphère a complètement changé. Les gens se sourient et disent combien cette *flash mob* était super. Au moins trente secondes s'écoulent avant que tout le monde n'enfile de nouveau son masque de protection « je-suis-dans-un-métro-rempli-d'inconnus ». Je me demande si c'était l'intention des danseurs : nous faire communiquer les uns avec les autres ne serait-ce que pendant un court instant.

NATASHA

Je suis assise dos au quai, donc je ne vois pas vraiment comment ça commence. Je comprends qu'il se passe un truc inhabituel uniquement parce que tous les passagers du métro semblent regarder quelque chose derrière moi. Je me retourne et constate qu'il y a une *flash mob* de danseurs sur le quai. Ils portent tous des vêtements très colorés et exécutent une chorégraphie disco.

« Il n'y a qu'à New York qu'on peut voir ça », me dis-je avant de sortir mon téléphone pour prendre quelques photos. Mes compagnons de voyage poussent des cris de joie et applaudissent. L'un d'eux se met même à faire ses propres mouvements.

Le spectacle ne dure pas longtemps, parce que trois policiers l'interrompent. Quelques *hou !* s'élèvent, puis chacun recommence à s'impatienter parce que le métro reste à l'arrêt.

Normalement, je me serais demandé quelle était l'utilité de ce rassemblement éclair. Ces gens n'avaient-ils pas de travail ou autre chose de mieux à faire ? Si Daniel était là, il dirait que c'est peut-être la chose qu'ils sont censés faire. Peut-être que l'objectif de ces danseurs est simplement d'apporter un peu d'émerveillement dans nos vies. Et cela n'est-il pas un but aussi valable que n'importe quel autre ?

DANIEL

Je me précipite hors de la station de la Cinquante-Deuxième Rue et manque de foncer dans un couple en train de se rouler de sacrées pelles. Même sans leurs cheveux bleus, ce gars et cette fille passeraient difficilement inaperçus parce qu'ils sont pour ainsi dire soudés l'un à l'autre de la tête aux pieds. Il leur faut une chambre, tout de suite. Sérieusement. On dirait qu'ils se livrent à une urgente séance de pelotage, ici même, sur le trottoir. Ils tiennent chacun les fesses de l'autre fermement dans leurs mains. Empoignage de fesses mutuel.

Un homme à la mine pincée émet un bruit désapprobateur en passant près d'eux. Un petit garçon les observe bouche bée. Son père lui couvre les yeux.

Les regarder me rend excessivement heureux. *Quand on est amoureux, on a envie que tout le monde le soit*: je suppose que ce cliché est vrai. J'espère que leur relation durera toujours.

NATASHA

Je tourne à droite sur le boulevard Martin Luther King et je me dirige vers le magasin de Daniel. Devant la boutique attenante, debout sur une caisse à lait, une fille joue du violon. Elle est blanche, avec de longs cheveux bruns qu'elle n'a pas lavés depuis longtemps. Son visage est trop maigre, pas maigre à la mode, mais maigre affamé. Elle a une allure si étrange et si triste que je suis obligée de m'arrêter.

Sur l'écriteau posé devant son chapeau, je lis : S'IL VOUS PLAÎT AIDEZ-MOI. J'AI BESOIN DE $$$ POUR RACHETER MON VIOLON À L'USURIER. Une grosse flèche noire désigne la boutique du prêteur sur gages. Je ne peux pas imaginer comment la vie l'a conduite à cet endroit, mais je sors un dollar et le dépose dans son chapeau, ce qui lui fait maintenant un total de deux dollars.

La porte du mont-de-piété s'ouvre, et un homme blanc énorme, vêtu d'un survêtement blanc, sort et vient vers nous. Il a des bajoues et l'air de mauvaise humeur.

– C'est l'heure, lance-t-il, en lui tendant sa gigantesque main.

Elle s'arrête aussitôt de jouer et saute de la caisse à lait. Elle ramasse l'argent dans le chapeau et le lui donne. Elle lui remet même le chapeau.

Survêtement empoche les billets et met le chapeau sur sa tête.

– Il reste combien ? demande la fille.

Il sort un petit carnet et un crayon de sa poche, écrit quelque chose.

– Cent-cinquante-et-un dollars et vingt-trois cents, répond-il.

Puis il claque ses doigts vers elle pour qu'elle lui rende le violon.

Elle serre l'instrument contre sa poitrine avant de le lui donner.

– Je reviendrai demain, déclare-t-elle. Vous me promettez de ne pas le vendre ?

Il acquiesce d'un grognement.

– Tu te pointes, je ne le vends pas, concède-t-il.

– Je vous promets de revenir.

– Les promesses, ça ne vaut rien, déclare-t-il, avant de rentrer dans sa boutique.

Elle contemple la devanture pendant un long moment. J'observe son visage, mais je ne parviens pas à savoir si elle est d'accord avec lui ou non.

DANIEL

Même si Natasha était toujours ici, je ne saurais pas où aller dans ce monstre de verre qu'est l'immeuble. Je scrute le tableau affichant le nom des différentes sociétés, en tentant de deviner où elle peut être. Je sais qu'elle est allée voir un avocat, mais ce panneau-répertoire n'est pas très précis. Par exemple, il ne dit pas : *Maître Untel, avocat spécialiste en droit de l'immigration de filles jamaïcaines de dix-sept ans prénommées Natasha.* Je fouille dans ma mémoire, mais je sèche.

Je sors mon téléphone : un tout petit peu plus d'une heure avant mon Rendez-Vous avec le Destin. Il me vient à l'esprit que je devrais vérifier l'adresse donnée par la réceptionniste ce matin. Si c'est trop loin, ce sera l'excuse toute trouvée pour laisser tomber.

Cependant, selon Google Maps, j'y suis déjà. Soit Google est en pleine crise existentielle, soit c'est moi. Je relis l'adresse puis lève les yeux sur le panneau-répertoire.

Sans blague. Mon entretien a bien lieu dans cet immeuble.

Je suis déjà là où je suis censé être.

NATASHA

Je pousse la porte et le carillon tinte avec un optimisme heureux. Je ne suis pas aussi optimiste par rapport à la chance que j'aurai ici. Mais je dois essayer.

Alors que je m'attends à voir le père de Daniel derrière le comptoir, je trouve Charlie. Il est en train de taper quelque chose sur son téléphone portable et lève à peine les yeux. Je me demande avec qui je serai plus chanceuse : Charlie ou son père. Hélas, je n'ai pas le choix, parce que son père n'est pas dans les parages.

J'avance vers la caisse.

– Salut, dis-je.

Il continue à écrire pendant quelques secondes avant de jeter son portable sur le comptoir. Sans doute pas la meilleure façon d'accueillir un client potentiel.

– Je peux vous aider ? me demande-t-il lorsqu'il me regarde enfin.

Je suis choquée de constater que la zone de son orbite est rouge et gonflée. Demain matin, il aura une ecchymose noir et bleu. Il lève la main et touche son œil, embarrassé. Les articulations de ses doigts aussi sont contusionnées.

Il lui faut une seconde pour me reconnaître.

– Attends. Tu es la petite copine de Daniel, non ?

Il doit travailler son sourire méprisant devant le miroir. Il est très doué.

– Oui.

Il cherche Daniel en regardant derrière moi et me demande :

– Où est ce petit salaud ?

– Je ne sais pas trop. J'espérais…

Je m'interromps car il m'adresse lentement un large sourire. Je crois qu'il essaie d'être sexy. Je peux voir comment, si on ne le connaissait pas du tout, ça marcherait. Cependant, puisque je le connais un peu, son sourire me donne envie de lui envoyer mon poing dans l'autre œil.

– Tu reviens pour le meilleur frère, à ce que je vois, déclare-t-il.

Il cligne du mauvais œil avant de tressaillir de douleur.

Fait Observable : je ne crois pas au karma.

Mais je peux changer.

Je lui demande :

– Tu as son numéro de portable ?

Il s'adosse à sa chaise et prend son téléphone sur le comptoir.

– Vous vous êtes disputés, ou quelque chose comme ça ? me questionne-t-il.

Bien que je n'aie aucune envie de lui dire quoi que ce soit, je dois faire en sorte que cet échange reste cordial.

– Quelque chose comme ça, oui. Tu l'as, son numéro ?

Il fait sauter son portable d'avant en arrière et continue :

– Ton truc, c'est les mecs coréens, ou quoi ?

Il sourit d'un air narquois mais me regarde avec insistance. Au début, je pense qu'il est juste en train de me provoquer, mais ensuite je me rends compte qu'il est sérieux. Il tient à connaître ma réponse. Je ne sais pas trop s'il sait lui-même à quel point il y tient.

– Pourquoi il faudrait forcément que ce soit mon truc ? Pourquoi je ne pourrais pas apprécier ton frère simplement pour ce qu'il est, lui ?

Il fait *pff !* puis réplique :

– Je t'en prie. Qu'est-ce qu'il a qui pourrait t'attirer ? Des types comme lui, il y en a à la pelle.

C'est à ce moment-là que je comprends quel est le problème de Charlie avec Daniel. Il déteste le fait que Daniel ne se déteste pas. Malgré tous ses questionnements, Daniel est mieux dans sa peau que Charlie le sera jamais dans la sienne.

J'ai pitié de lui, mais je ne le montre pas.

– S'il te plaît, aide-moi, lui dis-je.

– Explique-moi pourquoi je devrais t'aider.

Il ne ricane plus, n'a plus son sourire narquois. C'est lui qui détient tout le pouvoir, et nous le savons tous les deux. Je ne le connais pas assez pour faire appel à son bon fond. Je ne suis même pas certaine qu'il en ait un.

– Pense à tous les ennuis que je vais causer à ton frère, lui dis-je. Il est amoureux de moi. Il ne laissera pas tomber quoi que tes parents disent ou fassent. Tu n'auras qu'à te détendre et profiter du spectacle.

Il renverse la tête en arrière et rit aux éclats. Ce n'est vraiment pas une bonne personne. Enfin, il a peut-être de bons côtés. Comme la plupart des gens, je pense. Toutefois, les mauvais côtés de Charlie l'emportent sur les bons. Je suis persuadée qu'il a des raisons valables d'être comme il est ; néanmoins je décide que ces raisons ne comptent pas.

Certaines personnes existent dans votre vie pour l'embellir. D'autres pour l'enlaidir.

Pourtant, Charlie fait une chose gentille pour son frère : il me donne son numéro.

DANIEL

Mon téléphone sonne, et je manque de le lâcher, comme s'il était possédé. Bien que je ne reconnaisse pas le numéro, je décroche.

– Allô ?

– C'est Daniel ?

– Natasha ? dis-je, même si je sais que c'est elle.

– Oui, c'est moi, confirme-t-elle.

J'entends un sourire dans sa voix.

– C'est ton frère qui m'a donné ton numéro.

Là, je commence à flairer une farce de la part de mon connard de frère. Il ne ferait jamais quelque chose d'aussi gentil.

– Qui est à l'appareil ? dis-je.

– Daniel, c'est moi. C'est vraiment moi.

– Il t'a donné mon numéro ?

– Il n'est peut-être pas si mauvais, après tout.

– À d'autres !

Nous éclatons de rire tous les deux.

Je l'ai trouvée.

Enfin, elle m'a trouvé.

Je n'en reviens pas.

– Où es-tu ?

– Je ressors juste de ton magasin. Et toi, tu es où ?

– Dans l'immeuble où il y a ton avocat.

– Quoi ? Mais pourquoi ?

– C'est le seul endroit auquel j'ai pensé pour te retrouver.

– Tu me cherches ? m'interroge-t-elle d'une voix timide.

– Est-ce que tu vas me pardonner d'avoir été un abruti tout à l'heure ?

– Ce n'est pas grave. J'aurais dû te prévenir.

– Ça ne me regardait pas.

– Si, au contraire, affirme-t-elle.

Ce ne sont pas les trois mots que j'ai envie d'entendre dans sa bouche, mais ils s'en rapprochent sacrément.

NATASHA

Il est assis sur l'un des bancs face à la fontaine ; il écrit dans son carnet. Je savais que je serais heureuse de le revoir, mais je ne m'attendais pas à en éprouver de la jubilation. Je dois me retenir de sautiller et de taper dans mes mains, peut-être même de faire une pirouette.

Jubilation.

Ça ne me ressemble pas.

Alors, je me contrôle.

Toutefois, mon sourire se mesure en kilomètres et non en centimètres.

Je me glisse sur le banc et heurte son épaule avec la mienne. Il lève son carnet devant son visage, dissimulant sa bouche, puis se tourne vers moi. Il a les yeux écarquillés et qui pétillent. Je pense que personne n'a jamais été aussi heureux de voir quelqu'un que Daniel est heureux de me voir.

– Salut, me dit-il de derrière son carnet.

Je tends la main pour l'abaisser, mais il me tourne le dos.

– Qu'est-ce qui ne va pas ?

– Je crois que je me suis un peu battu, avoue-t-il.

– Tu t'es *un peu* battu, et maintenant, je n'ai plus le droit de voir ton visage ?

– Je voulais juste te prévenir.

Je tends de nouveau la main. Cette fois-ci, il me laisse baisser son carnet. Le côté droit de sa lèvre est enflé et contusionné. On dirait qu'il a fait un match de boxe.

– Tu t'es battu contre ton frère, dis-je, en faisant le lien.

– Il l'avait bien mérité, se justifie-t-il, en gardant le visage impassible.

Il ne veut pas s'épancher, pour me préserver.

– Je ne pensais pas que les poètes se bagarraient.

– Tu rigoles ? Il n'y a pas pire que nous.

Il me sourit, mais tressaille à cause de la douleur.

– Ça va, m'assure-t-il, en voyant ma réaction. Ce n'est pas si grave que ça en a l'air.

– Pourquoi vous vous êtes battus ?

– Ça n'a pas d'importance.

– Si…

– Non.

Il est à présent bouche cousue. Il ne me dira pas ce qui s'est passé.

Même si je connais déjà la réponse, je lui demande :

– C'était à propos de moi ?

Il hoche la tête.

Je décide de laisser tomber le sujet. Ça me suffit de savoir qu'il est capable de se battre pour moi.

– J'étais assez en colère contre toi, tout à l'heure, dis-je.

J'ai besoin de lui avouer ça avant d'aller plus loin.

– Je sais. Je suis désolé. C'est juste que je n'en revenais pas.

– Que je ne t'aie pas informé de ma situation ?

– Non. Qu'après toutes les choses qui ont dû se passer pour nous faire nous rencontrer aujourd'hui, un autre truc allait nous séparer.

– Tu es vraiment incorrigible.

– C'est possible, admet-il.

Je pose ma tête sur son épaule et lui parle de ma visite au musée, d'Ahnighito et de toutes les choses qui ont nécessairement dû se passer comme il fallait pour que notre système solaire, notre galaxie et notre univers se forment. J'ajoute que, comparé à ça, tomber amoureux semble simplement résulter de petites coïncidences. Il n'est pas d'accord, et j'en suis ravie. Je tends de nouveau le bras et touche sa lèvre. Il attrape ma main, colle sa tête contre ma paume et en embrasse le centre. Avant maintenant, je n'avais jamais vraiment compris l'expression : « Il y a une alchimie entre eux. » En fin de compte, tout est alchimie. Tout est combinaison et réaction.

Les atomes de mon corps s'alignent avec ceux de son corps. C'est comme ça que, ce matin, j'ai su qu'il était encore dans le hall de l'immeuble.

Il dépose un autre baiser au centre de ma paume, et je soupire. Le contact physique avec lui provoque en moi l'ordre et le chaos, c'est comme si on m'assemblait et me désassemblait en même temps.

– Au téléphone, tu m'as dit que tu avais une bonne nouvelle, se rappelle-t-il.

Je lis l'espoir dans ses yeux écarquillés. Et si ça n'avait pas marché ? Comment aurions-nous survécu à notre séparation ? Parce que, maintenant, je trouve inconcevable l'idée que nous ne soyons pas forcément liés. Mais bon, bien sûr que nous aurions survécu. On ne meurt pas d'une séparation.

N'empêche, je suis contente que nous n'ayons pas à le découvrir.

– L'avocat pense qu'il peut arranger les choses, dis-je. D'après lui, je pourrais rester.

– Jusqu'à quel point en est-il certain ? me demande-t-il.

Étonnamment, il est plus sceptique que moi.

– Ne t'inquiète pas. Il avait l'air assez sûr de lui, dis-je.

Et là, je laisse mes larmes de bonheur couler. Pour une fois, je ne suis pas gênée de pleurer.

– Tu vois ? fait-il. Nous sommes faits l'un pour l'autre. Allons fêter ça.

Il m'attire contre lui. J'enlève l'élastique de ses cheveux et je passe mes doigts dedans. Il enfouit à son tour les siens dans mes cheveux et se penche pour m'embrasser, mais je pose mon index sur ses lèvres.

– Garde ce baiser une minute, lui dis-je.

Soudain, je veux téléphoner à quelqu'un. C'est une impulsion absurde, mais Daniel a presque réussi à me faire croire au destin.

Toute cette suite d'évènements a été déclenchée par l'employée de la sécurité qui m'a retardée ce matin. Si elle n'avait pas tripoté mes affaires comme elle l'a fait, je n'aurais pas été en retard à mon rendez-vous. Il n'y aurait alors pas eu de Lester Barnes, pas de maître Fitzgerald. Pas de Daniel.

Je fouille dans mon sac à dos et j'en ressors la carte de visite de Lester Barnes. Je compose son numéro et tombe tout de suite sur son répondeur. Je laisse un message confus dans lequel je le remercie de m'avoir aidée, et je lui demande de remercier l'agente de sécurité pour moi.

Je précise : « Elle a de longs cheveux châtains, un regard triste et elle touche les affaires de tout le monde. »

Juste avant de raccrocher, je me souviens de son prénom :

« Je crois qu'elle s'appelle Irene. S'il vous plaît, dites-lui merci de ma part. »

Daniel me considère d'un air interrogateur. Je me blottis de nouveau dans ses bras et lui dis, tout contre ses lèvres :

– Je t'expliquerai plus tard. On retourne au *norebang* ?

J'ai l'impression que mon cœur va jaillir de ma poitrine.

– Non, me répond-il. J'ai une meilleure idée.

DANIEL

Tandis que je la remmène dans l'immeuble, je lui lance :

– Tu veux entendre un truc dingue ? Mon rendez-vous a lieu ici, aussi.

– Tu rigoles ! s'exclame-t-elle, en s'arrêtant brièvement de marcher.

Je lui adresse un large sourire ; je meurs d'envie de savoir comment son cerveau scientifique va interpréter cet extraordinaire niveau de coïncidences.

– Combien y avait-il de chances pour que ça arrive ?

– Tu t'amuses bien, hein ? rétorque-t-elle en se moquant de moi.

– Tu vois ? J'ai raison depuis ce matin. Il était écrit qu'on se rencontrerait. Si on ne s'était pas rencontrés plus tôt, on se serait peut-être rencontrés maintenant.

Bien que ma logique soit totalement réfutable, elle ne la réfute pas. À la place, elle glisse sa main dans la mienne et me sourit. Il se peut que j'aie déjà fait d'elle une partisane de ma théorie.

Mon idée est d'aller sur le toit pour nous rouler des pelles en toute intimité. Nous nous enregistrons au guichet de la sécurité pour mon rendez-vous. L'agent nous indique les ascenseurs. Celui dans lequel nous montons doit être l'omnibus parce qu'il s'arrête presque à chaque étage. Des gens en costume entrent et sortent, parlant fort de Choses Très Importantes. En dépit de ce que Natasha m'a dit ce matin, je ne pourrais jamais travailler dans un immeuble comme celui-ci. Enfin, nous arrivons au dernier étage. Nous sortons de l'ascenseur, trouvons un escalier, montons une volée de marches et nous retrouvons devant une porte grise sur laquelle est accroché un écriteau : ACCÈS AU TOIT INTERDIT.

Je refuse de le croire. Visiblement, le toit est juste derrière cette porte. Je tourne la poignée, espérant un miracle, mais elle est verrouillée.

J'appuie ma tête contre l'écriteau en disant :

– Sésame, ouvre-toi.

Comme par magie, la porte s'ouvre. Je m'exclame :

– Ben, qu'est-ce que… ?!

Je manque de tomber en avant, et me cogne contre l'agent de sécurité du hall d'entrée. Contrairement à nous, il a dû prendre l'ascenseur express.

– Vous n'êtes pas autorisés à monter ici, les jeunes, grogne-t-il.

Il sent la fumée de cigarette.

J'entraîne Natasha avec moi dans l'embrasure de la porte.

– On veut juste admirer la vue, dis-je, de ma voix la-plusrespectueuse-mais-légèrement-suppliante-quoique-non-geignarde.

Sceptique, il hausse les sourcils et commence à dire quelque chose, mais il est pris d'une soudaine quinte de toux qui le plie en deux, et il se frappe sur la région du cœur avec le poing.

– Est-ce que ça va ? s'enquiert Natasha.

À présent, il s'est un peu redressé, mais garde les deux mains sur ses cuisses. Natasha lui touche l'épaule.

– Je tousse beaucoup, dit-il entre deux quintes.

– Eh bien, vous ne devriez pas fumer, estime-t-elle.

Il se redresse complètement et s'essuie les yeux.

– Tu parles comme ma femme.

– Elle a raison, lui répond-elle sans se démonter.

J'essaie de lui adresser un regard qui signifie *ne fâche pas le vieil agent de sécurité malade des poumons sinon il ne nous laissera pas aller sur le toit et on ne pourra pas se rouler des pelles*, mais même si elle a bien interprété l'expression de mon visage, elle n'en tient pas compte.

– J'ai travaillé pendant plusieurs étés à l'hôpital en tant que *candy striper*[1] dans un service de pneumologie. Vous avez une vilaine toux.

Nous la dévisageons tous les deux. Moi, parce que je l'imagine dans sa robe rayée, avant de l'imaginer sans. Je suis presque certain que ça va devenir mon nouveau fantasme nocturne.

---

1. *Candy striper*: aux États-Unis, jeune fille bénévole s'occupant d'œuvres de bienfaisance dans un hôpital. Ce terme renvoie aux robes chasubles à rayures rouges et blanches que portaient traditionnellement ces jeunes filles et qui rappellent les sucres d'orge. (N.d.T.)

En revanche, j'ignore pourquoi lui, il la dévisage. Pas pour la même raison, j'espère.

– Donnez-les-moi, exige-t-elle, en tendant la main pour qu'il lui remette son paquet de cigarettes. Vous devez arrêter de fumer.

Je ne sais pas comment elle réussit à prendre un ton si sincèrement inquiet et si autoritaire à la fois.

Il sort le paquet de la poche de sa veste et lui lance :

– Tu crois que je n'ai pas essayé ?

Je l'observe. Il est trop vieux pour faire ce boulot. Il devrait être à la retraite, en train de gâter ses petits-enfants quelque part en Floride.

Natasha garde la main tendue jusqu'à ce qu'il lui donne son paquet.

– Prends bien soin de celle-ci, me conseille-t-il avec un sourire.

– Oui, monsieur.

Il remet sa veste et lui demande :

– Comment peux-tu savoir que je ne vais pas aller m'en acheter d'autres ?

– Je ne peux pas le savoir, je suppose, répond-elle en haussant les épaules.

Il la regarde pendant un long moment, avant d'ajouter :

– La vie ne se passe pas toujours comme on l'avait prévu.

Je vois qu'elle ne le croit pas. Lui aussi, mais il n'insiste pas.

– Ne vous approchez pas du bord, nous recommande-t-il en nous adressant un clin d'œil. Amusez-vous bien.

JOE

UNE HISTOIRE TOUTE PRÉVUE

La fille lui a rappelé un peu sa Beth. Directe mais gentille. C'est pour cette raison, plus que pour toute autre, qu'il leur a permis de rester sur le toit. Il sait parfaitement que la seule vue qu'ils vont admirer, ce sont leurs visages respectifs. « Il n'y a pas de mal à ça », songe-t-il.

Lui et sa Beth étaient pareils. Et pas seulement au début, mais tout au long de leur mariage. Ils avaient gagné à la loterie l'un avec l'autre, aimaient-ils dire.

Beth est morte l'année dernière. Six mois après qu'ils ont pris tous les deux leur retraite. En fait, le diagnostic du cancer est tombé le lendemain de leur départ en retraite. Ils avaient tant de projets. Une croisière en Alaska pour contempler les aurores boréales (pour elle). Venise afin de boire de la grappa et voir les canaux (pour lui).

C'est cela que Joe a du mal à accepter encore aujourd'hui.

Tous les projets qu'ils avaient faits. Tout l'argent économisé. Toutes ces années à attendre le moment idéal.

Et pour quoi ? Pour rien.

La fille a raison, bien entendu. Il ne devrait pas fumer. Après qu'il a perdu Beth, il a pris sa retraite de la retraite et a replongé dans la cigarette. Quelle importance s'il se tuait au travail ? Quelle importance si c'était la cigarette qui le tuait ? Il n'avait plus rien à vivre, plus rien à prévoir.

Il lance un dernier coup d'œil à la fille et au garçon avant de refermer la porte. Ils sont plongés dans les yeux l'un de l'autre comme s'il n'y avait nul autre endroit où ils préféreraient être. Lui et sa Beth étaient comme ça autrefois.

Peut-être arrêtera-t-il de fumer après tout. Peut-être fera-t-il de nouveaux projets.

NATASHA

Daniel s'avance au bord du toit et regarde la ville. Ses cheveux, détachés, volent dans la brise, et il a son expression de poète. Le côté non contusionné de son visage sourit.

Je le rejoins et glisse ma main dans la sienne.

– Tu ne vas rien écrire, jeune poète ? dis-je pour le taquiner.

Son sourire s'agrandit, mais il ne se tourne pas vers moi.

– C'est tellement différent, vu d'ici, hein ? commente-t-il.

Que voit-il ? Moi, je vois des kilomètres et des kilomètres de toits, la plupart déserts. Quelques-uns sont encombrés d'objets qu'on a abandonnés là il y a longtemps : des appareils de chauffage, ventilation et climatisation en panne, du mobilier de bureau cassé. Certains sont aménagés en jardin ; je me demande qui les entretient.

Daniel sort son carnet, et j'avance un peu plus vers le bord.

Avant que ces gratte-ciels soient des gratte-ciels, ils n'en étaient que les squelettes. Avant d'être des squelettes, c'étaient des traverses et des poutres. Du métal, du verre et du béton. Et avant ça, c'étaient des plans de construction. Avant ça, des plans d'architecte. Et encore avant ça, juste une idée de ville dans la tête de quelqu'un.

Daniel range son carnet et m'éloigne du bord. Il pose une main sur ma taille.

– Qu'est-ce que tu peux bien écrire là-dedans ?

– Des projets, me répond-il.

Ses yeux rieurs sont fixés sur mes lèvres ; j'ai du mal à réfléchir. Je recule d'un pas, mais il me suit, comme si nous dansions.

– Je… Purée ! Tu es aussi sexy que ça depuis ce matin ? dis-je.

Il éclate de rire et rougit.

– Je suis content que tu me trouves sexy, répond-il, le regard toujours sur mes lèvres.

– Ça va te faire mal si je t'embrasse ?

– Ce sera une douleur agréable.

Il pose son autre main sur ma taille, comme pour nous attacher l'un à l'autre. Mon cœur refuse de se calmer. L'embrasser ne peut pas être aussi bon que dans mon souvenir. Lors de notre premier baiser, je croyais l'embrasser pour la dernière fois. Je suis persuadée que ça l'a rendu plus intense. Ce baiser-ci sera plus normal. Pas de feux d'artifice et de chaos, juste deux personnes s'aimant beaucoup qui s'embrassent.

Je me dresse sur la pointe des pieds et m'approche encore de lui. Enfin, il me regarde dans les yeux. Il enlève une main de ma taille et la place sur mon cœur. Celui-ci bat sous sa paume, comme s'il battait *pour* lui.

Nos lèvres se touchent, et j'essaie de garder les yeux ouverts aussi longtemps que possible. Je m'efforce de ne pas succomber au désordre du truc qui se passe entre nous. Je ne le comprends pas. Pourquoi lui ? Pourquoi Daniel et aucun des garçons que j'ai connus jusqu'à présent ? Et si nous ne nous étions jamais rencontrés ? Aurais-je passé une journée parfaitement ordinaire, sans savoir que je passais à coté de quelque chose ?

J'enroule mes bras autour de son cou et je me blottis contre lui, mais je me sens encore trop loin. La sensation d'agitation et de chaos ressurgit. Je veux des choses que je peux nommer, et d'autres que je ne peux pas nommer. Je veux que ce moment unique dure toujours, mais je ne veux pas rater tous les autres moments futurs. Je veux tout notre avenir ensemble, mais je le veux ici et maintenant.

Légèrement submergée par l'émotion, j'arrête de l'embrasser et je lui ordonne :

– Va... là-... bas...

Je l'embrasse entre chaque mot, en désignant un endroit éloigné de moi, hors de portée de mes baisers.

– Là ? me demande-t-il en reculant d'un pas seulement.

– Encore au moins cinq fois ça.

Il m'adresse un large sourire, mais obtempère.

Je lui demande :

– Tous nos baisers ne seront pas comme ça, n'est-ce pas ?

– Comme quoi ?

– Tu sais. Déments.

– J'adore à quel point tu es directe, commente-t-il.

– Ah bon ? Ma mère trouve que je vais trop loin.

– Oui, peut-être. N'empêche que j'adore ça.

Je baisse les yeux quelques instants, puis je lui demande :

– Il reste combien de temps avant ton entretien ?

– Quarante minutes.

– Tu as d'autres questions de cette étude sur l'amour à me poser ?

– Parce que tu n'es pas déjà amoureuse de moi ? m'interroge-t-il, l'air faussement incrédule.

– Nan, dis-je avec un sourire.

– Ne t'inquiète pas. On a le temps.

DANIEL

Être assis sur le toit de ce gratte-ciel relève un peu du miracle ; c'est comme si nous appartenions à une société céleste secrète. Le soleil se retire lentement derrière les immeubles, mais ce n'est pas encore l'obscurité. Ça le sera bientôt, mais pour l'instant, il y a seulement une idée de l'obscurité.

Natasha et moi sommes assis en tailleur adossés au mur près de la porte qui donne sur l'escalier. Nous nous tenons la main, et sa tête est posée sur mon épaule. Ses cheveux sont doux au contact de mon visage.

– Est-ce que tu es prête, maintenant, pour la question sur l'invité du dîner ?

– Tu veux dire : qui j'inviterais ? me demande-t-elle.

– Ouais.

– Euh… non. Toi d'abord, décide-t-elle.

– Facile. Dieu.

Elle lève la tête de mon épaule et me considère :

– Tu crois vraiment en Dieu ?

– Absolument.

– Un type ? Dans le ciel ? Avec des super-pouvoirs ?

Son incrédulité n'est pas moqueuse, juste investigatrice.

– Non, ce n'est pas tout à fait ça.

– C'est quoi, alors ?

Je presse sa main et lui explique :

– Tu vois, ce qu'on ressent en ce moment ? Cette connexion entre nous qu'on ne comprend pas et qu'on ne veut pas lâcher ? C'est Dieu.

– Sacredieu ! s'exclame-t-elle. Vous, les jeunes poètes, vous êtes dangereux.

Elle place ma main sur ses genoux et la tient entre ses paumes.

J'incline la tête en arrière et je scrute le ciel, en essayant de repérer des formes dans les nuages. Je poursuis :

– Je pense qu'on est tous reliés les uns aux autres, sur cette planète.

Elle caresse mes articulations du bout des doigts et me demande :

– Même les méchants ?

– Oui. Mais tout le monde a au moins un bon côté en lui, même petit.

– Ce n'est pas vrai, objecte-t-elle.

– OK. Mais tout le monde a fait au moins une chose gentille dans sa vie. Tu es d'accord ?

Elle réfléchit puis hoche lentement la tête.

Je continue :

– Selon moi, les bons côtés de tous les gens sont reliés à un certain niveau. Notre côté qui nous pousse à partager le dernier cookie tout chocolat, celui qui fait un don à des œuvres de bienfaisance, laisse un dollar à un musicien des rues, travaille comme *candy striper*, pleure devant les pubs d'Apple, dit « je t'aime » ou « je te pardonne ». Je pense que ça, c'est Dieu. Dieu est le lien qui unit les meilleurs côtés des gens entre eux.

– Et, d'après toi, ce lien a une conscience ? m'interroge-t-elle.

– Ouais, et on l'appelle Dieu.

Elle part d'un petit rire et ajoute :

– Tu es toujours aussi… ?

– Érudit ?

Elle rit plus fort, puis précise :

– J'allais dire cucul.

– Oui. Je suis connu partout pour ma cucuterie.

– Je rigole, reconnaît-elle, en cognant son épaule contre la mienne. Je trouve ça très bien que tu aies réfléchi sur ce sujet.

Ça, c'est vrai, j'y ai réfléchi. Ce n'est pas la première fois que j'ai ce genre de pensées, mais c'est la première fois que je suis capable de les formuler clairement. J'ignore à quoi c'est dû mais quand je suis avec elle, je donne le meilleur de moi-même.

Je porte sa main à mes lèvres et j'embrasse ses doigts, puis je lui demande :

– Et toi ? Tu ne crois pas en Dieu ?

– J'aime bien ta conception de la croyance en Dieu. En revanche, je ne crois pas du tout à la version « les flammes de l'enfer ».

– Mais est-ce que tu crois en quelque chose ?

– Sincèrement, je ne sais pas, déclare-t-elle en fronçant les sourcils. Je crois que je suis plus intéressée par les *raisons* pour lesquelles les gens se sentent comme obligés de croire en Dieu. Pourquoi ne peut-il pas y avoir que la science ? La science, c'est extraordinaire. Le ciel la nuit ? Sensationnel. L'intérieur d'une cellule humaine ? Prodigieux. Mais quelque chose qui nous dit qu'on naît mauvais, et que les gens utilisent pour justifier tous leurs préjugés mesquins et les atrocités qu'ils commettent ? Chais pas. Je suppose que moi, c'est en la science que je crois. La science est suffisante.

– Mmh, dis-je.

La lumière du soleil se réfléchit sur les immeubles, et l'air autour de nous prend une teinte orangée. Je me sens comme enveloppé dans un cocon, alors que nous sommes dans un endroit totalement à découvert.

– Tu savais que l'univers, c'est environ vingt-sept pour cent de matière noire ? m'interroge-t-elle.

Non, je ne le savais pas, mais elle, si, forcément.

– C'est quoi, la matière noire ?

Il n'y a qu'un mot pour décrire l'expression de son visage : le ravissement. Elle enlève sa main de la mienne, frotte ses paumes l'une contre l'autre, s'installe bien et m'explique :

– Eh bien, les scientifiques n'en sont pas absolument certains, mais c'est la différence entre la masse d'un objet et la masse calculée par son effet gravitationnel.

Elle hausse les sourcils avec l'air d'attendre quelque chose, comme si elle venait de dire un truc profond et renversant.

Sauf que je suis profondément non-renversé.

Elle pousse un soupir. Théâtral.

– Ah, les poètes ! marmonne-t-elle, avec cependant un sourire. Ces deux masses devraient être identiques.

Elle lève un index explicatif :

– Elles *devraient* être identiques, or elles ne le sont pas, à cause de corps très grands comme les planètes.

– Oh, c'est intéressant, dis-je, sincère.

– N'est-ce pas ?

Elle me regarde à présent avec un visage rayonnant ; je suis raide dingue de cette fille.

– En plus, poursuit-elle, il s'avère que la masse visible d'une galaxie ne possède pas assez de gravité pour expliquer pourquoi elle ne vole pas en éclats.

Je secoue la tête en signe d'incompréhension.

– Si on calcule les forces gravitationnelles de tous les objets qu'on peut détecter, continue-t-elle, elles ne sont pas suffisantes pour maintenir les galaxies et les étoiles en rotation les unes autour des autres. Il y a forcément plus de matière, qu'on ne peut pas voir. La matière noire.

– OK, j'ai pigé, dis-je.

Elle me considère d'un air sceptique.

– Oui, je t'assure, je comprends. La matière noire, c'est vingt-sept pour cent de l'univers, tu as dit ?

– À peu près.

– Et c'est la raison pour laquelle les objets ne s'en vont pas à toute allure dans l'espace sombre et profond ? C'est ce qui nous maintient liés les uns aux autres ?

Son scepticisme se transforme en méfiance :

– Où veut en venir ton cerveau de poète embrouillé ?

– Tu vas me détester.

– Possible, convient-elle.

– La matière noire, c'est l'amour. C'est la force d'attraction.

– Oh, Seigneur Jésus, non. Pouah. Beurk. Tu es infernal.

– Non, je suis un ange, me défends-je, en riant fort.

– Absolument infernal, insiste-t-elle, mais elle se penche en avant et rit avec moi.

– J'ai complètement raison, dis-je, triomphant, avant de lui reprendre la main.

Elle grogne, mais je devine qu'elle réfléchit à ce que j'ai dit. Elle n'est peut-être pas autant en désaccord avec moi qu'elle le pense.

Je fais défiler les questions sur mon téléphone :

– Bon, nouvelle question. Complète la phrase suivante : « Nous sommes tous les deux dans cette pièce et nous nous sentons… »

– Une envie de faire pipi, achève-t-elle en souriant.

– Tu détestes vraiment parler de choses sérieuses, hein ?

– As-tu jamais eu super-envie de faire pipi ? C'est un sujet sérieux. On peut provoquer de graves lésions dans la vessie si…

– Tu as réellement besoin d'aller aux toilettes ?

– Non.

– Alors réponds à la question.

Je ne vais pas la laisser échapper à celle-là par une blague.

– Toi d'abord, me dit-elle en soupirant.

– Heureux, excité, optimiste, en ce qui me concerne. À ton tour, et tu dois être sincère.

Elle me tire la langue, avant de dire :

– Troublée. Effrayée.

C'est moi qui pose sa main sur mes genoux, à présent.

– Pourquoi tu es effrayée ?

– La journée a été longue. Ce matin, je pensais que j'allais être expulsée. Je m'y prépare depuis trois mois. Et là, cet après-midi, on dirait que je vais pouvoir rester.

Elle se tourne vers moi et ajoute :

– Et puis, il y a toi. Ce matin, je ne te connaissais pas, et maintenant, je ne me rappelle pas vraiment ne pas t'avoir connu. Ça fait un peu beaucoup, tout ça. J'ai l'impression de ne pas maîtriser les choses.

– Pourquoi est-ce si grave ?

– J'aime voir venir les choses, m'explique-t-elle. J'aime prévoir.

Et je comprends. Vraiment. Nous sommes programmés pour prévoir ; ça fait partie de notre rythme. À l'image du soleil qui se lève chaque jour et s'incline devant la lune chaque soir.

– Pourtant, comme l'agent de sécurité l'a laissé entendre, prévoir les choses, ça ne marche pas toujours, dis-je.

– C'est vrai, tu crois ? Moi, je pense que, en général, on peut les prévoir. La plupart des évènements ne surviennent pas de nulle part pour nous prendre au dépourvu.

– Les dinosaures étaient sans doute du même avis, et regarde ce qui leur est arrivé, dis-je pour la taquiner.

Elle a un si grand sourire que je suis obligé de toucher son visage. Elle tourne ce dernier contre ma paume, qu'elle embrasse.

– À part les extinctions massives, je soutiens qu'on peut prévoir les choses, répète-t-elle.

– Je t'ai prise au dépourvu, moi.

Elle ne dément pas mon affirmation. J'ajoute :

– En tout cas, tu n'as dit que deux adjectifs : troublée et effrayée.

– D'accord, d'accord. Je vais te donner ce que tu veux et ajouter « heureuse ».

Je pousse un soupir théâtral :

– Tu aurais pu commencer par ça.

– J'aime le suspense, déclare-t-elle.

– Ce n'est pas vrai.

– Tu as raison. Je déteste le suspense.

– C'est moi qui te rends heureuse ?

– Et le fait de ne pas être expulsée. Mais surtout toi.

Elle porte nos mains jointes à ses lèvres et embrasse la mienne. Je pourrais rester ici pour l'éternité, à interrompre nos discussions par nos baisers, nos baisers par nos discussions.

– Quand est-ce qu'on va se regarder fixement ? dis-je.

Elle lève au ciel ces yeux dans lesquels j'ai envie de plonger, puis répond :

– Plus tard. Après ton entretien.

– Ne sois pas effrayée, dis-je pour la taquiner.

– Qu'est-ce qui pourrait m'effrayer ? Les yeux, c'est juste des iris et des pupilles.

– Les yeux sont le miroir de l'âme.

– Foutaises, proteste-t-elle.

Je consulte l'heure sur mon téléphone inutilement. Je sais qu'il est bientôt temps que j'aille à mon rendez-vous, mais j'ai envie de traîner encore un peu sur ce toit d'où l'on domine la ville. Aussi je propose :

– Allez, deux ou trois questions supplémentaires. Tu dois répondre sans réfléchir. Quel est ton souvenir le plus cher ?

– La première fois que j'ai mangé une glace dans un cône et non dans un gobelet, dit-elle sans hésiter.

– Tu avais quel âge ?

– Quatre ans. C'était une glace au chocolat alors que je portais une robe toute blanche pour le dimanche de Pâques.

– Et qui avait eu cette judicieuse idée ?

– Mon père, s'exclame-t-elle en riant. Avant, il pensait que j'étais l'enfant la plus formidable du monde.

– Et il a changé d'avis, aujourd'hui ?

– Oui.

J'attends qu'elle développe, mais elle enchaîne :

– Et toi, quel est ton souvenir le plus cher ?

– Quand j'avais sept ans, on est allés en famille à Disney World. Charlie avait très envie de faire Space Mountain, mais ma mère pensait que ça me ferait trop peur, et elle refusait qu'il y aille tout seul. En plus, ni ma mère ni mon père ne voulait nous accompagner.

Elle serre mes mains plus fort, ce qui est mignon puisque, de toute évidence, j'ai survécu à cette expérience.

– Qu'est-ce qui s'est passé, alors ? m'interroge-t-elle.

– J'ai persuadé ma mère que je n'avais pas peur du tout. Je lui ai assuré que je rêvais depuis toujours de faire cette attraction.

– Mais ce n'était pas vrai ?

– Non. J'avais une peur bleue. Je l'ai fait uniquement pour Charlie.

Elle cogne légèrement dans mon épaule et me taquine :

– Tu me plais déjà. Pas la peine de me convaincre que tu es un saint.

– Justement, non. Je ne me suis pas sacrifié, ce jour-là. Je crois que je savais que nos bonnes relations ne dureraient pas. J'essayais juste de le convaincre que j'en valais la peine. Et ça a marché. Il m'a dit que j'étais courageux et il m'a laissé finir tout son popcorn.

J'incline la tête en arrière et j'observe les nuages dans le ciel. Ils bougent à peine.

– Tu ne trouves pas ça bizarre que nos souvenirs préférés à tous les deux soient liés aux personnes qu'on aime le moins aujourd'hui ? dis-je.

– C'est peut-être pour ça qu'on ne les aime plus autant qu'avant, estime-t-elle. La distance entre ce qu'elles étaient et ce qu'elles sont maintenant est si grande qu'on n'a aucun espoir de les retrouver.

– Possible. Et tu sais ce qu'il y a de pire dans mon histoire ?

– Quoi ?

– Jusqu'à ce jour, je déteste les montagnes russes à cause de ce voyage à Disney World.

Elle éclate de rire, et moi aussi.

YEUX

UNE HISTOIRE DE L'ÉVOLUTION

Selon les hypothèses de certains scientifiques, les premiers « yeux » n'étaient rien d'autre qu'un point pigmenté photosensible sur la peau de quelque créature ancestrale. Grâce à ce point, celle-ci était capable de faire la distinction entre la lumière et l'obscurité – un avantage, puisque l'obscurité pouvait indiquer qu'un prédateur était assez proche pour empêcher la lumière de passer. Ainsi, les êtres survécurent davantage, se reproduisirent davantage et transmirent cette capacité à leur progéniture. Des mutations aléatoires créèrent une dépression de plus en plus profonde sur le point photosensible. Cela permit une vision légèrement meilleure et, par conséquent, une survie plus importante. Au fil du temps, ce point photosensible évolua pour devenir l'œil humain.

Comment sommes-nous passés des yeux comme mécanisme de survie à l'idée de l'amour au premier regard ? Ou à celle que les yeux sont le miroir de l'âme ? Ou au cliché selon lequel les amoureux passent un temps infini plongés dans les yeux l'un de l'autre ?

Des études ont montré que les pupilles d'individus attirés mutuellement se dilatent en raison de la présence de dopamine. D'autres suggèrent que des lignes dans l'œil peuvent indiquer des traits de personnalité, et que les yeux sont peut-être, en effet, une sorte de miroir de l'âme.

Et les amoureux qui passent des heures plongés dans les yeux de l'autre ? Est-ce une manifestation de confiance ? *Je te laisserai m'approcher aussi près car je sais que tu ne me blesseras pas pendant que je serai dans cette position vulnérable.* En outre, si la confiance est l'un des piliers de l'amour, peut-être ces regards longs et intenses sont-ils un moyen de la construire ou de la renforcer. Ou peut-être est-ce moins complexe que cela.

Une simple recherche de connexion.

Pour voir.

Pour être vu.

DANIEL

Le cabinet de maître Fitzgerald est au bout d'un long couloir gris et assez monotone. J'essaie (en vain) de ne pas prendre ça comme un signe pour mon avenir. Il n'y a pas de nom sur la porte, juste un numéro. Personne ne répond quand je frappe. Il a peut-être déjà terminé sa journée ? Ça serait l'idéal. Ce ne serait pas ma faute si je n'allais pas à Yale et ne devenais pas médecin. Et peu importe que j'aie dix minutes de retard à cause de tous les baisers. Je ne regrette rien.

Je tourne la poignée et me retrouve face à une femme qui sanglote. Elle ne pleure même pas dans ses mains pour cacher son visage comme les gens le font habituellement. Debout au beau milieu de la pièce, elle prend de grosses bouffées d'air tandis que les larmes ruissellent sur ses joues zébrées de mascara. Elle a les yeux rouges et gonflés, comme si elle pleurait depuis longtemps.

Lorsqu'elle se rend compte de ma présence, elle cesse de pleurer et s'essuie le visage avec le dos des mains. C'est pire : elle a des traces de mascara jusque sur le nez.

– Est-ce que ça va ?

Je n'aurais pas pu poser une question plus idiote. Il est évident qu'elle ne va pas bien.

– Oui, ça va, m'assure-t-elle.

Elle mordille sa lèvre inférieure et tente de lisser ses cheveux, mais une fois de plus, ça n'arrange pas les choses.

– Vous êtes Daniel Bae, devine-t-elle. Vous venez pour votre entretien d'admission à Yale.

Je fais un pas vers elle et lui propose :

– Je peux vous apporter un verre d'eau, un mouchoir, ou autre chose ?

J'aperçois une boîte de Kleenex vide sur son bureau, près d'une grande tasse sur laquelle il est écrit : LES ASSISTANTES JURIDIQUES LE FONT POUR PAS CHER !

– Je vais parfaitement bien. Il est juste là, m'informe-t-elle en désignant une porte derrière elle.

– Vous êtes sûre que vous... ?

– Il faut que je parte maintenant, me coupe-t-elle. Dites-lui qu'il est la personne la plus merveilleuse que j'aie jamais rencontrée mais que je suis obligée de m'en aller.

Je lui réponds « D'accord », même si je ne répéterai rien de tout ça. De toute façon, le cabinet est assez petit. Il a sans doute déjà entendu sa déclaration.

Elle retourne à son bureau et prend la grande tasse.

– Dites-lui aussi que je voudrais rester, mais que je ne peux pas, ajoute-t-elle. C'est mieux pour nous deux.

Puis elle se remet à pleurer. Et à présent, je sens mes propres yeux se remplir de larmes. Pas cool.

Elle arrête brusquement de pleurer et me dévisage, avant de me demander :

– Vous pleurez ?

Je m'essuie les yeux :

– C'est juste un truc ridicule qui m'arrive tout le temps. Je me mets à pleurer quand je vois d'autres gens pleurer.

– C'est très mignon.

Maintenant qu'elle n'est plus étouffée par les larmes, sa voix est assez musicale.

– C'est un peu chiant, en réalité, dis-je.

– Surveillez votre langage, me gronde-t-elle, en fronçant les sourcils.

– Pardon.

Quel genre de personne n'admet pas qu'on emploie un mot aussi innocent que *chiant* ?

Après avoir accepté mon excuse d'un léger signe de la tête, elle reprend :

– On vient de déménager dans ce cabinet, mais je n'y reviendrai plus jamais.

Elle renifle puis s'essuie le nez, avant de poursuivre :

– Si j'avais su comment ça finirait, je n'aurais jamais commencé.

– On voudrait tous pouvoir prédire l'avenir, dis-je.

Les larmes lui montent de nouveau aux yeux bien qu'elle approuve ma remarque d'un hochement de tête.

– Quand j'étais petite, les contes de fées étaient mes livres préférés parce que, avant même de les ouvrir, je savais comment l'histoire se terminerait : *Ils vécurent heureux et eurent beaucoup d'enfants.*

Elle jette un coup d'œil sur la porte derrière elle, ferme les yeux, les rouvre.

– Dans les contes de fées, la princesse ne fait jamais ce qu'il ne faut pas.

Derrière moi, la porte du bureau s'ouvre. Je me retourne, curieux de voir à quoi la personne la plus merveilleuse du monde ressemble. Hormis un pansement au-dessus de son œil droit, cet homme a l'air plutôt normal.

– Daniel Bae ? me lance-t-il, en me regardant moi seulement.

Ses yeux ne se posent même pas un quart de seconde sur elle.

Tendant le bras pour lui serrer la main, je dis :

– Monsieur Fitzgerald, ravi de vous rencontrer.

– Vous êtes en retard, me répond-il sans me serrer la main, avant de rentrer dans son bureau.

Je me tourne pour dire au revoir à la secrétaire, mais elle est déjà partie.

NATASHA

Je sors mon téléphone de mon sac à dos. Je n'ai toujours aucune réponse de Bev. Elle visite peut-être d'autres facs. Je me souviens qu'elle voulait pousser jusqu'à l'université de Californie, à San Francisco.

Je devrais appeler ma mère. J'aurais sans doute dû le faire à plusieurs moments aujourd'hui. Elle a tenté de me joindre encore trois fois pendant que j'étais avec Daniel sur le toit de l'immeuble.

Je lui écris : *Je rentre bientôt.*

Mon portable vibre presque aussitôt après. Je suppose que, impatiente d'avoir de mes nouvelles, elle avait son téléphone tout près d'elle.

Ça fait deux heures que j'essaie de te joindre.

Désolée !

Comme il faut toujours qu'elle ait le dernier mot, j'attends son inévitable réponse, qui ne tarde pas :

Rien de neuf, alors ? J'espère ke t'as pas placé tes espoirs trop haut.

Je jette mon portable dans mon sac sans répondre.

Parfois, je pense que la plus grande peur de ma mère est d'être déçue. Elle la combat en faisant tout son possible pour ne jamais placer ses espoirs trop haut, et en conseillant vivement à tout le monde d'avoir la même attitude.

Ça ne fonctionne pas toujours. Un jour, elle a rapporté à mon père un prospectus d'annonce de casting pour une pièce de théâtre Off-Off-Off Broadway. J'ignore où elle l'avait trouvé et quel rôle y était proposé. Il l'a pris et a même remercié ma mère, mais je suis presque certaine qu'il n'a jamais appelé le numéro de téléphone indiqué dessus.

Je décide d'attendre le dernier coup de fil de maître Fitzgerald avant de lui dire quoi que ce soit. Ma mère a déjà eu trop de déceptions à digérer.

Le problème, quand on place ses espoirs trop haut, c'est qu'ensuite, la descente est longue.

SAMUEL KINGSLEY

UNE HISTOIRE DE REGRET, QUATRIÈME PARTIE

Certaines personnes sont nées pour accomplir de grandes choses. Dieu donne du talent à quelques chanceux d'entre nous, puis nous met sur Terre pour qu'on s'en serve.

J'ai eu l'occasion d'utiliser le mien que deux fois dans ma vie. Il y a deux mois, quand j'ai joué dans *Un raisin au soleil* à Manhattan, et il y a dix ans, quand j'ai joué cette même pièce à Montego Bay.

Cette œuvre et moi, chais pas pourquoi, mais on était faits pour se rencontrer. En Jamaïque, le journal *The Daily* avait qualifié ma performance de *miraculeuse.* J'avais été ovationné.

Moi. Pas les autres comédiens. Moi seul.

C'est drôle. Cette pièce m'a envoyé en Amérique, et aujourd'hui, elle me renvoie en Jamaïque.

Patricia me demande comment j'ai pu raconter au flic toutes nos histoires. « C'était pas un pasteur, dit-elle. C'était pas une confession. » Je lui réponds que j'étais soûl et que j'planais après la représentation. La chose la plus planante qu'on puisse faire, c'est celle pour laquelle Dieu nous a mis sur Terre.

Je lui explique que j'ai pas fait exprès. Et c'est vrai, mais le contraire aussi est vrai. Peut-être que j'ai fait exprès. C'est pas une confession. Je dis juste que la pensée est là dans mon esprit. Peut-être que j'ai fait exprès. On a même pas pu remplir la salle.

L'Amérique en a fini avec moi et j'en ai fini avec elle. Surtout, cette soirée me rappelle quelque chose. En Jamaïque, j'avais eu une ovation debout. En Amérique, j'peux pas avoir un public.

Chais pas. Peut-être que j'ai fait exprès. On peut se perdre dans son propre esprit, comme si on était parti dans un autre pays. Toutes nos pensées dans une autre langue, et on est pas capables de lire les indications alors qu'elles sont partout autour de nous.

DANIEL

La première chose que je vois sur son bureau, c'est un dossier sur lequel figure le nom de Natasha. *Natasha Kingsley*, est-il écrit. C'est forcément elle, non ? Combien de Natasha Kingsley peut-il y avoir ? Non seulement nos rendez-vous respectifs ont lieu dans le même immeuble, mais en plus, son avocat et la personne qui me fait passer mon entretien ne font qu'un ? Les chances pour que ça arrive devaient être microscopiques, non ? J'ai hâte de voir sa tête quand je lui dirai ça.

Je lève les yeux vers lui, puis parcours la pièce du regard à la recherche d'autres signes. Je lui demande :

– Vous êtes un avocat spécialiste de l'immigration ?

À son tour, il lève les yeux de ce que je suppose être mon dossier de candidature et répond :

– Oui. Pourquoi ?

– Je crois que je connais l'une de vos clientes, dis-je en prenant le dossier.

Il me l'arrache des mains.

– Ne touchez pas à ça. C'est confidentiel.

Puis il l'éloigne le plus loin possible de moi.

Je souris à Fitzgerald; en retour, il me regarde en fronçant les sourcils.

Je lui présente mes excuses:

– Ouais, désolé. C'est juste que vous m'avez sauvé la vie.

– De quoi parlez-vous?

Il fait tourner son poignet droit et je remarque qu'il a un bandage à la main. Maintenant, je m'en souviens: son assistante m'a dit au téléphone qu'il avait eu un accident de voiture.

– Je l'ai rencontrée – Natasha – aujourd'hui seulement, dis-je en désignant la chemise.

Il fronce toujours les sourcils, il ne comprend pas. J'explique:

– Quand je l'ai vue pour la première fois ce matin, elle allait être expulsée, mais ensuite elle a eu un rendez-vous avec vous, vous avez fait votre magie d'avocat, et maintenant, elle peut rester.

Il pose sa main bandée sur son bureau et me demande:

– Et en quoi cela vous a-t-il sauvé la vie, à vous?

– C'est Elle.

– Ne venez-vous pas de dire que vous l'aviez rencontrée seulement aujourd'hui? me questionne-t-il en fronçant encore plus les sourcils.

– Ouais.

Je ne peux rien faire pour masquer le grand sourire sur mon visage.

– Et c'est Elle?

Bien qu'il ne dessine pas de guillemets imaginaires avec ses doigts autour du mot *Elle*, je les perçois dans sa voix. Des guillemets imaginaires vocaux (pas mieux que les simples guillemets imaginaires).

Il joint les mains en arc-boutant ses doigts et me dévisage pendant un long moment.

– Pourquoi êtes-vous ici ? m'interroge-t-il.

C'est une question piège ?

– Euh… Pour mon entretien d'admission à Yale ?

Il me détaille, de façon appuyée.

– Non, sincèrement. Pourquoi vous trouvez-vous dans mon bureau en ce moment ? De toute évidence, vous vous fichez de cet entretien. Vous vous pointez en ayant l'air de vous être bagarré. Ma question est sérieuse : pourquoi êtes-vous venu ?

Je ne peux répondre autrement qu'avec honnêteté :

– Ce sont mes parents qui m'y ont obligé.

– Quel âge avez-vous ?

– Dix-sept ans.

Il consulte mon dossier.

– Je lis ici que vous êtes intéressé par l'enseignement préparatoire aux études de médecine. C'est vrai ?

– Pas vraiment.

– Pas vraiment, ou non ?

Les avocats aiment la certitude.

– Non.

– Ah, nous avançons enfin ! Souhaitez-vous aller à Yale ?

– Je ne sais même pas si j'ai envie de faire des études supérieures.

Il se penche en avant. J'ai l'impression de subir un contre-interrogatoire.

– Et quel est votre grand rêve ?

– Être poète.

– Ah, bien. Quelque chose de réaliste.

– Croyez-le ou non, on me l'a déjà sortie, celle-là.

Il s'incline encore plus.

– Je repose ma question : pourquoi êtes-vous ici ?

– J'y suis obligé.

– Non, me rétorque-t-il. Vous pouvez tout à fait vous lever et quitter ce bureau.

– Je dois à mes parents de passer cet entretien.

– Pourquoi ?

– Vous ne comprendriez pas.

– Donnez-moi une chance.

Je pousse un soupir (du genre je-vis-un-long-calvaire).

– Mes parents sont des immigrés. Ils sont venus dans ce pays en quête d'une vie meilleure. Ils travaillent tout le temps pour que mon frère et moi, on puisse vivre le Rêve américain. Nulle part dans le Rêve américain on ne trouve la possibilité de sauter l'université et de devenir un artiste crève-la-faim.

– On en fait ce qu'on veut, du Rêve américain.

– Pas dans ma famille, dis-je en m'étranglant de rire. Si je ne passe pas cet entretien, mes parents me couperont les vivres. Ils ne financeront pas mes études. Ni quoi que ce soit d'autre.

Cette confidence a au moins le mérite de stopper son feu roulant de questions. Il s'adosse à son fauteuil.

– Ils feraient vraiment ça ? me demande-t-il.

Bien que je connaisse la réponse, je ne parviens pas à l'énoncer immédiatement. Je pense à la tête que mon père a faite tout à l'heure. Il est si déterminé à ce que Charlie et moi ayons une vie meilleure que la sienne qu'il est prêt à tout.

– Oui, dis-je. Mon père le ferait.

Mais ce n'est pas parce qu'il est méchant. Ni parce qu'il est le Stéréotype du Parent Coréen. Mais parce qu'il est incapable de faire abstraction de sa propre histoire et de nous laisser avoir la nôtre. Beaucoup de gens sont comme ça.

Fitzgerald siffle doucement et dit :

– Il va donc vous falloir être sûr que votre histoire de poésie en vaut la peine.

Maintenant, c'est moi qui me penche en avant :

– Vous n'avez jamais fait quelque chose seulement parce que vous étiez obligé de le faire ? Juste parce que vous aviez fait une promesse ?

Ses yeux se détachent des miens. Pour une raison que j'ignore, ma question modifie la dynamique entre nous. On dirait que nous sommes dans le même bateau.

– Le respect de ses engagements, c'est la définition de l'âge adulte, jeune homme. Si vous devez commettre des erreurs et ne pas tenir vos promesses, c'est maintenant qu'il faut le faire.

Il marque une pause, tourne son poignet, grimace et reprend :

– C'est maintenant qu'il faut foirer, quand les conséquences ne seront pas si graves. Faites-moi confiance. C'est plus compliqué de le faire plus tard.

Parfois les gens vous disent des choses sans vous les dire. Je jette un coup d'œil à sa main gauche et vois son alliance.

– C'est ce qui vous est arrivé ?

Il écarte ses mains et fait tourner la bague à son annulaire.

– Je suis marié et j'ai deux enfants.

– Et vous avez une liaison avec votre assistante.

Il frotte le pansement au-dessus de son œil.

– Elle n'a commencé qu'aujourd'hui, admet-il, en regardant vers sa porte fermée, comme s'il espérait que son assistante se tiendrait juste là. Et elle s'est terminée aujourd'hui aussi, ajoute-t-il à voix basse.

Je ne m'attendais pas vraiment à ce qu'il le reconnaisse, alors je reste muet.

– Vous pensez que je suis un sale type, enchaîne-t-il.

– Je pense que vous êtes la personne qui me fait passer mon entretien.

Il vaut peut-être mieux pour nous deux remettre cette entrevue sur la bonne trajectoire.

Il couvre ses yeux avec ses mains et dit :

– Je l'ai rencontrée trop tard. Les choses arrivent toujours au mauvais moment, pour moi.

Je ne sais pas quoi dire. Non pas qu'il cherche des conseils auprès de moi. Normalement, je lui aurais recommandé d'écouter son cœur. Mais il est marié. Son cœur n'est pas le seul à être impliqué.

– Alors qu'est-ce que vous allez faire ? La laisser partir ?

Il me considère pendant de longues secondes, songeur, puis lâche :

– Vous allez devoir faire pareil.

Il dégage le dossier de Natasha de sous son coude et précise :

– Je n'ai pas réussi. Je croyais que j'aurais pu, mais non.

– Réussi à faire quoi ?

– À empêcher son expulsion.

Je vais avoir besoin d'explications claires, parce que mon cerveau n'assimile pas du tout ses paroles.

– Votre Natasha sera expulsée ce soir, en fin de compte. Je n'ai rien pu faire. Le juge a refusé d'annuler le départ volontaire.

Je ne saisis pas trop pourquoi il me parle de départ volontaire, mais la seule chose que je me dis, c'est qu'il y a une erreur. Forcément. Maintenant, j'espère vraiment qu'il s'agit d'une autre Natasha Kingsley.

– Je regrette, jeune homme, s'excuse-t-il.

Il glisse le dossier vers moi, comme si le consulter m'aidera d'une manière ou d'une autre. Je l'ouvre d'une chiquenaude et je tombe sur une espèce de formulaire officiel. Tout ce que je vois, c'est son nom : Natasha Katherine Kingsley. Je ne connaissais pas son second prénom. Katherine. Il lui va bien.

Je referme la chemise et la pousse vers lui.

– Vous devez bien pouvoir faire quelque chose, dis-je.

De nouveau, il joint les mains en arc-boutant les doigts et hausse les épaules.

– J'ai déjà tout essayé, affirme-t-il.

Ce haussement d'épaules m'énerve. On ne parle pas d'une petite chose, là. Du genre : *Oh, vous avez manqué votre rendez-vous. Revenez demain.* Il s'agit de la vie de Natasha. Et de la mienne.

Je me lève et je l'accuse :

– Vous n'avez pas assez essayé.

Je suis prêt à parier que sa liaison avec sa secrétaire y est pour quelque chose. Je mettrais ma main à couper qu'il a passé sa journée à rompre ses promesses envers sa femme et ses enfants. Et aussi envers Natasha.

– Écoutez, je sais que vous êtes bouleversé, me dit-il d'une voix égale, comme s'il voulait me calmer.

Mais je n'ai pas envie d'être calme. J'appuie mes mains sur son bureau, je me penche en avant et je répète :

– Il y a forcément un truc que vous pouvez faire. Ce n'est pas sa faute si son père est un raté.

Il recule sa chaise de son bureau :

– Désolé. Le Département de la sécurité intérieure n'aime pas qu'on dépasse la date d'expiration de son visa.

– Mais elle n'était qu'une enfant à l'époque. Elle n'a pas eu le choix. Ce n'est pas comme si elle avait pu dire : « Papa, maman, notre visa a expiré. On doit rentrer en Jamaïque maintenant. »

– Peu importe. Il faut bien que la loi fixe une limite quelque part. Le dernier appel de sa famille a été rejeté. Le seul espoir, c'était le juge. S'ils partent ce soir, il y a une petite chance qu'elle puisse faire une nouvelle demande de visa dans quelques années.

– Mais l'Amérique est son pays ! Quel que soit celui où elle est née !

Je m'abstiens de livrer le fond de ma pensée, qui est que sa place est avec moi.

– Je regrette de ne rien pouvoir faire d'autre, dit-il.

Il touche de nouveau son pansement au-dessus de son œil ; il semble sincèrement désolé. Je me trompe peut-être sur lui. Il se peut qu'il ait réellement tout essayé.

– J'ai l'intention de lui téléphoner quand nous aurons terminé, vous et moi, me confie-t-il.

Quand nous aurons terminé. J'ai complètement oublié que cet entretien est censé porter sur mon admission à Yale.

– Vous allez juste l'appeler et lui annoncer la nouvelle au téléphone ?

– La façon dont elle l'apprendra importe-t-elle ? s'étonne-t-il en fronçant les sourcils.

– Évidemment.

Je ne veux pas qu'elle apprenne la pire nouvelle de sa vie par téléphone de la part de quelqu'un qu'elle connaît à peine.

– C'est moi qui vais le faire, dis-je. C'est moi qui vais le lui dire.

Il secoue la tête :

– Je ne peux pas vous laisser faire ça. C'est mon travail.

Je reste planté là sans savoir quoi faire. Ma lèvre me lance. J'ai mal aux côtes, là où Charlie m'a frappé. J'ai mal à mon cœur, là où est Natasha.

– Je suis désolé, jeune homme, répète-t-il.

– Et si elle ne montait pas dans l'avion ? Et si elle restait, tout simplement ?

Je suis désespéré. Violer la loi me paraît être un prix bien modique pour lui permettre de rester.

Une fois de plus, il secoue la tête :

– Je ne le conseille pas. En tant qu'avocat et en tant que simple citoyen.

Je dois aller la retrouver et être le premier à lui annoncer cette mauvaise nouvelle. Je ne veux pas qu'elle soit seule quand il lui téléphonera. Je ne veux pas qu'elle ait le cœur brisé par un quasi-inconnu.

Je sors de son bureau et me retrouve à l'accueil, qui est vide. L'assistante n'est pas revenue.

Il me suit et me lance :

– Alors, c'est tout ? L'entretien est fini ?

Sans m'arrêter, je lui réponds :

– Vous l'avez dit vous-même : je ne suis pas vraiment intéressé par Yale.

Il pose une main sur mon bras pour m'obliger à me tourner face à lui.

– Écoutez, poursuit-il. Je sais que je vous ai conseillé de tout foirer maintenant, tant que vous êtes encore très jeune, mais Yale, c'est un gros truc. Y étudier pourra vous ouvrir de nombreuses portes. Ça a été mon cas.

Il a peut-être raison, en fin de compte. Je ne vois peut-être pas plus loin que le bout de mon nez.

Je balaye son cabinet des yeux. Dans combien de temps les travaux seront-ils finis ? Combien de temps lui faudra-t-il pour embaucher une nouvelle assistante ?

Désignant du menton le bureau de sa secrétaire, je lui demande :

– Vous, vous avez fait tout ce que vous étiez censé faire, pourtant vous n'êtes pas heureux.

Il frotte de nouveau le pansement au-dessus de son œil, mais ne regarde pas le bureau en question. Il est fatigué ; toutefois, ce n'est pas le genre de fatigue que le sommeil peut réparer.

– Si je ne vais pas la rejoindre maintenant, je le regretterai toute ma vie, dis-je.

– Qu'est-ce qu'une demi-heure supplémentaire pour terminer cet entretien ? insiste-t-il.

A-t-il vraiment besoin que je lui dise que chaque seconde compte ? Que l'univers a été créé par une explosion en l'espace d'un souffle ?

– Le temps compte, monsieur Fitzgerald.

Finalement, il se détourne et regarde le bureau vide. J'ajoute :

– Mais vous le savez déjà.

JEREMY FITZGERALD

UNE HISTOIRE DE CONTE DE FÉES, SECONDE PARTIE

Jeremy Fitzgerald n'a pas dit la vérité à Daniel. La raison pour laquelle il n'a pas pu annuler la décision d'expulsion de Natasha, c'est qu'il a manqué le rendez-vous au tribunal avec le juge qui aurait pu invalider leur départ volontaire. Il l'a raté parce qu'il est amoureux d'Hannah Winter, et au lieu d'aller voir le juge, il a passé l'après-midi à l'hôtel avec elle.

Seul dans son cabinet en chantier, Jeremy pensera constamment à Daniel Bae durant la semaine suivante. Il se rappellera les paroles de Daniel sur le temps qui compte. Il se rappellera très clairement sa lèvre tuméfiée et sa chemise tachée de sang. Et que ce n'était rien comparé à son air anéanti lorsqu'il lui a appris la nouvelle au sujet de Natasha. On aurait dit que quelqu'un lui avait tendu une grenade qui avait ensuite fait exploser sa vie.

Au cours du mois suivant, Jeremy avouera à sa femme qu'il ne l'aime plus. Qu'il vaudra mieux pour elle et les enfants qu'il parte. Il téléphonera à Hannah Winter, il lui fera des promesses et les tiendra toutes.

Son fils ne mènera jamais une vie stable, ne se mariera jamais, n'aura jamais d'enfant ni ne pardonnera à son père sa trahison. Sa fille épousera sa première petite amie, Marie. Elle passera la plus grande partie de ce premier mariage à en anticiper puis à en provoquer la fin. Après Marie, personne ne l'aimera jamais plus tout à fait autant. Et même si elle se remariera deux fois, elle n'aimera jamais plus quelqu'un autant qu'elle aura aimé Marie.

En grandissant, les enfants de Jeremy et Hannah apprendront à aimer les autres de la manière simple et facile des gens qui savent depuis toujours d'où l'amour vient, et ne craignent pas de le perdre.

Tout cela non pas pour dire que Jeremy Fitzgerald a fait ce qui était bien ou ce qui était mal. Seulement pour dire ceci : l'amour change toujours tout.

HANNAH WINTER

UNE HISTOIRE DE CONTE DE FÉES, SECONDE PARTIE

Ils Vécurent Heureux Et Eurent Beaucoup d'Enfants.

NATASHA

Maintenant que le soleil s'est couché, l'air est beaucoup plus froid. Il n'est pas difficile d'imaginer que l'hiver approche à grands pas. Je vais devoir ressortir mon gros manteau noir et mes bottes. Je ramène ma veste sur moi, j'envisage de rentrer dans le hall de l'immeuble, où il fait chaud. J'avance dans cette direction quand Daniel sort par les portes en verre coulissantes.

Il me voit ; je m'attends à ce qu'il me sourie, or son visage reste sombre. Son entretien s'est-il si mal déroulé que ça ? Dès que nous nous rejoignons, je lui demande :

– Qu'est-ce qui s'est passé ?

J'imagine le pire, genre il s'est battu contre la personne avec qui il avait rendez-vous, et par conséquent, il lui est maintenant interdit de déposer une demande d'inscription dans tout établissement d'enseignement supérieur, et son avenir est fichu.

Il pose sa main sur ma joue et me dit :

– Je t'aime réellement.

Il ne plaisante pas. Ça n'a rien à voir avec notre pari idiot. Il prononce cette phrase de la même manière qu'on la dirait à un mourant ou à quelqu'un qu'on s'attend à ne plus jamais revoir.

– Daniel, qu'est-ce qui ne va pas ?

J'enlève sa main de mon visage mais ne la lâche pas.

– Je t'aime, répète-t-il, avant de poser son autre main sur ma joue. Peu importe que tu me le dises toi aussi ou pas. Je veux juste que tu le saches.

Mon portable sonne. C'est le cabinet de l'avocat.

– Ne décroche pas, m'ordonne-t-il.

Bien sûr que si, je vais prendre cet appel.

Il touche ma main pour m'en empêcher et me supplie :

– Non, je t'en prie.

Là, je panique. J'appuie sur « ignorer ».

– Qu'est-ce qui t'est arrivé là-bas ?

Il ferme les yeux en serrant fort. Lorsqu'il les rouvre, ils sont remplis de larmes.

– Tu ne peux pas rester ici, déclare-t-il.

Au début, je ne comprends pas.

– Pourquoi ? L'immeuble ferme déjà ?

Je cherche des yeux autour de nous des vigiles qui nous demanderaient de partir.

Les larmes coulent sur ses joues. Une certitude indésirable éclôt dans mon esprit. Je lâche sa main.

– Comment s'appelle la personne qui t'a fait passer ton entretien ? dis-je dans un murmure.

Il hoche la tête :

– La personne qui m'a fait passer mon entretien, c'est ton avocat.

– Fitzgerald ?

– Oui.

Je sors mon téléphone de ma poche et regarde de nouveau le numéro du dernier appel, refusant toujours de comprendre ce qu'il est en train de me dire.

– J'attends son appel. Il t'a parlé de moi ?

Je connais déjà la réponse. Oui, je la connais.

Après plusieurs tentatives, il réussit à sortir ces mots :

– Il n'a pas pu annuler la décision.

– Mais il m'a dit qu'il pourrait le faire.

Il presse ma main et tente de m'attirer à lui, mais je résiste. Je ne veux pas être consolée. Je veux comprendre.

Je recule un peu et lui demande :

– Tu es sûr ? Et pourquoi vous avez parlé de moi, de toute façon ?

Il s'essuie le visage avec sa main et m'explique :

– Il se passait de drôles de trucs entre son assistante et lui, et ton dossier était juste sur son bureau.

– Ça n'explique toujours pas…

Il attrape de nouveau ma main. Cette fois, je la retire brusquement et je crie :

– Arrête ! Arrête, je te dis !

– Je suis désolé.

Je fais un pas de plus en arrière et lui demande :

– Répète-moi ce qu'il t'a dit exactement.

– Il m'a expliqué que la mesure d'expulsion reste valable et qu'il vaut mieux que, ta famille et toi, vous partiez ce soir.

Je me détourne pour écouter ma messagerie. C'est lui : maître Fitzgerald. Il veut que je le rappelle. Il a une mauvaise nouvelle.

Je raccroche et fixe Daniel en silence. Il se met à parler, mais je veux juste qu'il se taise. Je veux que le monde entier s'arrête. Il y a trop de pièces mobiles que je ne maîtrise pas. J'ai l'impression d'être dans une machine de Rube Goldberg[1] que quelqu'un d'autre a élaborée. Je ne connais pas le mécanisme pour la mettre en marche. Je ne sais pas ce qui se passe ensuite. Je sais seulement que tout se produit en cascade, et qu'une fois que ça commence, ça ne s'arrêtera pas.

1. Machine qui accomplit une tâche simple d'une façon délibérément compliquée, le plus souvent à l'aide d'une réaction en chaîne. Son nom vient du dessinateur américain Rube Goldberg (1883-1970). (N.d.T.)

DANIEL

Les cœurs ne se brisent pas.
C'est juste une chose parmi d'autres que les poètes affirment.
Les cœurs ne sont pas
En verre
En os
Ou dans un matériau qui pourrait
Se fendre
Ou se fragmenter
Ou voler en éclats.
Ils ne
Se rompent pas en plusieurs morceaux.
Ils ne
Tombent pas en miettes.
Les cœurs ne se brisent pas.
Ils cessent simplement de fonctionner.
Une vieille montre d'une autre époque et pas de pièces pour la réparer.

NATASHA

Nous sommes assis près de la fontaine et Daniel me tient la main. Sa veste de costume est posée sur mes épaules.

C'est vraiment un ange gardien. Mais il ne sera pas le mien, c'est tout.

– Il faut que je rentre chez moi.

C'est la première fois que j'ouvre la bouche depuis plus d'une demi-heure.

Il m'attire contre lui. Je suis enfin prête à le laisser approcher. Ses épaules sont si larges et si solides. Je pose ma tête sur l'une d'elles. Ma place est ici. Je le savais ce matin, et je le sais en cet instant.

– Qu'est-ce qu'on va faire ? me chuchote-t-il.

Il y a les e-mails, Skype, les SMS et les messageries instantanées, et peut-être même des voyages en Jamaïque. Mais plus j'y pense, plus je sais que je ne permettrai pas que ça se produise. Nous avons des vies séparées à mener. Je ne peux pas laisser mon cœur ici quand ma vie sera là-bas. Pas plus que je ne peux emporter son cœur quand son avenir entier est ici.

Je lève ma tête de son épaule.

– Comment s'est passé le reste de ton entretien ?

Il me touche la joue, avant de reposer ma tête sur son épaule.

– Il a dit qu'il me recommanderait.

– C'est génial, dis-je, sans le moindre enthousiasme.

– Ouais, approuve-t-il, aussi enthousiaste que moi.

Bien que j'aie froid, je n'ai pas envie de bouger. Quitter ce lieu déclenchera la réaction en chaîne qui aboutira à mon embarquement dans l'avion.

Cinq minutes supplémentaires s'écoulent.

– Il faudrait vraiment que je rentre chez moi. Le vol est à vingt-deux heures.

Il sort son portable pour vérifier l'heure.

– Il reste trois heures, constate-t-il. Tu as déjà fait toutes tes valises ?

– Oui.

– Je viens avec toi, décide-t-il.

Mon cœur bondit dans ma poitrine. L'espace d'une folle seconde, je crois qu'il veut dire qu'il viendra avec moi en Jamaïque.

Lisant ma pensée dans mon regard, il précise :

– Je t'accompagne chez toi.

– J'avais compris, dis-je d'un ton brusque.

Je lui en veux. Je suis ridicule.

– Je ne pense pas que ce soit une bonne idée. Mes parents sont là et j'ai trop de choses à faire. Tu me gênerais.

Il se lève, tend la main vers les miennes et déclare :

– Voici ce qu'on ne va pas faire : se disputer. On ne va pas non plus faire comme si ce qui arrive n'était pas la pire chose sur Terre, parce que ça l'est. On ne va pas aller chacun de son côté avant d'y être absolument obligés. Je te raccompagne chez tes parents. Je vais les rencontrer, et ils vont m'aimer, et je ne vais pas donner un coup de poing à ton père. À la place, je vais voir si c'est à lui que tu ressembles ou à ta mère. Ton petit frère se comportera en petit frère. J'aurai peut-être enfin l'occasion d'entendre cet accent jamaïcain que tu m'as caché toute la journée. Je vais voir l'endroit où tu dors, manges et vis, et je vais regretter de ne pas avoir su un peu plus tôt que tu étais là.

Je m'apprête à l'interrompre, mais il continue :

– Je t'accompagne chez toi, ensuite on prendra un taxi pour aller à l'aéroport rien que nous deux. Puis je vais te regarder monter dans un avion et sentir mon cœur être arraché de ma putain de poitrine, et je vais me demander jusqu'à la fin de mes jours ce qui aurait pu se passer si cette journée ne s'était pas déroulée exactement comme elle s'est déroulée.

Après avoir marqué une pause pour reprendre son souffle, il me demande :

– Tu es d'accord ?

DANIEL

Elle répond oui. Je ne suis pas prêt à ce que nous nous disions au revoir. Je ne le serai jamais. Je lui prends la main et nous commençons à marcher vers le métro en silence.

Comme elle porte son sac à dos sur une épaule, je vois de nouveau l'imprimé DEUS EX MACHINA. Était-ce seulement ce matin que nous nous sommes rencontrés ? Ce matin, que je voulais aller là où le vent me pousserait ? Qu'est-ce que je ne donnerais pas à Dieu pour qu'il soit réellement dans la machine !

Gros titre : *Un ado du coin l'emporte sur le Service de la citoyenneté et de l'immigration du Département de la sécurité intérieure. Il vit ensuite heureux et a beaucoup d'enfants avec son unique véritable amour grâce à cette curieuse faille juridique dont personne, jusqu'à la dernière minute, n'avait conscience, et à présent nous allons assister à une scène de poursuite destinée à empêcher sa bien-aimée de monter dans l'avion.*

Hélas, ce n'est pas ce qui va se passer.

Pendant toute la journée, j'ai pensé que nous étions faits l'un pour l'autre. Que toutes les personnes, tous les lieux, toutes les coïncidences concouraient à ce que nous restions ensemble pour toujours. Mais peut-être n'est-ce pas vrai. Et si ce truc entre nous était censé durer *seulement* une journée ? Et si nous n'étions qu'une personne intermédiaire pour l'autre, une escale sur une route menant ailleurs ?

Et si nous étions juste une digression dans nos histoires respectives ?

NATASHA

Je demande à Daniel :

– Tu savais que la Jamaïque possédait le sixième taux d'homicides le plus élevé au monde ?

Nous sommes dans une rame de métro de la ligne Q, en direction de Brooklyn. Comme elle est bondée de travailleurs rentrant dans leurs banlieues, nous nous tenons debout, accrochés à une barre. Daniel a une main sur mon dos. Il n'a pas cessé de me toucher depuis que nous avons quitté l'immeuble. Peut-être que s'il continue à se cramponner à moi, je ne m'envolerai pas.

– Qui sont les cinq premiers ? me questionne-t-il.

– Le Honduras, le Venezuela, le Belize, le Salvador et le Guatemala.

– Mmh.

– Et aussi, tu savais que la Jamaïque est toujours membre du Commonwealth ?

Sans attendre de réponse, j'ajoute :

– Je suis un sujet de la reine.

Si j'avais de la place, je ferais une révérence.

Le métro s'arrête dans un grincement. Il y a plus de voyageurs à monter qu'à descendre.

– Qu'est-ce que je peux te dire d'autre ? Il y a deux millions neuf cent mille habitants. Entre un et dix pour cent d'entre eux se considèrent comme rastafaris. Vingt pour cent des Jamaïcains vivent sous le seuil de pauvreté.

Il s'approche un peu plus de moi, jusqu'à m'entourer presque complètement.

– Parle-moi d'une chose positive dont tu te souviens, me dit-il. Pas des faits.

Je n'ai pas envie d'être optimiste. Je n'ai pas envie de m'adapter à ce nouvel avenir.

– J'avais huit ans quand je suis partie. Je ne me souviens pas de grand-chose.

– Et ta famille ? Tes cousins ? Tes amis ?

– Je me souviens d'eux, mais je ne les *connais* pas. Ma mère nous oblige à leur parler au téléphone à chaque Noël. Ils se moquent de mon accent américain.

– Une bonne chose, répète-t-il.

Ses yeux sont marron foncé à présent, presque noirs.

– Qu'est-ce qui t'a le plus manqué après ton arrivée ici ? m'interroge-t-il.

Je n'ai pas besoin de réfléchir beaucoup :

– La plage. Ici, l'océan est bizarre. Il est de la mauvaise sorte de bleu. Il est froid. Trop agité. La Jamaïque se situe dans la mer des Caraïbes. L'eau y est bleu-vert, et très calme.

On peut marcher dedans en s'éloignant du bord pendant longtemps en ayant toujours l'eau à la taille.

– Ça a l'air bien, juge-t-il.

Sa voix tremble un peu. J'ai peur de lever les yeux parce que alors, nous pleurerons tous les deux dans cette rame de métro. C'est pourquoi je lui suggère :

– Tu veux finir les questions de la troisième série ? dis-je.

Il sort son téléphone.

– Numéro 29 : « Partager avec votre partenaire un moment embarrassant de votre vie. »

Le métro s'arrête de nouveau, et cette fois, il y a davantage de gens à descendre qu'à monter. Bien que nous ayons plus de place, Daniel reste près de moi.

– Ce matin, chez le disquaire, avec Rob, c'était assez gênant, dis-je.

– Ah bon ? Tu n'avais pas l'air gênée, juste furieuse.

– Je sais garder un visage impassible, contrairement à quelqu'un que je connais, dis-je, en lui donnant un petit coup d'épaule.

– Mais pourquoi tu étais gênée ?

– Il m'a trompée avec elle. Chaque fois que je les vois ensemble, je me dis que je n'étais peut-être pas assez bien pour lui.

– Ce mec est infidèle, ne cherche pas plus loin. Ça n'a rien à voir avec toi.

Il me prend la main. D'une certaine manière, j'adore son sérieux.

– Oui, je sais. Je l'ai appelé cet après-midi pour lui demander pourquoi il m'avait trompée.

– C'est vrai ? s'étonne-t-il. Qu'est-ce qu'il t'a répondu ?

– Qu'il nous voulait toutes les deux.

– Quel crétin ! Si jamais je le revois, je lui mettrai un coup de pied aux fesses.

– Après ta première bagarre, tu es assoiffé de sang, maintenant, c'est ça ?

– Je suis un bagarreur, pas un amoureux, dit-il, inversant les paroles d'une chanson de Michael Jackson[1]. Est-ce que ça posait un problème à tes parents qu'il soit blanc ?

– Ils ne l'ont jamais rencontré.

Je ne pouvais pas imaginer de lui faire rencontrer mon père. Ça aurait été atroce de les regarder se parler. De toute façon, je n'ai jamais voulu qu'il voie combien notre appartement était petit. Finalement, je suppose que je n'avais vraiment pas envie qu'il me connaisse.

Avec Daniel, je ne sais pas pourquoi, mais c'est différent. Je veux qu'il voie tout de moi.

Les lumières tremblotent et s'éteignent, avant de se rallumer aussitôt. Il presse mes doigts.

– Mes parents veulent qu'on ne sorte qu'avec des Coréennes.

– Tu ne les écoutes pas tellement, dis-je pour le taquiner.

– Ouais, enfin, ce n'est pas comme si j'étais sorti avec des tas de filles. Une Coréenne. Une Blanche. Charlie, lui, on dirait qu'il est allergique aux filles de couleur.

Le train nous secoue ; je m'agrippe à la barre avec mes deux mains.

---

1. Dans son titre « The girl is mine », Michael Jackson dit : « *I'm a lover, not a fighter.* » (N.d.T.)

– Tu veux connaître le secret de ton frère ?

Il pose ses mains sur les miennes :

– C'est quoi ?

– Il ne s'aime pas beaucoup.

– C'est ce que tu penses ? dit-il, songeur.

Il veut y voir la raison de la manière d'être de Charlie.

– Fais-moi confiance.

Le train crisse dans un long virage. Daniel me retient en posant une main sur mon dos et la laisse là.

– Pourquoi tes parents veulent que vous ne sortiez qu'avec des Coréennes ?

– Ils pensent qu'ils comprendront les Coréennes. Même celles qui ont été élevées ici.

– Mais ces filles-là sont à la fois américaines et coréennes.

– Je ne dis pas que le raisonnement de mes parents est logique, précise-t-il en souriant. Et toi ? Tes parents accordent-ils de l'importance au genre de garçons avec qui tu sors ?

– Je ne leur ai jamais posé la question, dis-je en haussant les épaules. Je pense qu'ils préféreraient sans doute que je me marie avec un Noir.

– Pourquoi ?

– Pour les mêmes raisons que tes parents. Bizarrement, ils doivent croire qu'ils le comprendront mieux. Et qu'il les comprendra mieux.

– Pourtant, ce n'est pas comme si toutes les personnes noires étaient pareilles, affirme-t-il.

– Ni les filles coréennes.

– Les parents sont assez stupides, conclut-il, en plaisantant à moitié seulement.

– D'après moi, ils pensent nous protéger.

– De quoi ? Honnêtement, qui en a encore quelque chose à cirer, de ces trucs ? On est en 2017 ! Les gens devraient savoir que ça n'a aucune importance, quand même.

– Peut-être que nos enfants le sauront, eux, dis-je.

J'ai à peine fini ma phrase que je la regrette déjà.

De nouveau, les lumières s'éteignent et le train s'immobilise entre deux stations. Je me concentre sur la lueur jaune orangé des signaux de sécurité dans le tunnel.

– Je ne parlais pas de nos enfants à nous, dis-je dans le noir. Je faisais allusion à ceux de la prochaine génération.

– J'avais compris, me répond-il doucement.

Maintenant que j'y ai pensé et que je l'ai dit, je ne peux pas annuler mes paroles et ne plus y penser. À quoi ressembleraient nos enfants ? Je ressens la perte de quelque chose que je n'ai même pas conscience de désirer.

Nous entrons dans la station Canal Street, le dernier arrêt souterrain avant de franchir le pont de Manhattan. Les portes se referment et nous nous tournons tous les deux face à la vitre. Lorsque nous émergeons du tunnel, la première chose que je vois, c'est le pont de Brooklyn. Comme la nuit vient tout juste de tomber, les lumières fixées aux câbles porteurs sont allumées. Mes yeux suivent les longs arcs qu'elles dessinent dans le ciel. Ce pont est magnifique la nuit, mais c'est la silhouette des gratte-ciels qui m'émerveille à chaque fois. Elle ressemble à une sculpture de verre et de métal éclairée, imposante par sa hauteur, et m'évoque une œuvre d'art façonnée à la machine. À cette distance, la ville paraît ordonnée et planifiée, comme si elle avait été créée entièrement en une seule fois, dans un but unique. Cependant, quand on est dans la ville, on a une impression de chaos.

Je repense à tout à l'heure, quand nous étions sur le toit de l'immeuble. J'imaginais la ville lorsqu'on était en train de la construire. À présent, je la projette dans un futur apocalyptique. Les lumières baissent et le verre se brise en éclats, ne laissant que les squelettes métalliques des immeubles. Ceux-ci finissent par rouiller et s'effondrer. Les rues sont défoncées, si infestées de végétation qu'elles sont vertes, et envahies par des animaux sauvages. La ville est magnifique et en ruine.

Nous redescendons dans le tunnel. Je sais avec certitude que je comparerai toujours la silhouette des gratte-ciels de chaque ville à celle de New York. Exactement comme je comparerai toujours chaque garçon à Daniel.

DANIEL

– Et toi, quel est le moment le plus gênant de ta vie ? me questionne-t-elle, une fois le pont sorti de notre champ de vision.

– Tu rigoles ou quoi ? Tu étais présente. Avec mon père qui insistait pour que tu changes de coiffure, plus mon frère et sa blague de petit pénis.

Elle éclate de rire et reconnaît :

– C'était assez horrible.

– Je vivrais mille vies que ça resterait la chose la plus embarrassante qui me soit jamais arrivée.

– Pas sûr, estime-t-elle. Ton père et Charlie seraient encore capables de se surpasser.

Je grogne en me frottant la nuque.

– On devrait tous naître avec une carte « On-efface-tout-et-on-recommence » pour sa famille. À seize ans, on aurait une chance d'évaluer notre situation, puis on pourrait choisir de rester dans notre famille ou de recommencer avec une nouvelle.

Elle enlève ma main de ma nuque et la garde dans la sienne.

– Est-ce qu'on aurait la possibilité de choisir notre nouvelle famille ? me questionne-t-elle.

– Nan. Il faut savoir prendre des risques.

– Alors, un beau jour, on débarquerait comme ça devant la porte de parfaits inconnus ?

– Je n'ai pas encore réfléchi à tous les détails, lui dis-je. Peut-être qu'une fois notre décision prise, on renaîtrait dans une nouvelle famille ?

– Notre ancienne famille penserait juste qu'on est morts ?

– Oui.

– Mais c'est trop cruel, se plaint-elle.

– OK, OK. Peut-être qu'ils oublieraient simplement qu'on a jamais existé. En tout cas, je ne crois pas que beaucoup de gens voudraient changer de famille.

– Je ne suis pas d'accord avec toi, dit-elle en secouant la tête. Les familles mauvaises, ça existe.

– Tu changerais de famille, toi ?

Elle ne répond rien pendant un moment ; j'écoute le rythme du train tandis qu'elle réfléchit. Jamais auparavant je n'avais souhaité qu'un train ralentisse.

– Je pourrais donner ma carte à quelqu'un qui en aurait réellement besoin ? me demande-t-elle enfin.

Je sais qu'elle pense à son père. J'embrasse ses cheveux.

– Et toi ? Tu resterais dans ta famille ? me questionne-t-elle à son tour.

– Je pourrais utiliser ma carte pour virer Charlie, à la place ?

Elle rit et conclut :

– Ces cartes ne sont peut-être pas une si bonne idée que ça. Tu imagines, si tout le monde avait le pouvoir de chambouler la vie des gens ? Ce serait le chaos.

Mais, bien sûr, c'est *ça*, le problème. Nous avons déjà ce pouvoir les uns sur les autres.

NATASHA

C'est étrange de marcher dans mon quartier avec Daniel. J'essaie de le voir à travers ses yeux. Après la relative richesse de Midtown Manhattan, cette partie de Brooklyn semble encore plus pauvre. Un grand nombre de boutiques tout identiques bordent la grand-rue longue de six blocs que j'ai l'habitude d'emprunter pour rentrer chez moi. Il y a des restaurants *jerk* jamaïcains, des restaurants chinois et des magasins de vins et spiritueux aux vitres blindées, des boutiques de vêtements au rabais et des salons de beauté. Dans chacun des blocs, il y a au moins une épicerie-traiteur, dont les vitrines sont presque entièrement recouvertes de publicités pour des bières et des cigarettes. Et au moins un bureau de *check-cashing*[1]. Tous ces magasins sont collés les uns aux autres, dans une bataille pour le même bout de terrain.

1. Magasin qui permet aux personnes ne pouvant pas avoir de compte courant auprès d'une banque classique d'encaisser des chèques et d'effectuer d'autres opérations financières. (N.d.T.)

Je suis contente qu'il fasse nuit, comme ça Daniel ne voit pas à quel point tout est délabré. Aussitôt, j'ai honte d'avoir eu une telle pensée.

Il me prend la main, et nous avançons en silence pendant quelques minutes. Je sens des regards curieux sur nous. Il me vient à l'esprit qu'avec le temps, nous n'en aurions plus été surpris.

– Les gens nous dévisagent, dis-je.

– C'est parce que tu es très belle, me répond-il sans hésiter.

– Tu l'as donc remarqué ?

– Évidemment.

Je m'arrête devant l'entrée éclairée d'une laverie automatique, où se répand une odeur de lessive.

– Tu sais pourquoi ils nous dévisagent, hein ?

– C'est soit parce que je ne suis pas noir, soit parce que tu n'es pas coréenne.

Bien que son visage soit dans l'ombre, je perçois un sourire dans sa voix.

– Je suis sérieuse, dis-je, contrariée. Ça ne te dérange pas ?

Je ne sais pas trop pourquoi j'insiste. Je veux peut-être une preuve que, si nous avions une chance de continuer notre relation, nous survivrions au poids des regards.

Il saisit mes deux mains ; nous nous tenons donc maintenant face à face.

– Il se peut que ça me dérange, oui, mais seulement en périphérie, me répond-il. Comme une mouche qui bourdonne, tu vois ? C'est énervant, mais ça ne met pas ma vie en danger.

– Mais pourquoi les gens font ça, d'après toi ?

J'ai besoin d'une réponse. Il me prend dans ses bras.

– Je vois que c'est important pour toi, et je voudrais vraiment te donner une bonne raison. Mais la vérité, c'est que je me fiche de connaître cette raison. Je suis peut-être naïf, mais je n'en ai absolument rien à cirer de l'opinion que les gens ont de nous. Je m'en fiche, si on représente une étrangeté à leurs yeux, et s'ils y voient une opinion politique. Je me fiche que tes parents approuvent notre relation ou pas, et je me fiche royalement de l'avis des miens. Ce qui m'importe, c'est toi, et je suis sûr que l'amour suffit à surmonter toutes ces conneries. Parce que ce sont des conneries. Tous ces discours inquiets. Toutes ces discussions sur le choc des cultures, la préservation des cultures et ce qui arrivera aux enfants. Tout ça, c'est cent pour cent de conneries pures et simples, et je refuse d'y accorder la moindre importance.

Je souris contre sa poitrine. Mon jeune poète au catogan. Je n'avais jamais pensé que ne pas accorder d'importance à quelque chose pouvait être un acte révolutionnaire.

Nous quittons la grand-rue pour une rue plus résidentielle. J'essaie toujours de voir le quartier à travers les yeux de Daniel. Nous passons devant des rangées de maisons mitoyennes à bardeaux. Bien que petites et vieillissantes, elles sont colorées et entretenues avec amour. Les porches paraissent encore plus encombrés de bibelots et de plantes suspendues que dans mon souvenir.

À une époque, ma mère voulait désespérément l'une de ces maisons. Il y a quelques mois, avant le début de ce micmac, elle nous a même emmenés, Peter et moi, visiter une maison à vendre. Celle-ci avait trois chambres, une cuisine spacieuse et un sous-sol, que ma mère pensait pouvoir sous-louer pour toucher un revenu supplémentaire. Parce qu'il adore notre mère et qu'il savait que nous n'aurions jamais les moyens d'acheter cette maison, Peter a fait semblant de ne pas l'aimer. Il a pinaillé sur des détails :

– Le jardin de derrière est trop petit et toutes les plantes sont mortes, s'est-il plaint.

Il est resté près de ma mère pendant toute la visite, et quand nous sommes partis, elle n'était pas plus triste que lorsque nous sommes arrivés.

Nous passons devant un autre pâté de maisons similaires, puis le quartier change encore d'aspect : nous sommes maintenant principalement entourés d'immeubles d'appartements en briques.

Je préviens Daniel :

– C'est le bazar chez moi à cause de toutes nos valises.

– OK, dit-il en hochant la tête.

– Et c'est petit.

Je ne précise pas qu'il n'y a qu'une chambre. Il le constatera bien assez vite. De plus, ce n'est chez moi que pour quelques heures encore.

Les fillettes de l'appartement 2C sont assises sur les marches de devant lorsque nous arrivons. La présence de Daniel les intimide. Elles baissent vivement la tête et ne bavardent pas avec moi comme elles le font d'habitude. Je m'arrête près de la rangée de boîtes à lettres métalliques accrochées au mur. Nous n'avons pas de courrier, hormis, coincé dans la porte, le prospectus d'un menu de nourriture chinoise à emporter. Il s'agit du restaurant chinois préféré de mon père, celui dans lequel il avait acheté des plats avant de nous annoncer qu'il allait jouer dans une pièce de théâtre.

Ici, il y a toujours quelqu'un en train de cuisiner, et le hall d'entrée sent délicieusement bon : le beurre, les oignons, le curry entre autres épices. Mon appartement étant situé au troisième étage, je me dirige vers l'escalier. Pour ne pas changer, la lumière du premier et du deuxième étage ne fonctionne pas. Nous nous retrouvons à gravir les marches dans le noir, en silence, jusqu'au troisième étage.

– C'est ici, dis-je quand nous arrivons devant l'appartement 3A.

À certains égards, il est beaucoup trop tôt pour faire venir Daniel chez moi et le présenter à mes parents. Si nous avions plus de temps, il connaîtrait déjà toutes mes petites anecdotes. Il saurait qu'un rideau dans le salon marque la séparation entre « nos chambres », à Peter et à moi. Que mon poster d'astronomie est mon bien le plus précieux. Il saurait que si ma mère lui offre quelque chose à manger, il devrait l'accepter et le manger en entier même s'il n'a plus faim.

Mais je ne sais pas comment lui raconter tous ces détails. Alors à la place, je répète :

– C'est le bazar.

Il y a une sorte d'étrange discordance à le voir là, devant ma porte. Il est en harmonie avec ce lieu et détonne à la fois. Je le connais depuis toujours, et nous venons seulement de nous rencontrer.

Notre histoire est trop condensée. Nous voulons faire entrer une vie entière dans une journée.

– Il faut que j'enlève ma veste ? me demande-t-il. Je me sens bête dans ce costume.

– Tu n'as pas besoin d'être nerveux.

– Je m'apprête à rencontrer tes parents. S'il y a un moment où j'ai le droit d'être nerveux, c'est bien maintenant.

Il déboutonne sa veste mais ne l'enlève pas.

Touchant le bleu sur sa lèvre, je lui dis :

– L'avantage, c'est que tu peux foirer cette première rencontre autant que tu veux. Tu ne les reverras sans doute jamais.

Il m'adresse un petit sourire triste. J'essaie seulement de faire contre mauvaise fortune bon cœur, et il le sait.

Je sors ma clé de mon sac à dos et j'ouvre la porte.

Toutes les lumières sont allumées, et Peter écoute du reggae *dance hall* beaucoup trop fort. J'en ressens le rythme dans ma poitrine. Il y a trois valises fermées, juste derrière la porte, et deux autres, ouvertes, sur le côté.

Je vois tout de suite ma mère.

– Éteins cette musique, ordonne-t-elle à Peter dès qu'elle m'aperçoit.

Il lui obéit, et le silence soudain est épais.

Elle se tourne vers moi :

– Seigneur, Tasha ! Je t'ai app'lée, app'lée…

Quand, après une poignée de secondes, elle remarque Daniel, elle s'interrompt et nous regarde tour à tour pendant un long moment. Finalement, elle demande :

– C'est qui ?

DANIEL

Natasha me présente à sa mère :

– C'est un ami.

Je suis presque certain de l'avoir entendue hésiter avant « un ami ». Sa mère aussi l'a senti, et à présent elle m'examine comme si j'étais une bestiole venue de l'espace.

– Désolé de vous rencontrer dans ces circonstances, madame Kingsley, dis-je en tendant la main vers elle.

Après avoir jeté à Natasha un regard du genre « *Comment tu as pu me faire ça ?* », elle essuie sa paume sur le côté de sa robe et me donne une brève poignée de main, en me souriant encore plus brièvement.

Natasha nous fait passer de la petite entrée au salon. Du moins, je pense que c'est un salon. Un tissu bleu vif est sur le sol, froissé, et une corde divise la pièce en deux. Je remarque alors que tout est en double : le canapé-lit, la commode, le bureau. C'est la chambre de Natasha, mais elle la partage avec son frère. Lorsqu'elle m'a confié que son appartement était petit, je n'ai pas compris le sous-entendu : sa famille est pauvre.

Il y a encore tant de choses que j'ignore sur elle.

Son frère s'avance vers moi, la main tendue et un sourire aux lèvres. Il porte des dreadlocks et a l'un des visages les plus sympathiques que j'aie jamais vus.

– C'est la première fois que Tasha amène un garçon chez nous, dit-il avec un sourire radieux contagieux.

Je le lui rends et lui serre la main. Natasha et sa mère nous observent ouvertement.

– Tasha, il faut que je te parle, annonce cette dernière.

Natasha ne détache pas ses yeux de Peter et moi. Je me demande si elle est en train d'imaginer un avenir dans lequel nous deviendrions amis. C'est ce que je fais, moi, en tout cas.

Elle se tourne enfin vers sa mère et lui demande :

– C'est à propos de Daniel ?

Là, sa mère pince si fort les lèvres que je crains qu'elle ne puisse plus les dépincer (oui, dépincer).

– Tasha…

Même moi je perçois dans son intonation l'avertissement : « *Maman est sur le point de s'énerver* », mais Natasha n'en tient aucun compte.

– Parce que si c'est le cas, on peut en parler là, tout de suite. C'est mon petit ami.

Elle me glisse un rapide regard interrogateur, auquel je réponds en hochant la tête.

À cette seconde précise, son père franchit la porte située juste en face de nous.

En raison d'une anomalie dans le continuum espace-temps, les pères du coin sont arrivés à point nommé durant toute la journée.

– Petit ami ? relève-t-il. Depuis quand t'as un petit ami ?

Je me tourne pour bien l'observer. Maintenant, je sais à qui Natasha ressemble. En gros, elle est son père, mais sous une forme féminine magnifique.

Et sans l'air renfrogné. Je n'ai jamais vu une mine aussi renfrognée que celle de son père en ce moment.

Son accent jamaïcain étant très marqué, je comprends les mots avec un petit décalage.

– C'est ça qu't'as fait tout'la journée au lieu d'aider ta famille à faire les valises ? lance-t-il à Natasha, en avançant dans la pièce.

À part le peu que Natasha m'a raconté, je ne connais pas vraiment l'histoire de leur relation ; néanmoins, elle est visible sur le visage de Natasha en cet instant. Il y a de la colère, de la peine, et de l'incrédulité. Pourtant, le pacificateur en moi n'a pas envie de les voir se disputer. Je pose une main dans le creux de ses reins.

– Ça va, m'assure-t-elle doucement.

Je devine qu'elle est en train de se blinder contre quelque chose. Elle veut régler ses comptes avec lui :

– Non. Ce que j'ai fait toute la journée, c'est essayer de réparer tes erreurs. J'ai tenté d'empêcher notre famille d'être chassée de ce pays.

– C'est pas l'impression qu'j'ai, lui rétorque-t-il, avant de se tourner vers moi, l'air encore plus renfrogné, pour me demander : Tu connais la situation ?

Surpris qu'il m'adresse la parole, je me contente de hocher la tête.

– Alors tu sais que c'est pas un moment pour que des inconnus soient ici, ajoute-t-il.

La colonne vertébrale de Natasha se raidit sous ma main.

– Ce n'est pas un inconnu, proteste-t-elle. C'est mon invité.

– Et ça, c'est ma maison, réplique-t-il, en se redressant de toute sa hauteur.

– Ta maison ? répète-t-elle d'une voix à présent forte et incrédule.

Le peu de retenue dont elle a fait preuve jusqu'ici est en train de disparaître à toute vitesse. Elle va se placer au centre du salon, ouvre grand les bras et fait un tour sur elle-même.

– Cet appartement dans lequel on habite depuis neuf ans, parce que tous les jours tu penses que tu feras bientôt fortune, est *ta* maison ?

– Ma chérie, ça sert à rien de reparler de tout ça maintenant, commente sa mère, toujours dans l'entrée.

Natasha ouvre la bouche pour dire quelque chose, mais la referme. Je la vois faiblir.

– D'accord, maman, concède-t-elle, ravalant ses prochaines paroles.

Je me demande combien de fois elle a fait ça pour sa mère.

Alors que je pense l'incident terminé, son père ajoute :

– Non, man. Non, man. J'veux entendre c'qu'elle a à m'dire.

Il écarte les jambes et croise les bras sur son torse.

Natasha fait de même et ils se font face, images inversées l'un de l'autre.

NATASHA

J'aurais laissé tomber pour ma mère. Comme toujours. Pas plus tard qu'hier soir, elle a déclaré que nous devions nous serrer les coudes tous les quatre.

– Ça sera dur au début, nous a-t-elle prévenus.

Nous allons devoir vivre chez sa mère jusqu'à ce que nous ayons assez d'argent pour louer notre propre logement.

– J'aurais jamais cru qu'j'en arriverais là, dans ma vie, se lamente-t-elle avant d'aller se coucher.

J'aurais laissé tomber si je n'avais pas rencontré Daniel. S'il ne s'était pas imposé comme un élément très important sur la liste des choses que j'allais perdre aujourd'hui. J'aurais laissé tomber si mon père n'avait pas repris son accent jamaïcain forcé à couper au couteau. C'est du cinéma, une fois de plus. À l'entendre, on croirait qu'il n'a jamais quitté la Jamaïque, que ces neuf dernières années n'ont jamais existé. Il pense réellement que nos vies sont des illusions. J'en ai assez de cette comédie.

– J'ai entendu ce que tu as dit à maman après la pièce de théâtre. Tu as dit qu'on était tes plus grands regrets.

Il défaille et son air renfrogné s'envole. Je suis incapable de nommer l'émotion qui le remplace, mais elle semble authentique. Enfin. Quelque chose de réel de sa part.

Il commence à parler, mais je n'ai pas fini :

– Je suis désolée que la vie ne t'ait pas donné tout ce que tu voulais.

Je me rends compte, au moment où je le dis, que je suis sincère. Je sais ce que c'est, la déception, désormais. Je peux comprendre qu'elle puisse durer toute une vie.

– J'le pensais pas, Tasha. C'étaient que des mots. Tout ça, c'était que…

Je lève une main pour faire cesser ses excuses. Ce n'est pas ce que j'attends de lui.

– Je veux que tu saches que tu étais réellement extraordinaire dans cette pièce. Tout simplement incroyable. Transcendant.

Il a les larmes aux yeux, maintenant. Je ne sais pas trop si c'est parce que je l'ai complimenté, si c'est à cause de ses regrets ou d'autre chose.

Je poursuis :

– Tu avais peut-être raison. Tu n'étais pas fait pour nous avoir. Peut-être as-tu réellement été floué par la vie.

Il secoue la tête, niant mes suppositions.

– C'était que des mots, Tasha, man. J'voulais vraiment rien dire par là.

Mais si, bien sûr. Il pensait ce qu'il a dit, et il ne le pensait pas. Les deux. En même temps.

– Peu importe si tu le pensais ou non, dis-je. Ceci est la vie que tu vis. Elle n'est pas temporaire, elle n'est pas imaginaire, et il est impossible de tout effacer pour recommencer.

Je parle comme Daniel.

Le pire, dans le fait d'avoir surpris cette conversation entre ma mère et lui, c'est que ça a gâché tous les bons souvenirs que j'avais de mon père. Regrettait-il mon existence quand on regardait des matchs de cricket ensemble ? Et quand il m'a serrée fort contre lui à l'aéroport, le jour où nous avons enfin été réunis ? Et le jour où je suis née ?

Les larmes ruissellent sur son visage, à présent. Ça me fait plus mal que je l'aurais jamais cru. Pourtant, je tiens à ajouter une dernière chose :

– Tu n'as pas le droit de regretter de nous avoir eus.

Au son qu'il émet à ce moment-là, je sais quel bruit produit une vie de souffrance.

Les gens commettent des erreurs en permanence. Des petites, comme lorsqu'on se met dans la mauvaise file d'attente. Celle dans laquelle une cliente paie avec une centaine de bons de réduction et par chèque.

Parfois, on fait des erreurs de taille moyenne. On entre en fac de médecine au lieu de poursuivre sa passion.

Parfois, on en commet de grosses.

On abandonne.

Je m'assois sur mon canapé-lit. Je suis plus fatiguée mais pas aussi furieuse que je le pensais.

Je reprends :

– Quand on sera en Jamaïque, tu devras au moins essayer, passer des auditions. Et être plus gentil avec maman. Elle a tout fait, elle est épuisée, et tu nous dois ça. Tu n'as plus le droit de vivre dans ta tête.

À présent, ma mère pleure. Peter va se blottir dans ses bras. Mon père s'approche d'eux, et ma mère l'accepte. Tous les trois, ils me regardent et me font signe de les rejoindre. Je me tourne d'abord vers Daniel. Il me serre très fort dans ses bras ; on dirait que nous nous disons déjà au revoir.

DANIEL + NATASHA

Le chauffeur charge la valise de Natasha dans le coffre. Peter et ses parents sont déjà partis pour l'aéroport par un autre taxi.

Une fois à l'intérieur du véhicule, Natasha pose la tête sur l'épaule de Daniel. Ses cheveux chatouillent son nez. Il regrette de ne pas avoir eu plus de temps pour s'habituer à cette sensation.

– Tu crois que ça aurait marché entre nous, en fin de compte ? l'interroge-t-elle.

– Oui, répond-il sans hésitation. Et toi ?

– Oui.

– Tu as fini par changer d'avis, commente-t-il avec un sourire dans la voix.

– Tes parents auraient eu beaucoup de mal à accepter notre relation ?

– Ils auraient mis longtemps. Mon père, encore plus. Je ne pense pas qu'ils seraient venus à notre mariage.

Une image de ce futur flotte dans l'esprit de Natasha. Elle voit un océan. Daniel, très beau dans son smoking. Sa main à elle sur son visage à lui, effaçant sa tristesse due à l'absence de ses parents. La joie sur son visage à lui lorsqu'elle dit : « Oui, je le veux. »

– Tu voudrais combien d'enfants ? lui demande-t-elle, quand cette vision douloureuse s'estompe.

– Deux. Et toi ?

Elle lève la tête de son épaule, hésite puis avoue :

– Je ne suis pas sûre d'en vouloir. Est-ce que ça t'aurait posé un problème ?

Il ne s'attendait pas à cette réponse ; il lui faut un moment pour l'accepter.

– Non, je ne pense pas. Je ne sais pas. Tu changerais peut-être d'avis. Ou moi, j'en changerais.

– Il faut que je te dise quelque chose, lui annonce-t-elle, en reposant sa tête sur son épaule.

– Quoi ?

– Tu ne devrais pas devenir médecin.

Il la regarde, sourit dans ses cheveux.

– Tu n'es plus pour les trucs réalisables ?

– On accorde trop d'importance à ce qui est réalisable, affirme-t-elle.

– Et toi, tu veux toujours être une scientifique des données ?

– Je ne sais pas. Ce n'est pas certain. Ce serait bien de faire un truc qui me passionne.

– C'est fou comme tout peut changer en une journée ! s'exclame-t-il.

Ils restent silencieux pendant quelques instants. En effet, que peuvent-ils bien ajouter à cela ? La journée a été longue.

C'est Natasha qui brise leur lugubre silence :

– Bon, combien de questions nous reste-t-il ?

Il sort son téléphone :

– Encore deux de la troisième série. Et on doit toujours se regarder fixement pendant quatre minutes.

– On pourrait faire ça ou se peloter, là, tout de suite.

Du siège avant, Miguel, leur chauffeur, intervient :

– Hé, les jeunes ! Vous savez que je vous entends, hein ?

Les observant dans son rétroviseur, il ajoute :

– Je vous vois, aussi.

Puis il part d'un gros rire et explique :

– Certaines personnes montent dans mon taxi et font comme si j'étais aveugle et sourd, mais je le suis pas. C'est juste pour votre information.

Il repart de son rire caractéristique, et Natasha et Daniel ne peuvent s'empêcher de rire avec lui.

Mais c'est de courte durée car la réalité du moment s'impose de nouveau à eux. Daniel prend le visage de Natasha entre ses mains et ils échangent de doux baisers. L'alchimie est toujours là. Ils ont chaud, et ne savent pas trop quoi faire de leurs mains qui semblent faites uniquement pour toucher l'autre.

Miguel s'abstient de tout commentaire. Il a déjà eu le cœur brisé. Il sait à quoi ressemblent les dégâts que cela cause.

– Question 34, finit par reprendre Daniel. Que sauverais-tu d'un incendie ?

Natasha réfléchit. Elle a effectivement l'impression que son univers entier est en train d'être réduit en cendres. Il y a une seule chose qu'elle voudrait préserver, or elle ne peut pas le faire.

– Là, je sèche, mais ça va venir, répond-elle.

– D'accord. Pour moi, c'est facile : je sauverais mon carnet.

Sur ce, il touche la poche de sa veste pour s'assurer que ledit objet y est bien.

– Dernière question, annonce-t-il. « La mort de quel membre de votre famille vous bouleverserait-elle le plus ? Pourquoi ? »

– La mort de mon papa.

Daniel remarque que c'est la première fois que Natasha emploie le terme *papa* et non *père*.

– Pourquoi ? répète-t-il.

– Parce que, en quelque sorte, il n'a pas encore commencé à vivre réellement. Et toi ?

– La tienne.

– Mais je ne suis pas de ta famille.

– Si, soutient-il, en songeant à ce que Natasha lui a expliqué au sujet du multivers.

Dans un autre univers, ils sont mariés, ont éventuellement deux enfants, ou peut-être aucun.

– Tu n'es pas obligée de dire comme moi. Mais je tiens à ce que tu le saches.

Il y a des choses que Natasha voudrait lui exprimer, mais elle ne sait pas par où ni comment commencer. C'est peut-être pour ça que Daniel souhaite devenir poète : pour trouver les mots justes.

– Je t'aime, Daniel, déclare-t-elle enfin.

Il lui adresse un large sourire :

– Je suppose que le questionnaire a marché.

– Ouais, le pouvoir de la science ! répond-elle en souriant.

Un moment passe, puis Daniel ajoute :

– Je sais. Je le sais depuis longtemps déjà.

QUATRE MINUTES

UNE HISTOIRE DE L'AMOUR

Daniel règle le minuteur de son portable sur quatre minutes, puis prend les deux mains de Natasha. Sont-ils censés se tenir ainsi pendant cette partie de l'expérience ? Il n'en est pas sûr. Selon cette étude, voilà l'étape finale avant de tomber amoureux. Que se passe-t-il si l'on est déjà amoureux ?

Au début, ils se sentent tous les deux assez bêtes. Natasha a envie de dire que c'est trop niais. Des sourires involontaires, presque gênés, s'affichent sur leurs visages. Natasha détourne les yeux, mais Daniel lui presse les mains, comme pour lui ordonner : « *Reste avec moi.* »

À la deuxième minute, ils sont moins mal à l'aise. Leurs sourires s'effacent peu à peu, et ils observent le visage de l'autre dans les moindres détails.

Natasha pense à son cours de biologie avancée et à ses connaissances sur les yeux et leur fonctionnement. Une image du visage de Daniel est envoyée en ce moment à sa rétine. Sa rétine transforme cette image en signaux électriques. Son nerf optique transmet ces signaux à son cortex visuel. Elle sait désormais qu'elle n'oubliera jamais cette image de son visage. Elle saura quand précisément les yeux marron clair sont devenus ses préférés.

Pour sa part, Daniel est en train de chercher les mots justes pour décrire les yeux de Natasha. Ils sont à la fois clairs et foncés. Comme si quelqu'un avait enveloppé d'un épais tissu noir une étoile brillante.

À la troisième minute, Natasha revit la journée et tous les moments qui les ont conduits ici. Elle voit le bâtiment du Service de la citoyenneté et de l'immigration, l'étrange employée de la sécurité caressant l'étui de son téléphone portable, la gentillesse de Lester Barnes, Rob et Kelly volant à l'étalage, sa rencontre avec Daniel, Daniel lui sauvant la vie, sa rencontre avec le père et le frère de Daniel, le *norebang*, les baisers, le musée, le toit du gratte-ciel, encore des baisers, la tête de Daniel lorsqu'il lui a annoncé qu'elle ne pouvait pas rester, le visage en pleurs et marqué par le regret de son père, cet instant présent dans le taxi.

Daniel pense non pas aux évènements passés, mais aux évènements futurs. Y a-t-il autre chose qui pourrait les mener de nouveau l'un vers l'autre ?

Durant la dernière minute, le chagrin s'installe jusque dans leurs os. Il envahit leurs corps, s'étend à leurs tissus, leurs muscles, leur sang et leurs cellules.

Le minuteur sonne. Ils se murmurent des promesses qu'ils se soupçonnent de ne pas être capables de tenir : appels téléphoniques, e-mails, SMS et même vols transatlantiques (au diable les dépenses).

– Il ne peut pas y avoir que cette journée, dit Daniel deux fois de suite.

Natasha, elle, s'abstient d'exprimer son pressentiment : « *faits l'un pour l'autre* » ne signifie pas forcément « *pour toujours* ».

Ils s'embrassent, et s'embrassent encore. Lorsqu'ils s'écartent enfin l'un de l'autre, c'est avec un nouveau savoir. Ils ont le sentiment que la durée d'une journée est sujette à variation, et que l'on ne peut jamais savoir le matin comment elle se terminera. Ils ont le sentiment que l'amour change tout perpétuellement.

C'est à cela que ça sert, l'amour.

NATASHA

Ma mère me tient la main tandis que je regarde par le hublot. « Tout ira bien, Tasha », m'assure-t-elle. Nous savons toutes les deux que c'est plus un espoir qu'une garantie, mais je suis preneuse quand même.

L'avion prend de l'altitude, et le monde que j'ai connu s'efface. Les lumières de la ville diminuent pour ne plus former que des têtes d'épingle, puis des étoiles terrestres. L'une de ces étoiles est Daniel. Je garde en mémoire que les étoiles sont plus que de simples figures poétiques.

En cas de besoin, on peut s'orienter grâce à elles.

DANIEL

Mon téléphone sonne. Ce sont mes parents qui m'appellent pour la millionième fois. Ils seront furieux quand je rentrerai à la maison, mais ce n'est pas grave.

L'année prochaine à la même époque, je serai ailleurs. Je ne sais pas où, en tout cas pas ici. Je ne suis pas sûr d'être fait pour les études supérieures. Du moins pas Yale. Du moins pas encore.

Suis-je en train de faire une erreur ? Peut-être. Mais c'est à moi de la faire.

Je lève les yeux vers le ciel et j'imagine que j'y vois l'avion de Natasha.

Il y a trop de pollution lumineuse à New York. Ça nous empêche de voir les étoiles, les satellites, les astéroïdes. Parfois, quand on observe le ciel, on ne distingue rien du tout.

Cependant, voici une chose vraie : presque tout, dans la voûte céleste, émet de la lumière. Même si on ne peut pas la voir, la lumière est néanmoins là.

LE TEMPS ET LA DISTANCE

UNE HISTOIRE MESURÉE

Natasha et Daniel essaient de rester en contact, et, pendant un moment, ils y parviennent. Il y a des e-mails, des appels téléphoniques et des SMS.

Mais le temps et la distance sont les ennemis naturels de l'amour.

Et les journées deviennent bien remplies.

Natasha s'inscrit au lycée à Kingston. Le système scolaire jamaïcain est différent du système américain. Afin de pouvoir entrer à l'université, en plus d'obtenir son bac, elle doit étudier pour le CAPE (les examens caribéens de connaissances supérieures). Étant donné que l'argent manque, elle travaille comme serveuse pour aider sa famille. Au début, elle parle avec un faux accent jamaïcain, puis il devient authentique. Elle se trouve un groupe d'amis, qui sera une seconde famille pour elle. Elle apprend à apprécier son pays natal, jusqu'au moment où elle l'adore.

Ce n'est pas que Natasha veuille laisser Daniel, c'est qu'elle y est obligée. Elle ne peut pas vivre dans deux mondes simultanément, son cœur dans un endroit, son corps dans un autre. Elle laisse Daniel pour éviter d'être déchirée en deux.

De son côté, Daniel finit le lycée mais refuse d'aller à Yale. Il quitte la maison familiale, prend deux emplois et suit les cours du Hunter College à temps partiel. Il se spécialise en anglais et écrit de petits poèmes tristes. Même ceux qui ne parlent pas d'elle parlent d'elle.

Ce n'est pas que Daniel veuille laisser Natasha. Il tient bon aussi longtemps qu'il le peut. Mais il perçoit l'effort dans la voix de Natasha à travers la distance. Dans son nouvel accent, il entend ses modulations qui s'éloignent doucement de lui.

Les années passent. Natasha et Daniel entrent dans le monde adulte rempli de détails pratiques et de responsabilités.

La mère de Natasha tombe malade cinq ans après leur retour en Jamaïque. Elle meurt moins d'un an plus tard. Quelques mois après l'enterrement, Natasha envisage de téléphoner à Daniel, mais cela fait trop longtemps qu'ils ne se sont pas contactés. Elle ne fait pas confiance au souvenir qu'elle a de lui.

Peter, son frère, s'épanouit en Jamaïque. Il se fait des amis et trouve enfin un endroit où il se sent à sa place. Plus tard, longtemps après le décès de sa mère, il tombera amoureux d'une Jamaïcaine et l'épousera. Ils auront une fille, qu'il appellera Patricia Marley Kingsley.

Samuel Kingsley quitte Kingston et part vivre à Montego Bay. Il joue dans une troupe de théâtre locale. Après la mort de Patricia, il comprend enfin qu'il a fait le bon choix ce jour-là, dans la boutique de vêtements.

Les parents de Daniel vendent leur magasin à un couple d'Afro-Américains. Ils achètent un appartement en Corée du Sud et passent la moitié de l'année là-bas et l'autre moitié à New York. Ils finissent par cesser de vouloir que leurs fils soient uniquement coréens. Après tout, ils sont nés en Amérique.

Charlie améliore ses notes et obtient son diplôme d'Harvard avec la mention très bien. Après la cérémonie de remise des diplômes, il ne reparle presque plus jamais à aucun membre de sa famille. Daniel comble le vide ainsi laissé dans le cœur de ses parents du mieux qu'il peut. Charlie ne lui manque vraiment pas beaucoup.

Les années continuent de passer, et Natasha ne sait plus ce que cette journée à New York signifie. Elle en vient à croire qu'elle a imaginé ces moments magiques partagés avec Daniel. Lorsqu'elle pense à cette journée, elle est certaine de l'avoir idéalisée comme on le fait avec ses premières amours.

Une bonne chose est ressortie du temps qu'elle a passé avec Daniel. Elle s'est cherché une passion et l'a trouvée dans l'étude de la physique. Certains soirs, durant les doux moments de vulnérabilité qui précèdent le sommeil, elle se souvient de leur conversation sur le toit du gratte-ciel, au sujet de l'amour et de la matière noire. Selon lui, l'amour et la matière noire ne faisaient qu'un, et ils étaient la seule chose qui empêchait l'univers de voler en éclats. Son cœur bat plus vite chaque fois qu'elle y pense. Puis elle sourit dans l'obscurité et place ce souvenir en haut d'une étagère, à l'endroit réservé aux choses anciennes, sentimentales, impossibles.

Et même Daniel ne sait plus ce que cette journée signifie, alors qu'autrefois, elle signifiait tout. Il se rappelle toutes les petites coïncidences qu'il a fallu pour les faire se rencontrer et tomber amoureux l'un de l'autre. Le conducteur de train mystique. Natasha communiant avec sa musique. La veste à l'inscription DEUS EX MACHINA. L'ex-petit copain volant à l'étalage. Le chauffard au volant de la BMW. L'agent de sécurité fumant sur le toit.

Bien sûr, si Natasha l'entendait raconter ces souvenirs, elle ferait remarquer qu'ils n'ont pas pu rester ensemble, et que les choses qui s'étaient passées comme il fallait ont aussi mal tourné ensuite.

Il se souvient d'un autre moment : ils s'étaient retrouvés après leur dispute. Elle avait parlé du nombre d'évènements qui avaient dû se passer exactement comme il fallait pour former l'univers. Elle avait affirmé que le fait de tomber amoureux ne soutenait pas la comparaison.

Il a toujours pensé qu'elle avait tort sur ce point.

Parce que vu de près, tout ressemble au chaos. Selon Daniel, c'est une question d'échelle. Si l'on se retire suffisamment loin et si l'on attend suffisamment longtemps, alors l'ordre émerge.

Peut-être leur univers à eux met-il simplement plus longtemps à se former.

ÉPILOGUE

IRENE : UNE HISTOIRE ALTERNATIVE

Cela fait dix ans, mais Irene n'a jamais oublié le moment – ou la fille – qui lui a sauvé la vie. Elle travaillait comme agente de sécurité dans le bâtiment du Service de la citoyenneté et de l'immigration des États-Unis à New York. L'un des cadres du Service – Lester Barnes – s'est arrêté près de son portique. Il l'a informée qu'une fille avait laissé un message pour elle sur sa messagerie téléphonique. Elle voulait lui dire merci. Irene n'a jamais su pour quoi on la remerciait, mais ce mot est arrivé juste à temps. Parce qu'à la fin de cette journée, elle avait prévu de se suicider.

Elle avait rédigé sa lettre de suicide pendant le déjeuner. Elle avait mentalement établi son itinéraire pour accéder au toit de son immeuble.

Mais il y a eu ce merci.

Le fait que quelqu'un l'avait *vue* a été le commencement.

Ce soir-là, Irene a réécouté l'album de Nirvana. Dans la voix de Kurt Cobain, elle a entendu une détresse belle et parfaite, une voix rauque si forcée par la solitude et le manque qu'elle aurait dû se casser. Or, elle ne se cassait pas, et elle exprimait aussi une sorte de joie.

Elle a pensé à cette fille qui avait fait l'effort de téléphoner et de laisser un message rien que pour elle. Cela a changé quelque chose à l'intérieur d'Irene. Pas assez pour la guérir, mais assez pour la faire appeler un numéro d'urgence pour la prévention du suicide. Cet appel a conduit à une thérapie. La thérapie a conduit à un traitement médicamenteux qui lui sauve la vie chaque jour.

Deux ans après cette soirée-là, Irene a démissionné de son travail au Service de la citoyenneté et de l'immigration. Elle s'est souvenue qu'enfant, elle rêvait de devenir hôtesse de l'air. Aujourd'hui, sa vie est simple et heureuse, et elle la vit dans les avions. Et parce qu'elle sait que l'on se sent parfois seul en avion, et combien la solitude peut être désespérée, elle prête une très grande attention à ses passagers. Elle s'occupe d'eux avec un sérieux que n'a aucun autre agent de bord. Elle réconforte ceux qui rentrent seuls chez eux pour un enterrement, la tristesse suintant de tous les pores de leur peau. Elle tient la main des acrophobes et des agoraphobes. Irene se considère comme un ange gardien aux ailes métalliques.

Et donc, maintenant, c'est le moment où elle effectue ses dernières vérifications avant le décollage, essayant de repérer les passagers qui vont avoir besoin d'un peu plus d'aide. Le jeune homme installé en 7A écrit dans un petit carnet noir. Il est asiatique, a des cheveux bruns courts et un regard gentil mais sérieux. Il mâchonne le capuchon de son stylo, réfléchit, note quelque chose puis se remet à mordiller son stylo. Irene admire son naturel. Il se comporte comme s'il n'y avait que lui sur Terre.

Elle le quitte des yeux et son regard se pose sur la jeune femme noire assise en 8C. Elle a des écouteurs intra-auriculaires dans les oreilles, et ses cheveux, qu'elle porte en une grosse coupe afro, sont teints en rose aux pointes. Irene se fige. Elle connaît ce visage. La chaleur qui émane de la peau de cette femme. Les longs cils. Les lèvres roses charnues. L'intensité. Cela ne peut tout de même pas être la même fille – celle qui lui a sauvé la vie ? Celle qu'elle voudrait remercier depuis dix ans maintenant ?

Le commandant de bord annonce que l'avion va bientôt décoller, et Irene est obligée d'aller s'asseoir. De son strapontin, elle dévisage la femme jusqu'à ce qu'elle n'ait plus de doute.

Dès que l'avion atteint son altitude de croisière, elle s'approche de la passagère et s'agenouille près d'elle, dans l'allée.

– Mademoiselle, commence-t-elle, sans pouvoir empêcher sa voix de trembler.

La femme ôte ses écouteurs et lui adresse un sourire hésitant.

– Ça va vous sembler bizarre…, poursuit Irene.

Elle parle à la passagère de ce jour à New York – le panier gris, l'étui de téléphone portable Nirvana –, lui précise qu'elle l'avait vue pendant toute la semaine précédente.

La jeune femme l'observe avec méfiance, sans rien dire. Une chose semblable à de la peine passe fugitivement sur son visage. Il y a une histoire, là.

Néanmoins, Irene continue :

– Vous m'avez sauvé la vie.

– Mais je ne comprends pas, répond la femme.

Elle a un accent, caribéen ou quelque chose comme ça.

Irene prend la main de la femme. Celle-ci se crispe, mais se laisse faire. Tout autour d'elles, des regards curieux les observent.

– Vous avez laissé un message pour moi afin de me dire merci. Je ne sais même pas pour quoi vous vouliez me remercier.

Le jeune homme du 7A jette un coup d'œil entre les sièges. Irene croise son regard et fronce les sourcils. Il s'adosse de nouveau à son siège. Elle reporte son attention sur la passagère.

– Vous vous souvenez de moi ? demande Irene.

Soudain, il est très important pour elle que cette fille, une femme à présent, se souvienne d'elle. Lorsque la question sort de sa bouche, elle redevient l'ancienne Irene, esseulée et apeurée. Touchée mais pas touchante.

Le temps se contracte et Irene se sent déchirée entre deux univers. Elle imagine que l'avion se désintègre, d'abord le plancher, puis les sièges, puis la carcasse métallique. Les passagers et elle sont suspendus en plein ciel, avec pour seul filet de sécurité, l'espoir. Ensuite, les passagers eux-mêmes miroitent et se dématérialisent. Les uns après les autres, ils tremblotent et s'évaporent, fantômes d'une histoire différente.

Dorénavant, il ne reste plus qu'Irene et cette femme.

– Je me souviens de vous, dit cette dernière. Je m'appelle Natasha, et je me souviens de vous.

Le jeune homme du 7A regarde par-dessus le haut de son siège.

– Natasha, dit-il.

Son visage rayonne et son monde est rempli d'amour.

Natasha lève les yeux.

Le temps se remet en place dans un soubresaut. L'avion et les sièges se reforment. Les passagers reprennent consistance dans leur chair. Leur sang. Leurs os. Leur cœur.

– Daniel, dit-elle, Daniel.

FIN

REMERCIEMENTS

Immigrer dans un pays étranger est un acte d'espoir, de courage, et, parfois, de désespoir. J'aimerais adresser un grand merci à toutes les personnes qui ont effectué de longs voyages afin d'atteindre des rivages lointains, pour quelque raison que ce soit. Puissiez-vous trouver ce que vous recherchez. Ayez toujours à l'esprit que votre présence rend le pays de votre destination meilleur.

Ensuite, je dois remercier mes propres parents immigrés. Ce sont des rêveurs. Tout ce que j'ai accompli, c'est grâce à eux.

Aux équipes d'Alloy Entertainment et de Random House Children's Books : merci d'avoir cru dans ce livre impossible. Merci d'avoir pris des risques avec moi. Wendy Loggia, Joelle Hobeika, Sara Shandler, Josh Bank, et Jillian Vandall, vous êtes mon équipe de rêve. Je suis l'écrivain le plus chanceux au monde de vous avoir à mes côtés. D'immenses mercis également à John Adamo, Elaine Damasco, Felicia Frazier, Romy Golan, Beverly Horowitz, Alison Impey, Kim Lauber, Barbara

Marcus, Les Morgenstein, Tamar Schwartz, Tim Terhune, Krista Vitola, et Adrienne Waintraub. Rien n'arrive sans vous.

L'une des meilleures choses, lorsqu'on est écrivain, c'est de pouvoir rencontrer ses lecteurs. À chaque personne qui a lu mes livres, est venue à une séance de dédicace, m'a envoyé un e-mail ou m'a contactée par les réseaux sociaux; à chaque bibliothécaire, enseignant, libraire/employé de librairie, et blogueur: MERCI, MERCI, MERCI. C'est grâce à vous si j'ai le privilège de faire le travail de mes rêves. Merci pour tout votre amour et votre soutien.

Au cours des deux ou trois dernières années, j'ai rencontré des auteurs merveilleux qui sont aussi devenus des amis merveilleux: David Arnold, Anna Carey, Charlotte Huang, Caroline Kepnes, Kerry Kletter, Adam Silvera et Sabaa Tahir. Merci pour votre généreux appui et votre amitié. Je n'aurais pas survécu à ce voyage complètement fou sans vous, les amis. Merci également à l'équipe d'écrivains de Los Angeles et au groupe d'auteurs débutants Fearless Fifteeners. L'année 2015 a été tellement folle! Ça a été super de faire votre connaissance. Puissions-nous passer encore de nombreuses années à écrire des livres!

Des remerciements particuliers et très chaleureux à Yoon Ho Bai, Jung Kim, Ellen Oh et David Yoon pour avoir répondu à mes interminables questions sur les cultures coréenne et américano-coréenne. Vos réflexions et vos conseils m'ont été précieux.

Et puis il y a mes amours géniaux, David et Penny. Vous êtes mon petit univers. Vous êtes ma raison de vivre. Je vous aime plus que tout.

DU MÊME AUTEUR

Nicola Yoon

EVERYTHING EVERYTHING

Le plus grand risque dans la vie, c'est de ne pas en prendre.

Ma maladie est aussi rare que célèbre,
mais vous la connaissez sans doute sous le nom
de « maladie de l'enfant-bulle ». En gros, je suis
allergique au monde. Je viens d'avoir dix-huit ans,
et je n'ai jamais mis un pied dehors.
Un jour, un camion de déménagement arrive.
Je regarde par la fenêtre et je le vois.
Le fils des nouveaux voisins est grand, mince et habillé
tout en noir. Il remarque que je l'observe,
et nos yeux se croisent pour la première fois.
Dans la vie, on ne peut pas tout prévoir,
mais on peut prévoir certaines choses. Par exemple,
je vais certainement tomber amoureuse de lui.
Et ce sera certainement un désastre.

Cet ouvrage a été mis en pages
par DV Arts Graphiques à La Rochelle

Impression réalisée par la Tipografica Varese Srl, Varese
en mai 2019
pour le compte des Éditions Bayard

Imprimé en Italie